Karr & Wehner · Hühnerherbst

Karr & Wehner

Hühnerherbst

Ein Gonzo-Krimi

Titelbild:
Henne = © taviphoto,– Fotolia.com

1. Auflage Mai 2015

Umschlaggestaltung:
Volker Pecher, Essen

Satz und Gestaltung:
Maik Gensch, Klartext Verlag

Druck und Bindung:
Printing House Multiprint ltd., Bulgarien

ISBN 978-3-8375-1409-4

www.klartext-verlag.de

Bibliografische Information der Deutschen Bibliothek
Die Deutsche Bibliothek verzeichnet diese Publikation in der Deutschen Nationalbibliografie; detaillierte bibliografische Daten sind im Internet über http://www.dnb.de abrufbar.

1

Die Sache mit der Einladung war ein Bluff; das wurde Gonzo klar, als er die Tür der Ente öffnete. Luftschlangen flogen ihm entgegen, die Redaktionssekretärin streute ihm Konfetti auf den Kopf und die ganze Mannschaft sang dazu laut und falsch Happy Birthday.

Es war halb sechs abends, die Kneipe im Zeitungskomplex gleich neben dem Bahnhof war proppenvoll mit der Geburtstagsgesellschaft. Herbert war aus dem vollklimatisierten Redaktionsbunker seines Regionalmagazins heraufgestiegen und dirigierte den Gratulationschor aus Lokalredakteuren, Szeneschmarotzern und den versammelten Fotografen. Weiter hinten im Tabaknebel trieben sich die freien Mitarbeiter herum, die tagsüber die Zeitungsredaktionen und das WDR-Lokalstudio unsicher machten. Sogar Reutter hatte sich herbequemt, der Superkameramann, mit dem Gonzo im Sommer wegen der Bilder von den Leichen des Ruhrkillers aneinandergeraten war. In knallengen Jeans, Cowboystiefeln mit Silberkappen und einem offenen Holzfällerhemd lehnte er am Tresen und sah dem alten Grabowski zu, wie er zwei Dutzend Pils anzapfte, damit die durstigen Kehlen der Sänger geschmiert werden konnten.

So, wie Herbert beim Dirigieren schwankte, mussten sie schon eine ganze Weile gefeiert haben. Der Chor war inzwischen bei der letzten Zeile angekommen; die Stimmen versickerten, weil kaum noch einer den Text beherrschte. Herbert trudelte Gonzo entgegen, als würde die Ente bei Windstärke sieben über den Atlantik treiben. »Gonzo!«, nuschelte er und nahm ihn in die Arme. »Gonzo mein Guter. Mein Bester. Glückwunsch zum Geburtstag!« Er kicherte. »Entschuldige wegen der Geschichte mit dem Auftrag. Aber anders hätten wir dich ja nie hierhergekriegt.«

Er hatte Gonzo mit einer neue Serie von Kurzreportagen geködert, mit der sie ihr Regionalmagazin aufpeppen wollten. Großstadtszenen, dreckig, direkt, dramatisch. Russen auf dem Automarkt am Hafen, Drogenstrich an der Hauptpost, Pennerelend in der U-Bahn. »Komm am besten in die Ente«, hatte er am Telefon gesagt. »Da sind wir unter uns und können das optische Konzept besprechen!«

Gonzo brauchte noch ein paar Sekunden, bis er sich an den Gedanken gewöhnt hatte, dass es keinen Auftrag gab, sondern die ganze Bande ihm einfach nur auf die Schultern klopfen und auf seine Kosten feiern wollte. Selbst Steinboek vom Stadtpresseamt war da, außerdem der stellvertretende Polizeisprecher und jemand aus der Pressestelle vom Landgericht. Alle küssten und betatschten ihn, Grabowski kam hinter seinem Tresen hervor und drückte Gonzo ein Pils in die Hand und nickte ihm zu: »Alles Gute, Alter!«

Reutter war sich für sowas natürlich zu fein. Er warf ein paar Markstücke in die Musikbox und Highway to Hell dröhnte in einer Lautstärke durch den Laden, dass die Jungs und Mädels vom Lokalradio sich hinten an ihrem Dartautomaten pikiert umdrehten. Wie üblich waren sie die einzigen, die sich wieder mal um nichts kümmerten, genau wie sich keiner um sie scherte.

»Alles Flaschen!« Kannengiesser, wie immer ungekämmt und nur halb rasiert, legte den Arm um Gonzo und schob ihn nach vorn zum Tresen. Er trug eins von seinen handgenähten Seidenhemden, für die er berühmt war, und keine Socken in seinen italienischen Slippern. So, wie er roch, musste er mit Underberg gegurgelt haben. Neben der Bar stand etwas Mannshohes unter einem roten Brokattuch.

»Gonzo, wir müssen uns unbedingt mal über eine Story unterhalten. Ich brauch einen wie dich. Risikobereit, kooperativ, kreativ.«

»Vergiss es!« Gonzo versuchte Kannengiessers Atem auszuweichen. Kannengiesser hatte noch nie länger als ein halbes Jahr für ein und dieselbe Redaktion gearbeitet. Er machte auf Boulevard, konnte wie der Teufel texten und mit seiner alkoholgetränkten John-Wayne-Stimme auch aus der harmlosesten Reportage eine Sensation machen. Sein Meisterwerk war ein Stück über den umgekippten Tanklastzug einer Getreidemühle auf der A 40 gewesen, das er mit Infos über die verheerenden Folgen von Mehl- und Staubexplosionen zum Katastrophen-Szenario für das ganze Revier hochgejubelt hatte.

»Gonzo!« Kannengiesser trat einen Schritt zurück. »Für die Geschichte brauche ich nicht irgendeinen. Für die Geschichte brauche ich den Besten.«

Er dämpfte die Stimme. »Mord. Unaufgeklärt. Aber ich hab die Hintergründe. Was mir fehlt sind die Bilder. Damit kommen wir ganz groß raus. Du und ich!«

»Später!« Gonzo bemühte sich, möglichst flach zu atmen. »Ruf mich an, ja?«

Reutter hatte sich während der ganzen Zeit nicht von seinem Platz an der Theke gerührt. Er stand einfach nur da, seinen Scotch auf Eis in der Hand und schaute zu, wie sich alle amüsierten. Weiter hinten entdeckte Gonzo neben der Tür zum Klo Judas. Keiner wusste, was er eigentlich machte, außer dass er den Lokalredakteuren gelegentlich für einen Kaffee und ein Mittagessen skandalträchtige Interna aus der Stadtverwaltung verkaufte. Früher, hieß es, hatte er angeblich selbst im Rathaus gearbeitet, bis sie ihn wegen psychovegetativer Störungen in die Frühpension geschickt hätten.

»Da läuft was ganz Großes«, sagte Judas, als Gonzo sich zu ihm an den Tisch setzte. »Die rotieren im Rathaus. Rechtsamt, Bauamt, Hauptamt, das Büro vom OB, alle.« Um sein dürres Handgelenk schlackerte ein Kupferarmband mit der Darstellung einer Schlange, die sich selbst verzehrte. »Die haben da einen Riesenbock geschossen und wissen nicht mehr, was sie machen sollen. Aber von den Luschen hier traut sich ja keiner an die Geschichte ran.«

Was vielleicht auch daran lag, dass es die Geschichte nicht gab. Denn dass Judas und seine Tipps mit Vorsicht zu genießen waren, hatte Gonzo bei der Story über den Familienschatz der Krupps erlebt, der angeblich kurz vorm Einmarsch der Amerikaner aus der Villa Hügel in einen alten Bergwerkstollen gebracht worden war. Eine ganze Woche lang war Gonzo mit dem Jungreporter eines privaten Magazins, dem Judas die Geschichte verkauft hatte, vergeblich über Zechengelände und düstere Industriebrachen zwischen Herten und Düren gestolpert. Auf Carl Funke waren sie mit einem ehemaligen Fahrsteiger sogar unter Tage herumgekrochen, obwohl der Pütt schon halb abgesoffen war, und es unten vor Ratten nur so wimmelte.

»Und jetzt«, dröhnte Grabowski über alle hinweg, »bitte mal Ruhe!« Die Meute brauchte ein paar Minuten, um den Geräuschpegel so weit zu reduzieren, dass Grabowski seine Rede halten konnte. Er bezog neben dem brokatverhüllten Etwas Position. »Wie alt du wirst, weißt du selbst am besten! Aber dass du dir das hier verdient hast, das wissen wir am besten!« Er zerrte mit Schwung das Tuch von dem Ding. »Alles Gute zum Geburtstag, Gonzo!«

Gonzo starrte auf den mannshohen Pappmachee-Oscar und schluckte. Herbert stimmte For He is a Jolly Good Fellow an, Gonzo verdrückte eine halbe Träne der Rührung und spülte das flaue Gefühl im Magen mit einem Pils weg. »Woher wisst ihr eigentlich, dass ich Geburtstag habe?«

Herbert zog das Augenlid herunter. »Von deiner Honorarkarte als freier Mitarbeiter bei uns!«

»Soviel zum Datenschutz!« Gonzo stieß mit Herbert, mit Steinboek und dem rotbärtigen Action-Fotografen aus der Lokalredaktion an. Eine schmale Blondine mit großen Augen und streichholzkurzen Haaren kam von den Privatfunkern herüber. Ganz girliemäßig ließ ihr Stricktop einen guten Blick auf ihren Bauchnabel mit dem roten Schmuckstein frei. Sie prostete ihm mit ihrem grünen Longdrink zu. »Alles Gute!«

Gonzo nickte.

»Ich bin die Jacqueline«, sagte sie. »Ich hab schon viel von Ihnen gehört.« Gonzos Blick irrte zwischen ihren rauchgrauen Augen und dem engen Pulli hin und her. »Hallo Jacqueline!«

»Jacqueline Kowalczik. Ich bin beim Lokalradio.«

Gonzo grinste. »Macht ja nichts.«

Jemand drängelte sich hinter ihr zum Klo durch und sie drückte sich ein bisschen mehr als nötig gegen Gonzo. »Aber eigentlich will ich zum Fernsehen!«

Gonzo machte keine Anstalten, ihr auszuweichen. »Wenn du so weitermachst, schaffst du das bestimmt!«

»Ich hab mich umgehört!« Das Eis in ihrem Drink klimperte. »Sie sind freier Kameramann, ja? Für das Regionalmagazin, die Agentur in Rüttenscheid und für alle anderen, die gute Bilder brauchen.«

Gonzo kalkulierte schnell durch, wie lange er noch bei der Feier herumhängen musste, ehe er sie fragen konnte, ob sie sich seine Videosammlung ansehen wollte.

Sie sah ihn an und in Gonzos Hose wurde es eng. »Kann ich dich mal anrufen? Ich meine, wenn ich eine Geschichte habe?«

»Aber immer!« Gonzo fummelte eine seiner Visitenkarten aus der Gesäßtasche. Sie schob sie unter ihr Top und deutete mit dem Kopf zu einem drahthaarigen Schönling in japanischen Designerklamotten. »Ich hab da vorhin einen Tipp gekriegt«.

»Von ihm?« Gonzos Nase kribbelte. »Irgendwas wegen Ludomil?« Der Typ war eine Edelfeder bei einer Hamburger Illustrierten und Gonzo hatte nebenbei verfolgt, wie er seit ein paar Wochen die Auflage mit der Exklusiv-Story über Die Unschuld des Hans-Hagen Ludomil in die Höhe schrieb. HaHa Ludomil vermittelte mit seiner Finanzierungsgesellschaft in Holsterhausen Risikokapital an risikobereite Jungunternehmer und war verhaftet worden, weil er angeblich seine Frau und die beiden Kinder umgebracht und in seinem Schrebergarten im Erlengrund vergraben hatte. Bis jetzt stritt er allerdings alles ab und behauptete, dass er zur Mordzeit am Baldeneysee gejoggt wäre. Die Illustrierte hatte für seine Lebensgeschichte ganz tief in die Kasse gegriffen und versteifte sich seitdem auf den Verdacht, dass die Russenmafia Ludomils Familie ausgelöscht hätte, weil er sich geweigert habe, über seine Gesellschaft Schwarzgeld zu waschen.

Jacqueline sah Gonzo an. »Die Staatsanwaltschaft will einen Lokaltermin machen.«

Gonzo kratzte sich am Kopf. »Ludomil ist bei der Illustrierten unter Vertrag. Die haben jedes Foto und jede Sekunde Privatvideo gekauft. Das komm ich nicht ran, und du schon gar nicht.«

Sie machte einen Schmollmund. »Das sagen alle. Aber ich schaffe es. Bestimmt. Ich hab schon mit Ihrem Freund Herbert gesprochen. Er sagt, ich soll an der Sache dranbleiben.«

»Dann sollten wir das natürlich im Auge behalten«, meinte Gonzo. »Ruf an, wenn du was rauskriegst.«

Sie nickte. »Klar.«

Ehe Gonzo noch irgendein schlauer Satz einfiel, war er auch schon Steinboek und Herbert in die Hände gefallen, die Arm in Arm auf ihn zuschaukelten und ihre Pilsgläser gegen seines schmetterten, dass der Schaum überschwappte. »Wir haben eine kleinen Job für dich!«, gurgelte Herbert zwischen einer Serie von Rülpser hervor. Steinboek nickte eifrig. Der Stadtpressesprecher hatte sich mit seinen 48 Jahren bemerkenswert gut gehalten, trabte fünfmal die Woche im Morgenrot durch den Stadtwald und trug mit Vorliebe Fliege zum Armani-Hemd. Er klimperte Gonzo mit seinem Autoschlüssel vor der Nase herum. »Nagelneu!«, erklärte er.

»Niegelnagelneu. Gestern selber vom Importeur abgeholt. Ami-Modell, verstehst du? Davon gibt‘s nur zehn Stück in Deutschland!«

»Klar!« Gonzo hob sein Pils und stieß mit dem Glas gegen den Autoschlüssel an. »Wird aber dann teuer mit den Ersatzteilen.«

»Geld«, betonte Steinboek und ließ den Autoschlüssel um den Finger kreisen »Geld spielt keine Rolle. Geld ist da, Geld war immer da.« Er grinste. »Komm vorbei, sieh‘s dir an. Morgen, um elf. Kleiner Festakt im Rathaus. Vorstellung des Investitionsprojektes Berolina-Center. Höchst wichtig, verstehst du?«

»Höchst wichtig«, bestätigte Gonzo. »Wie lang?«

»Eine Minute!«, sagte Herbert. »Und keine Sekunde länger.«

»Eins dreißig«, nörgelte Steinboek. »Eben hast du noch eins dreißig gesagt.«

»Was interessiert mich der Scheiß, den ich eben erzählt habe!« Herbert zwinkerte Gonzo zu. »Du machst das schon, ja?«

Gonzo nickte. »Machen wir!« Besser ein mieser Auftrag in der Tasche als so einen Sack heißer Luft wie den von Jacqueline auf Verdacht. Trotzdem nahm Gonzo Herbert zur Seite, als Steinboek zur Theke schwankte, um sich ein neues Pils zu besorgen. »Das Mädel eben sagt, sie wollen einen Lokaltermin mit Ludomil machen?«

Herbert strahlte. »Jacqueline, ja. Hat Biss. Hängt sich voll rein.« Er sah sich um. Jacqueline stand mit der Edelfeder am Flipper und himmelte den Kerl an. »Verstehst du, was ich meine?«

»Ich könnt mich auch reinhängen«, sagte Gonzo. »Du würdest die Bilder nehmen, wenn wir an den Lokaltermin rankommen?«

»Aber immer!« Herbert hickste erneut. »Das wär der Hammer. Damit diese Scheckbuchfuzzis endlich mal mitkriegen, dass man die freie Berichterstattung nicht einfach wegkaufen kann.«

Ungefähr zwei Stunden und anderthalb Promille später schneiten dann sogar noch Lutz und Wilbert aus der Agentur herein, um zu gratulieren. Lutz wie immer ganz businessmäßig im angeknitterten Leinenzeug und mit Dreitagebart und Wilbert in seiner Pfadfinderuniform aus Kniebundhose und offenem Hemd mit Halstuch. Sie wuchteten jeder ein dickes Paket auf den Tresen. »Schenken wir dir! Kommissar Hassenkamp hat gesagt, dass du bestimmt Spaß dran hast!«

Gonzo riss das goldene Geschenkpapier ab und starrte auf die dreiunddreißig roten Bände Karl May. Die komplette Zürcher Ausgabe letzter Hand. Ungekürzt und zum Sonderpreis.

»Nett von Euch«, murmelte er. Wahrscheinlich setzten sie die Bücher erst mal als Betriebsausgabe von ihrer Steuer ab und rechneten sie dann nochmal von seinen Honoraren runter. »Wie geht's denn so ohne euren großen Partner?«

Wilbert druckste herum und meinte, dass sie sich im Augenblick ein bisschen nach der Decke strecken müssten. »Wir könnten jetzt mehr zusammen machen«, sagte er. »Reutter ist nicht mehr bei uns.«

Gonzo hob eine Augenbraue.

»Hat sich umorientiert«, schob Wilbert sofort hinterher. »Ganz normaler Vorgang.«

Grabowski kam kaum noch mit dem Bierzapfen nach, und um nicht zu lange auf Nachschub zu warten, stiegen die ersten auf die harten Sachen um. Gonzo orderte einen Wodka und blinzelte durch die Rauchschwaden nach Jacquelines Streichholzschnitt. Sie stand mit dem Chef vom Lokalradio neben dem Dartautomaten und gestikulierte heftig. Der Lokalfunkchef schüttelte den Kopf und sie zog einen Schmollmund.

Dann zerrte ihn jemand neben den Papp-Oscar und die Fotografen ließen ein Blitzlichtgewitter los, dass Gonzo die Augen schmerzten. Reutter ließ sich von Grabowski das Whiskyglas auffüllen und schlenderte zur Jukebox, um Born to Be Wild zu drücken. Auf dem Rückweg zur Theke schenkte er Gonzo ein schmales Lächeln und hob das Glas zu einem stummen Toast. Gonzo formte die Lippen zu einem stummen »Arschloch«. Reutter fuhr sich mit der flachen Hand über den Hals und grinste weiter.

Am Dartautomaten gewährte Jacqueline inzwischen dem Polizeipressesprecher Einblick in das Innenleben ihres Tops. Als sie sich gleich darauf auf den Weg zum Klo durchschlängelte, konnte Gonzo sie beim Rotamint neben dem Münztelefon abfangen. »Schon weitergekommen?«

Sie zwinkerte. »Ich krieg's raus, garantiert.«

Inzwischen hatte Steinboek sich zur Jukebox vorgekämpft und fütterte den Automaten mir den Markstücken, die er sich von Grabowski besorgt hatte. Dann drückte er E 17 bis E 19 und Elvis heulte den Jailhouse Rock durch den Laden. Gonzo seufzte, weil er ahnte, was gleich kam.

»Platz da!« Steinboek räumte leere und volle Pilsgläser von der Theke. Grabowski brachte die Flaschen unter der Decke in Sicherheit. Steinboek kletterte über den Barhocker auf den Tresen und legte zur Musik seine Elvis-Nummer hin.

»In der Pressestelle hat er einen Karaoke-Automaten stehen«, sagte Kannengiesser neben Gonzo und legte ihm die Arm auf die Schulter. »Um nochmal auf die Geschichte zurückzukommen, die ich aufgerissen habe …«

»Nein!« Gonzo schüttelte Kannengiessers Arm ab. Die Kräuterschnapswolke hatte sich inzwischen mit Zigarrenrauch gesättigt. »Was ist eigentlich aus den sadomasochistischen Satanisten geworden, die du letztes Jahr in Wattenscheid ausgegraben hast?« Die Sache war damals in mindestens einem halben Dutzend Erotik-Magazinen gelaufen, ehe den ersten Redaktionen Zweifel kamen. »Hat da nicht der Staatsanwalt ermittelt?«

»Ist doch alles längst eingestellt!«, beruhigte Kannengiesser ihn. »Das war doch bloß eine Satire, verstehst du? Reizüberflutung und Vereinsamung in der modernen Gesellschaft.«

Elvis und Steinboek waren inzwischen bei Return to Sender angekommen. Der Presseamtsleiter hatte sich ein leeres Bierglas als Mikrofonersatz geschnappt und legte einen Hüftschwung hin, der den King vor Neid hätte erblassen lassen. Bei King Creole verpasste er dann den Einsatz und steppte neben den Tresen. Herbert und sein Jungredakteur fingen ihn auf, die Mannschaft johlte und Reutter schüttelte nur sanft den Kopf. Gonzo fand, dass es Zeit war zu gehen. Er kam nur bis zur Tür. »He, wollen Sie den nicht mitnehmen?«

Jacqueline hatte den Papp-Oscar hinter ihm hergeschleppt. Ihr Gesicht glühte, der Atem ging schwer. Sie stützte den Oscar und er sie. Eine perfekte Partnerschaft.

»Na, dann hilf mir mal!« Gonzo packte den Oscar am Kopf, sie nahm ihn an den Füßen. Herbert hielt ihnen die Tür auf. »Vergiss den Job morgen nicht!«

Dann standen sie draußen in der sternklaren Oktobernacht. Die frische Luft tat Gonzo gut. »Nur um die Ecke!«, sagte er.

»Puh!«, stöhnte Jacqueline, als sie nach hundert Metern den Oscar neben Gonzos Kombi auf der Kruppstraße abstellten. Sie warf einen Blick auf den Wagen und die Schrift auf den Seitenfenstern. »Gonschorek Videoproduktion TV und Werbung. Klasse.«

Gonzo schätzte den Oscar ab und entschied: »Hinten rein!«

Als er den Schlüssel nach dem dritten Versuch endlich ins Schloss der Ladeklappe kriegte, meinte Jacqueline: »Sie wollen doch nicht etwa noch fahren?«

Gonzo entschied sich, immer nur eins nach dem anderen zu entscheiden und schlug erst einmal die Klappe hoch. »Rein damit.«

Der Oscar passte gerade in den Laderaum. Gonzo stützte sich am Wagen ab, weil der Boden unter seinen Füßen manchmal Wellen warf und starrte das goldschimmernde Ding an.

Jacqueline drückte die Klappe herunter, zog den Schlüssel aus dem Schloss und machte die Beifahrertür auf. »Kommen Sie!«

Gonzo stierte sie an. Im Licht der Straßenlaterne erinnerte ihr Gesicht ein bisschen an Renate, wie sie vor sechzehn oder siebzehn Jahren ausgesehen hatte. Die großen Augen, das runde Kinn, die Grübchen. Er streckte die Hand nach ihr aus. »Ko-kommst du mit?«

»Erst musst du einsteigen!«

Er kletterte in den Wagen und machte die Augen zu. Er hörte, wie sie neben ihm einstieg und den Motor anließ. Als nichts weiter passierte, riskierte er einen Blick. Jacqueline betrachtete das Schüttelglas mit dem Weihnachtsmann und seinem Rentierschlitten auf dem Armaturenbrett. Gonzo wälzte sich herum, der Wagen schwankte und kleine Schneewolken hüllten das Gespann ein.

»Talisman?«, fragte Jacqueline.

Gonzo machte »Mhhh!« und lehnte sich zurück. Jacqueline fuhr an, beim ersten Mal verschaltete sie sich, dann hatte sie den Wagen im Griff. Als Gonzo die Augen kurz öffnete, standen sie an der Ampel vor dem RWE-Hochhaus am Bahnhof und sie studierte die Adresse auf seiner Visitenkarte.

»Alles klar!«, murmelte er noch, ehe die große Schwarzblende kam.

2

Die Schmerzen hämmerten überall zwischen Nacken und Stirn, die Zunge klebte am Gaumen und seine Lider rieben wie Sandpapier über die Augäpfel. Eine Weile versuchte er den Geschmack im Mund zu identifizieren, irgendetwas zwischen Schlamm und ungewaschenen Socken. Sobald er sich rührte übertrug sich die Bewegung auf den gesamten Planeten und die Erde drehte sich unter ihm weg.

Etwas piepste, etwas knarrte, dann war es wieder ruhig. Sein Herzschlag beruhigte sich, sein Magen nicht. Ohne die Augen aufzumachen, hob er die Hand und betastete seinen Kopf. Alles in Ordnung. Zwei Minuten später riskierte er den ersten Blick.

Früher war in seinem Loft einmal eine Druckerei gewesen, und als Gonzo eingezogen war, hatte er einfach nur die Löcher der Druckmaschinen im Boden verschmiert und seine Sachen aufgebaut. Den Schreibtisch mit der Panzerglasplatte aus der Eingangstür einer Bank in der Mitte, rechts an der Wand seine Videotechnik mit Recordern, Schnitteinheit und dem Stahlschrank mit Kopien aller Bänder, die er jemals gedreht hatte. Auf der anderen Seite die Küchenzeile und in der Ecke der alte Panzerschrank, der schon hier gestanden hatte, als er eingezogen war. Weil weder der Makler noch der alte Druckereibesitzer die Ziffernkombination für das Nummernschloss kannten, wusste er immer noch nicht, was er enthielt.

Gonzo stöhnte. Er lag halb ausgezogen auf seinem Feldbett. Die Sonne schien durch die Fenster. Alle Flügel standen auf Kippe, es war kühl. Draußen ihm Hof behauptete Zarah Leander Davon geht die Welt nicht unter, was bedeutete, dass Bodo drüben in der ersten Etage des Vorderhauses gerade die Morgennummer mit seiner rothaarigen Freundin schob.

Ächzend schwang Gonzo die Beine aus dem Bett und blieb einen Moment auf der Kante sitzen. Der Boden des Lofts führte ein Eigenleben. Gonzo klappte die Lider wieder herunter. Durch die Hofeinfahrt drang das helle Knattern eines Motorrollers. Betty kam, die Studentin, die sich im Frühjahr bei ihm eingenistet und sich nach und nach in Buchhaltungs- und Organisationssachen so unentbehrlich gemacht hatte, dass Gonzo sie inzwischen als Pauschalkraft beschäftigen musste. Gonzo zwang sich erneut die Augen zu öffnen, damit Betty ihn beim Hereinkommen nicht für tot hielt. Vor dem Bett lag Jacqueline auf der Luftmatratze für Notfälle. Unter dem

Laken zeichnete sich ihr Hintern ab. Ihr Top und der kurze Rock lagen ordentlich zusammengefaltet auf Gonzos Schreibtischstuhl. Betty steckte die Schlüssel ins Schloss. Jacqueline drehte sich murmelnd im Schlaf herum, das Laken rutschte herunter und Gonzo war gerade damit beschäftigt, es wieder hochzuziehen, als Betty mit einer Tüte Brötchen hereinkam.

»Lassen Sie sich nicht stören!«

»Hau ab!«, krächzte Gonzo.

Sie brachte die Brötchen zur Küchenzeile. Während sie Kaffee kochte, stabilisierte sich Gonzos Kreislauf soweit, dass er es riskierte, aufzustehen. Der Papp-Oscar stand neben der Tür zum Bad. Gonzo verpasste ihm einen Kinnhaken und schloss sich ein, um sich in aller Ruhe der Körperhygiene zu widmen.

Unter der Dusche wechselte er von heiß auf kalt und grübelte hinterher beim Rasieren darüber nach, was in der Nacht noch passiert sein könnte. Seine letzte Erinnerung war und blieb die rote Ampel am Bahnhof. Vorsichtshalber zählte er seine Kondome im Toilettenschrank nach. Es fehlte keins. Dafür lag der Schmuckstein aus Jacquelines Bauchnabel in dem Kästchen.

Als er wieder ins Loft zurückkehrte, frühstückten Betty und Jacqueline am Bistrotisch vorm Fenster und schwiegen sich an. Gonzo legte ihr den Bauchnabelstein hin. Betty trank Kaffee und schaute aus dem Fenster.

»Danke!«, sagte Gonzo zu Jacqueline.

»Keine Ursache.« Sie klemmte den Stein an seinen Platz. »Du bist doch nicht sauer, dass ich hier geblieben bin, oder?«

Gonzo nahm sich die zweite Tasse Kaffee. »Ist schon okay.«

»Ich meine, es war halb drei und du hast so komisch gestöhnt, dass ich gedacht habe, es wär vielleicht besser, wenn ich aufpasse, dass dir nichts passiert. In deinem Alter kann das schon mal vorkommen. Herzstillstand oder Schlaganfall.«

»Er hat doch gesagt, dass es okay ist«, sagte Betty.

Gonzo schüttete sich den dritten Kaffee ein. Langsam kam er wieder in Gang. »Gestern noch was rausgekriegt wegen Ludomil?«

Jacqueline nickte eifrig. »Da läuft was. Der ist bestimmt unschuldig.«

»Klar«, sagte Gonzo.

»Die von der Illustrierten recherchieren grade seine Geschäftskontakte nach Amerika. Da sind Millionen geflossen, verstehst du? Millionen.«

Sie knabberte an ihrem trockenen Brötchen. »Ich ruf dich an, wenn's den Lokaltermin gibt, ja?« Sie nahm ihr Brötchen und ging. Nachdem die Tür hinter ihr zugefallen war, starrte Gonzo auf den Hof hinunter. Eine Bö fegte die trockenen Pappelblätter aus dem Nachbargarten herüber, die Scheibe vibrierte unter seinen Fingern. Das Laub im Hof tanzte in einer Windhexe an der Mauer entlang.

Jacqueline kam aus dem Haus und lief auf dem Weg zur Hauptstraße Bodo über den Weg, der in Springerstiefeln, Bundeswehrunterhemd und Tarnanzughose vom Schnellbäcker zurückkam. Das Morgenlicht schimmerte auf seiner Glatze, als sein Kopf herumruckte und er Jacqueline nachpfiff. Sie zeigte ihm den Stinkefinger und verschwand in der Toreinfahrt.

Gonzo goss sich noch einen Kaffee ein. Betty schnitt ihr Brötchen auf, strich Butter und Marmelade darauf. »Herzlichen Glückwunsch zum Geburtstag, nachträglich.«

Gonzo grinste schief. »Ist schon okay.«

Sie nickte mit dem Kopf zum Fenster. »Hat sie Ihnen auch noch einen Schnellkurs in Teenagerfloskeln gegeben?«

»Sie will nur nach oben, genau wie du.«

»Vielleicht sagt ihr mal einer, dass sie es mit Arbeiten probieren könnte.«

»Kannst du mir vielleicht mal sagen, was auf einmal los ist?« Die Kopfschmerzen wühlten sich wieder dumpf unter die Schädeldecke.

Sie zuckte mit den Schultern. »Nichts. Vergessen Sie's.« Sie knabberte an ihrem Brötchen. »Übrigens – in zehn Minuten fängt der Festakt im Rathaus an.«

In Gonzos Gehirn regte sich eine düstere Erinnerung. »Festakt?«

Sie riss das Fax ab und knallte es ihm hin. »Noch sind Sie nicht soweit, dass Sie einen Auftrag sausen lassen können.«

Gonzo las etwas von einer Präsentation des Investitionsprojektes Berolina-Center. Herberts Auftrag. »Scheiße.«

Er raste zum Ladegerät, zerrte die Akkus heraus und war in Rekordzeit unten beim Kombi. Papierfetzen hechelten im Wind über den Hof. Mit klammen Fingern checkte Gonzo die Suzie, ob sie die Nacht im Wagen und eventuelle Bodenfeuchtigkeit gut überstanden hatte. Das rote Okay-Lämpchen blinkte. Er warf sich hinters Steuer, rammte beim Herausfahren beinahe die Ecke der Durchfahrt und verfehlte seinen Vermieter aus dem

Vorderhaus nur um ein paar Zentimeter, als der mit einer Zeitung unterm Arm um die Ecke bog.

Auf der Altenessener Straße wälzte sich der Vormittagsverkehr in Richtung Stadtmitte. Lieferwagen und Paketdienste waren unterwegs. Zwischendrin bimmelte die Straßenbahn, weil vor ihr irgendwer auf den Gleisen stand. Der Weihnachtsmann im Schüttelglas kämpfte sich durch die Flockenwirbel des Stop-and-go. Am Einkaufszentrum stand der Geschäftsführer mit zwei Polizisten vor der Tür und regte sich über die mannshohen Graffiti auf, mit dem ein rotgrünes NILES und ein SKUNK einen blausilbernen Akzent an die Betonmauer gesetzt hatten. Die Luft stank nach Abgasen und Gonzo hatte das Gefühl, dass auch ein Hauch Vanille in dem feuchtwarmen Schwall war, der durch den Wagen wehte. Als er vor der Ampel am Einkaufszentrum stand, durchwühlte er seine Tasche im Fußraum nach etwas Essbarem. Er fand nur eine Minisalami und würgte sie beim Weiterfahren hinunter.

Dann drehte er die Fenster hoch und stellte die Lüftung ab, weil es draußen auf einmal nach feuchter Kohle roch. Er musste niesen. Endlich ging es vorne weiter und fünf Minuten später steuerte er die Tiefgarage unterm Rathaus an.

Hinter der ersten Kehre lungerten ein paar dunkelhäutige Halbwüchsige herum. Auf dem Parkdeck tobten schwarzhaarige Kinder zwischen den Autos. Er fuhr gleich vorne auf die Frauenparkplätze und stellte den Kombi neben einem cremefarbenen Bentley Convertible mit Weißwandreifen und getönten Scheiben ab.

Als er die Suzie auslud, schlenderte ein Mädchen heran. Sie war vielleicht knapp fünfzehn, hatte neongrüne Leggings und ein dünnes Top an und einen Glitzerstein im Nasenflügel.

»Willst du ficken?«

Gonzo schlug die Ladeklappe herunter. »Lern lieber erstmal was Ordentliches.«

Hinten stützten sich zwei Jungs auf ihre Baseballschläger und begutachteten seinen Wagen. »Ist gefährlich hier unten«, sagte das Mädchen.

Gonzo drückte ihr fünf Mark in die Hand. »Immer noch?«

»Nicht mehr so sehr!« Sie grinste schief und starrte ins Innere des Kombis. »Kann ich haben?« Sie zeigte auf das Schüttelglas. Gonzo blickte hinüber zu den beiden Jungen und entschied, dass sie pro Wagentür höchstens zwanzig Sekunden brauchen würden. »Aber nur weil du es bist.« Gonzo drehte die Schneekugel vom Klebestreifen ab und drückte sie der Kleinen in die Hand. Das Mädchen ließ den Rentierschlitten in einer wirbelnden Lawine versinken, dann nickte sie den Typen an der Säule zu.

Im Fahrstuhl stank es nach Pisse, und Gonzo war froh, als er oben im Rathausfoyer aussteigen konnte. Dunkler Marmor auf Böden und Wänden, gedämpftes Licht, in das die beiden Scheinwerfer des WDR-Teams ihre Akzente setzten. Eine Horde aus höheren Verwaltungschargen und niederem Bürgertum drängelte sich am Büfett neben der Lore mit dem konservierten Brocken Steinkohle herum. »100 Jahre Großstadt + 1« stand auf dem Schild neben der Lore, deren rostige Patina man mit Klarlack überzogen hatte.

Der Oberbürgermeister drückte sich mit ein paar Zuarbeitern aus seinem Büro am Rednerpult herum und sortierte sein Redemanuskript. Deffregger hatte bei den letzten Kommunalwahlen mit Ach und Krach die absolute Mehrheit seiner Partei verteidigt und gefiel sich mit seinen dichten grauen Haaren und dem Sonnyboylächeln als der Bill Clinton des Ruhrgebiets. An seiner Jacke glänzte eine Anstecknadel mit einem roten Hähnchen, dem alten Wahrzeichen der Stadt, das Deffregger gleich nach seinem Amtsantritt als corporate design auf Amtsbriefbögen, Internet-Homepage und Leuchtreklame abbilden ließ. Fünf Meter neben ihm stimmte sich der Knappenchor der Zeche Zollverein in seinen schwarzen Uniformen für sein Glückauf der Steiger kommt ein.

Gonzo wischte sich den Schweiß von der Stirn und lehnte sich an den Tresen der Bürgerberatung. Die beiden Muttis mit ihrem angezüchteten »Wie können wir Ihnen helfen?«-Lächeln beobachteten ihn misstrauisch. Auf ihren Computermonitoren drehte sich das Hähnchen als städtischer Bildschirmschoner. Gonzo setzte die Suzie an und machte einen Schwenk über die ganze Gesellschaft. Die Lokalchefs der beiden Zeitungen drückten sich mit den beiden Fraktionschefs in einer Ecke herum; ein Junge vom Lokalradio interviewte den Leiter des Stadtarchivs, weil sonst keiner mit ihm reden wollte, und das WDR-Team hielt sich dezent im Hintergrund. Auch Herbert hatte es aus seinem Redaktionsbunker getrieben. Er lauerte mit seinen alten Kollegen vom Boulevardblatt aus Kettwig sprungbereit am Büffet herum. Steinboeks Gesicht tauchte von links im Okular auf. »He, wer zu spät kommt …«

»... hat noch nicht gefrühstückt.« Gonzo setzte die Suzie ab. »Dauert das lange mit dem Festakt? Mein Magen hängt mir in den Kniekehlen.« Er schielte zum Büffet.

»Geht alles ganz fix!« Steinboek sah auf die Uhr und gab dem Knappenchor ein Zeichen. Dreißig Männerkehlen grüßten den Steiger und Gonzo drehte den Chor vor den getönten Scheiben, durch die man in die Passage des Kaufhauscenters blickte. Unter einer Glaskuppel, in der sich das Mittagslicht brach, drängten sich die Kunden zwischen Verkaufsständen, Bistros, Cafés, Supermarkt und Shop-im-Shop-Boutiquen. Das Center war Deffreggers erstes Großprojekt gewesen. Gonzo erinnerte sich noch daran, wie er bei seinen Reden zur Grundsteinlegung und zur Einweihung den Konsumtempel vorm Rathaus das Ganze als Sinnbild für Bürgernähe verkauft hatte. Verwaltungsdienstleistungen gleich neben dem Schnellschuster, Last-Minute-Reisebüro und Stehpizzeria in fußläufiger Nähe zu Hundesteueramt und Meldestelle. Zwischen den Leuten in der Center-Passage patrouillierten die Wachmänner des Kaufhauses in Doppelstreifen.

Deffregger trat ans Rednerpult. Gonzo nahm ihn gerade voll ins Bild, als sich von links ein Rollstuhlfahrer vor die Festgesellschaft schob. Gonzo ließ die Suzie laufen und zog auf den Rolli. Der Alte hatte strähnige Haare, wässrige Augen und steckte in einem vergilbtem Nyltesthemd und leidlich sauberen Breitkordhosen. Hinter ihm baumelten pralle Plastiktüten an der Lehne. Die Fotografen aus den Lokalredaktionen schossen schnell ein paar Bilder. »Ja, nehmt das ruhig auf!« Der Alte hielt sich einen Schnellhefter vor die Brust und straffte den Rücken. »Ich geb gleich eine Erklärung ab!«

Deffregger lächelte sein nettestes Clinton-Lächeln, aber seine Mundwinkel zuckten gefährlich. »Vielleicht können wir uns einigen, dass ich meine Erklärung zuerst abgebe? Immerhin haben wir das Büffet bezahlt!«

Es wurde gelacht, während Steinboek sich an den Gästen vorbeidrängte und den Alten in seinem Stuhl an die Seite karrte. Er beugte sich zu ihm hinunter und redete auf ihn ein. Der Alte grummelte vor sich hin. Gonzo hörte »Betrug« und »miese Masche«. Der Rest ging in Deffreggers ersten Sätzen über die grandiose Geschichte der Stadt und den Aufschwung, den sie jetzt an der Schwelle zum nächsten Jahrtausend nehmen würde, unter. Gerade als Gonzo die Suzie absetzen wollte, fiel ihm die Frau in dem roten Kleid zwischen den beiden Kaufhauswachmännern auf. Sie blickte direkt in die Kamera. Er setzte die Suzie ab und zwinkerte ihr zu. Sie machte eine kleine Geste mit ihren Contergan-Ärmchen. An ihrem Kleid trug sie links neben dem großzügigen Ausschnitt einen Sticker mit dem Kaufhauslogo. Er zwinkerte ihr zu. Sie schenkte ihm ein Lächeln. Gonzo grinste zurück. Sie spreizte die Finger zum V-Zeichen. Gonzo entschied sich, dass es Victory bedeutete und keine Aufforderung zum Vögeln war.

3

Der Alte in seinem Rollstuhl hörte dem Bürgermeister mit zusammengekniffenen Lippen zu. Gonzo schnüffelte. Es roch durchdringend nach Terpentin und Waschsalon. Er hatte die beiden Bürgerberaterinnen hinter dem Tresen in Verdacht.

Deffreggers sprach davon, wie man in einer gemeinsamen Anstrengung von Kommune und lokaler Wirtschaft die schmuddelige Nordstadt in eine Luxusmeile verwandeln würde. Gonzo schwenkte von ihm auf die Lore und weiter auf das verhüllte Modell neben dem Rednerpult. Unter dem Tuch mit dem aufgestickten roten Hähnchen schlummerte das Modell des Markthallen-Glaspalast-Arkaden-Projektes, mit dem sich die Stadt im Kampf um die holländischen Einkaufbusse gegen die Konkurrenz aus Oberhausen und Dortmund durchsetzen wollte.

»Arnold Treger«, jubilierte der Bürgermeister und zeigte auf den Baulöwen, der sich bei seinen Wasserträgern herumdrückte, »Arnold Treger ist ein Visionär in dieser unserer, an Visionen so armen Welt. Dieser Mann hat einen Traum, einen Traum, den wir alle mit ihm teilen, den Traum einer menschenfreundlichen, urbanen, pulsierenden, lebendigen Stadt. Sein Berolina-Projekt ist der gelungene Ausdruck dieser Vision, und für uns eine Herausforderung, es gemeinsam mit ihm zu verwirklichen.«

Mit seinem Steinträger-Kreuz unterm Stiernacken wirkte der Baulöwe, als hätte er erst gestern eigenhändig seine letzte Million zusammengemauert. Halb hinter ihm stand eine elegante Frau mit einer bizarren azurblauen Designerbrosche am Revers des Businesskostüms. Ihr Profil war klassisch, das Make-up perfekt und der Pagenschnitt mit dem Millimetermaß frisiert. Ihr Handy piepte in Deffreggers Schlussworte. Sie nahm das Gespräch an und schlängelte sich mit dem Gerät am Ohr hinter der Reihe der Offiziellen nach draußen ins Kaufhaus-Center.

Treger ließ seine Jacketkronen ins Blitzlichtgewitter der Fotografen blinken, als Deffregger neben ihn trat. Seine linke Hand bedeckte mühelos Deffreggers Schulterblatt, die Brillantziffern seiner Uhr blitzten im Scheinwerferlicht und jeder Theaterintendant hätte ihn vom Fleck weg als Mackie Messer engagiert.

Gonzo hob die Kamera und holte sich die beiden ganz nah heran. Deffregger spielte mit gut dosiertem Lächeln den smarten Politmanager an der Seite des Wirtschaftsmagnaten. Wenn er sich seine widerspenstige Haartolle aus der Stirn strich, schwamm das weibliche Personal auf seinen Plastikstühlen weg. Gonzo nahm das Auge vom Okular und warf einen Blick auf den Halbkreis vor dem Rednerpult. Nur um den Rollstuhlfahrer war etwas Luft. Das Licht der Scheinwerfer spiegelte sich auf den Rädern. Der Alte griff mit beiden Armen nach hinten und holte Schwung.

»Ich hab einen Anspruch!« Der Rollstuhl machte einen Satz nach vorne. »Ich lass mich nicht enteignen, hört ihr? Ich hab einen Anspruch, das gehört alles mir!«

Gonzo riss die Kamera hoch und hielt voll auf den Alten in seinem Rolli, wie er direkt vor Deffregger und Treger abstoppte und sich mit einer geschickten Bewegung um seine eigene Achse drehte

»Eure Volkshochschule gehört mir!« Der Alte fuchtelte mit beiden Armen. »Ich hab das schwarz auf weiß.«

Deffregger blinzelte. Steinboek hielt vergeblich nach ein paar städtischen Ordnern Ausschau und kämpfte sich schließlich vom Büfett nach vorne durch. Gonzo stellte die Schärfe nach. Auf Tregers Stirn begann eine Ader zu zucken.

»Das ganze Gelände mit allem was draufsteht. Ich hab das amtlich.« Der Opa reckte seine Akten in Deffreggers Richtung. »Mit Brief und Siegel. Alles meins, hört ihr!«

»Wunderbar«, sagte Deffregger. »Dann übernehmen Sie wohl auch gern das Defizit in unserem Haushalt?«

Es wurde gelacht. Deffregger schaute grinsend in die Runde.

»Jetzt ist gut, Opa!« Treger packte den Rollstuhl und wollte ihn wegschieben, aber der Alte hatte die Bremsen festgestellt. Die Gummireifen zogen Streifen über den Marmor. Eine Ecke des Tuches, das den Bauentwurf verdeckte, verhedderte sich in den Speichen. Das Tuch rutschte vom Modell und gab den Blick frei auf die Vision der Gegend um den Berliner Platz, wo sich im Augenblick an der Friedrich Ebert-Straße die Halbwelt mit den Arbeitslosen aus dem Arbeitsamt und den Huren aus dem Stahlstraßen-Bordell mischte. Vor der Bahnlinie, die die Gegend von der Universität trennte, sollten unter riesigen Glasdächern Freizeit- und Einkaufsbereiche entstehen und das Multiplexkino, die Musical-Halle und das schwedische Möbelhaus im Westen organisch an eine quartiermäßig angelegte City-Mall mit Kneipen, Büros, Kneipen, Discos und Beachvolleyballanlage anschließen.

Am Rand des Bildausschnitts sah Gonzo, wie die Frau mit den kurzen Armen etwas zu ihren Gorillas sagte. Die Wachmänner drängten sich durch die Gäste, keilten den Alten in seinem Rolli ein und schoben ihn in Richtung Ausgang.

»Aber jetzt wieder ab ins Heim, Opa!«, dröhnte Treger hinterher.

Deffregger flüsterte mit seinen Wasserträgern und Gonzo konnte das Donnerwetter förmlich riechen, dass sich da über Steinboeks Kopf zusammenbraute, weil niemand vom Sicherheitsdienst des Rathauses den Zwischenfall verhindert hatte. Dann wurde das Büffet freigegeben und die Meute stürzte los.

Gonzo setzte pro forma die Suzie an, murmelte »Achtung, Presse!«, und arbeitete sich an zwei Ratsherren mit rotem Hähnchensticker am Revers vorbei zu Lachsbrötchen und Kurzgebratenem durch. Mit einer Hand lud er sich seinen Teller voll und zog sich zum zweiten Frühstück an den Bürgerberatungstresen zurück.

»Leider tauchen solche Leute immer wieder auf!« Gonzo schluckte, drehte sich um und sah in dunkle, braune Augen, ein Muttermal in der Halsbeuge und den großzügigen Ausschnitt weiter unter. Sie streckte ihm ihre Hand entgegen und drehte den Oberkörper nach, damit Gonzo sie greifen konnte. »Linda Grotewohl. Freut mich.«

Gonzo griff eine Sekunde zu langsam nach der Hand.

»Ist nicht ansteckend«, sagte sie.

Ihre Sicherheitsleute kamen zurück. Steinboek drängte sich mit zwei Sektgläsern in der Hand heran. In einem steckte ein Strohhalm.

»Danke!« Er stellte Linda das Glas mit dem Strohhalm hin.

»Keine Ursache!« Sie beugte sich über den Halm und saugte.

Gonzo nahm Steinboek das zweite Sektglas aus der Hand. »Nett von dir.«

Steinboek kniff die Lippen zusammen. Draußen, hinter der getönten Scheibe, übergaben die beiden Gorillas den Alten in seinem Rolli an ein paar Kollegen. »Möchte wissen, wer den Irren überhaupt reingelassen hat.«

»Darüber habe ich mich auch gerade schon mit dem jungen Mann hier unterhalten!« Linda zwinkerte Gonzo zu.

Steinboek murmelte etwas von »Leuten, die irgendwie immer reinkommen« und warf einen besorgten Blick zu Deffregger. Der Bürgermeister ließ sich gerade von Treger das Modell erklären. Der feiste Zeigefinger des Baulöwen stocherte auf den Modellstraßen herum, über die der Verkehr in vier Parkhäuser gelenkt werden sollte und räumte dabei ein paar Plastikbäume und Fußgängerfiguren ab.

Die Bodyguards bauten sich hinter Steinboek auf. Linda blinzelte Gonzo zu. Gonzo stieß mit seinem Sektglas an ihres und trank. In seinem Hals saß ein Kloß, fast wie damals, als er mit Renate am Baggersee gezeltet hatte und jeder ahnte, was in der Nacht passieren würde.

Als Linda sein Interesse an ihrem Ausschnitt bemerkte, schenkte sie ihm einen Augenaufschlag. »Schauen Sie doch bei Gelegenheit mal vorbei!« Sie schnippte mit den Fingern. Einer ihrer Bodyguards zauberte eine Visitenkarte aus seiner Jacke und schob sie Gonzo in die Brusttasche. Dann stöckelte Linda mit den beiden davon.

»Miststück«, murmelte Steinboek.

Gonzo hob eine Augenbraue.

»Seit sie den Sicherheitsdienst im Kaufhaus schmeißt, beschwert sie sich in einer Tour, dass wir endlich die Tiefgarage und die Durchfahrt unten sauber halten sollen.«

Gonzo musste an die Kinder denken. »Gute Idee!«

»Beim Polizeipräsidenten hat sie auf Granit gebissen. Die Kids da unten sind alle so um die 14, und wenn die Bullen sie abgreifen, können sie die Blase nur in irgendein Heim bringen. Da schlagen sie sich nur den Bauch voll, pennen sich aus und hauen wieder ab. Also verlangt die Lady, dass sich gefälligst das Jugendamt darum kümmern soll. Sie meint, die Penner und Kids würden die Kundschaft verunsichern. Seit letzte Woche eins von den Kindern überfahren worden ist, gibt es nur noch Knatsch.«

»Hmmm«, machte Gonzo, weil er in Gedanken immer noch bei ihrem Ausschnitt und ihren kurzen Armen war.

»Vorsicht«, sagte Steinboek. »Die ist eiskalt.« Er rückte näher heran. »Ich sag nur: Stasi. Abteilungsleiterin. Alles klar? Danach ist sie gleich rüber zu uns und bei einem privaten Wachdienst untergekommen.«

»Was du wieder alles weißt!«, sagte Gonzo.

»Ich hab ihre Akte gesehen!«, erklärte Steinboek stolz. »Ein Kollege vom 14. Komissariat hat da seine Verbindungen.«

Aus der Menge kamen Deffregger und Treger herüber, und Steinboek beeilte sich, seinem Herrn und Meister in allen Fragen der Öffentlichkeitsarbeit zur Seite zu stehen. Gonzo beschäftigte sich mit seinen Lachsbrötchen und bekämpfte die Reste der Kopfschmerzen mit dem Sekt. Die elegante Frau mit der Designerbrosche am Revers kam von draußen zurück und verstaute ihr Handy, während sie mit Treger tuschelte. Der Baulöwe nickte und sah ihr nach, als sie sich durch die Menge zum Fahrstuhl schob. Aus dem Kreis der versammelten Journaille schleppte sich Herbert mit einem Teller voller Kanapees durchs Licht der WDR-Scheinwerfer herüber. Die Strahler meißelten gnadenlos jede Falte in seinem Gesicht heraus.

»Alles gut überstanden gestern?« Er schob sich ein Kanapee in den Mund. »Hast du ihn noch hochgekriegt?«

»Wen?«

»Den Oscar.« Herbert grinste. »Hattest ja Hilfe dabei.«

Gonzo holte das Band aus der Suzie und stopfte es Herbert über die Speckrolle in den Hosenbund. »Spart mir die Fahrt in deinen Bunker!«

Herbert schüttelte den Kopf. »Treib es nicht zu toll. Keiner ist unersetzbar.«

»Wir Ratten kommen überall durch.«

Herbert schob ein weiteres Blätterteigröllchen nach. »Reutter arbeitet nicht mehr für die Agentur«, sagte er. »Aber er hat einen Termin bei unserem Geschäftsführer gehabt.«

Gonzos Kopfschmerzen wurden wieder stärker. »Der will doch bloß kurz irgendwo parken, bis er wieder einen richtigen Job kriegt. Freiwillig gibt sich doch keiner mit eurer Klitsche ab.«

»Wissen wir auch.« Herbert mümmelte am vierten oder fünften Röllchen. »Aber solange wir ihn kriegen können, nehmen wir ihn auch. Bisschen Pfeffer kann unserer Berichterstattung nur gut tun. Die letzten Quoten waren zum Heulen.« Er räumte das letzte Kanapee ab, drückte Gonzo den leeren Teller in die Hand und klopfte ihm auf die Schulter. »Also denk dran – was wir brauchen, sind erstklassige Action-Stories. Sonst bist du weg vom Fenster.«

Als Gonzo eine Viertelstunde später mit dem Lift wieder in die Tiefgarage fuhr, kämpfte er gegen die lähmende Müdigkeit, die der Sekt in seinem Gehirn verbreitete. Auf dem Parkdeck lehnte das Mädchen an einer Säule und spielte mit der Schneekugel. Weiter hinten hockten die Jungen auf einem Matratzenlager und rauchten. Ihre Baseballschläger lagen neben ihnen. Der Bentley stand nicht mehr auf seinem Platz, so dass Gonzo freien Blick auf ein Ungetüm von Offroader hatte, mit verchromten Büffelfängern, abklappbaren Außenspiegeln und hochgezogenem Auspuff. Am Fenster klebte ein Parkausweis der Stadtverwaltung mit Steinboeks Namen. Gonzo inspizierte seinen Kombi, ehe er die Heckklappe aufmachte. Das Mädchen schob sich heran.

»Hau ab!« Gonzo tauschte die Akkus, legte eine neue Kassette ein und verstaute die Suzie. Das Mädchen sah ihm schweigend zu. Hinter ihm summte der Lift und gleich darauf kurvte der Alte in seinem Rollstuhl übers Parkdeck auf Gonzo zu.

»He, Sie!«

Gonzo klappte die Heckklappe herunter. Der Alte stoppte den Rolli neben ihm und musterte die Aufschrift an Gonzos Kombi. Das Mädchen stellte sich hinter den Alten.

»Das muss in die Presse!« Der Alte wedelte mit seinem Schnellhefter. »Dass ist eine Riesensauerei, aber die von der Zeitung stecken alle mit denen aus dem Rathaus unter einer Decke.«

Gonzo wollte zur Wagentür. Der Alte drehte ihm den Rolli in den Weg. »Die meinen, mit uns Ossis können Sie‘s machen! Aber nicht mit mir. Nicht mit Alfried Schmollwinkel. Die Volkshochschule gehört mir!«

»Aber klar!« Gonzo ging auf der anderen Seite um den Wagen herum. Das Mädchen schob den Alten hinter ihm her. Gonzo kletterte über den Beifahrersitz hinters Lenkrad und kümmerte sich nicht darum, dass der Alte mit den Fäusten gegen das Blech wummerte. »Wenn das nicht an die Öffentlichkeit kommt, bringen die mich um!«, hörte er noch, als er den Motor anließ. »Der Unfall letzte Woche hier war auch kein Unfall!«

Das Handy auf dem Beifahrersitz zirpte. Gonzo angelte mit der einen Hand nach dem Apparat und kurbelte mit der anderen am Lenkrad. »Ja?«

Es rauschte und knisterte wegen der Betondecken. An der Balustrade vor ihm kämpfte viermal ein blauer SKUNK mit Silberrand gegen einen Haufen anderer Namen. »Es geht los«, hörte er Jacqueline. »Zwei Polizeitransporter und fünf Wannen mit der Mordkommission und der halben Staatsanwaltschaft sind eben hinten aus dem Präsidium raus. Du weißt, wo der Erlengrund ist?«

»Sicher!«, knurrte Gonzo und gab wieder Gas. »Bin schon unterwegs.«

4

Auf der Schützenbahn stauten sich die Wagen in Zweierreihe aus der Innenstadt heraus und als endlich die beiden Bleistifttürme des Bürocenters neben dem Kinokomplex am Berliner Platz auftauchten, war schon eine Viertelstunde um. Zehn Minuten später rollte er am Stadtrand an den ersten Reihenhäusern des Erlengrundes vorbei. Die Straße machte einen Bogen, und an der Zufahrt zu den Schrebergärten standen zwei Streifenwagen und ein silberner Porsche mit dem Logo der Illustrierten auf der Tür. Weiter hinten entdeckte Gonzo den Kleinbus der Kripo, das Auto von Hassenkamps Videodokumentationstrupp und Reutters schwarzen Range Rover mit den verspiegelten Seitenscheiben. Sein Magen zog sich zusammen. Wenn Reutter hier rumtanzte, konnte er die Geschichte abschreiben.

Vor der Polizeisperre schimpfte ein Zeitungsfotograf herum, der wohl seine eigenen Quellen gehabt hatte. Hauptmeister Endrulat kam Gonzo entgegen. »Alles gesperrt, keine Chance.«

»Wer sagt das?«

»Die Justiz.« Endrulat deutete mit dem Daumen über die Schulter zu einem schwarzen BMW mit Behördenkennzeichen.

»Und die hier?« Gonzo zeigte auf den Porsche und den Range Rover.

Endrulat zuckte mit den Schultern. »Der Porsche gehört zur Verteidigung. Kanzlei Gottlich und Zander, wenn dir das was sagt. Und gegen Reutter kannste nun mal nichts machen. Der hat einen Hund dabeigehabt, und kaum macht er die Wagentür auf, rast das Vieh schon in die Gärten.«

»Und er hinterher, klar«, knurrte Gonzo.

Endrulat zuckte mit den Schultern. »Muss ja die Töle irgendwie wieder einfangen.«

Am Ende der Straße rauschte ein roter Kleinwagen um die Ecke. Jacqueline stieg in die Bremsen und sprang schon aus dem Wagen, bevor der Motor absoff. Gonzo setzte zurück und machte die Beifahrertür auf. Sie warf sich auf den Sitz. »Entschuldige, da war ein Stau. Was ist?«

Gonzo zeigte nur auf die Polizeisperre, während er rangierte. Jacqueline fluchte. Erst im letzten Moment sah Gonzo im Rückspiegel den Opa, der über die Straße tappte. Der Alte in seiner Allwetterjacke machte einen Satz zur Seite. Die Illustrierte, die er in der Hand gehalten hatte, landete auf der Straße. Sofort wetterte der Typ los, als Gonzo an ihm vorbeizog. Dann entdeckte er die Aufschrift auf den Seitenteilen des Kombis, klaubte seine Illustrierte aus dem Dreck und humpelte heran.

»Sind Sie vom Fernsehen?«, fragte er durchs Fenster. »Ich war mal bei Schreinemakers.«

»Na, Glückwunsch«, knurrte Gonzo. »Kennst du dich hier aus? Kann ich da irgendwo rein?«

Der Opa zeigte ihm sein schönstes Kukident-Grinsen. »Ihr seid wegen Ludomil da, ja? Könnt ihr mir irgendwelche Karten besorgen? Ilona, Kerner, Biolek?«

Gonzo kurbelte am Lenkrad, Jacqueline sagte: »Weg da, wir müssen arbeiten.«

Der Opa steckte den Kopf durchs Fenster. »Die haben alles abgesperrt. Bloß einen Durchgang da weiter hinten nicht.«

Gonzo sah Jacqueline an. Sie hatte dunkelgrüne Lidstriche und eine Menge Rouge aufgelegt. »Ab nach hinten!«

Sie fragte nicht groß, stieg aus und verzog sich auf den Rücksitz. Gonzo winkte dem Alten zu. »Rein hier!«

»Links, links, rechts und dann geradeaus«, sagte der Alte. »Ich nehm auch Karten für Harald Schmidt. Die kann ich mit dem Sohn vom Nazelski von unten gegen zweimal Schreinemakers tauschen.«

»Wir kümmern uns drum«, sagte Jacqueline von hinten. »Wir rufen Sie nächste Woche an.«

Es ging in eine Anwohnerstraße mit Wendehammer. Der Durchgang lag zwischen den Garagen einer Wohnanlage und war nur ein schmaler Pfad, der zu den Schrebergärten führte, wo Ludomil vor einem Monat die Leichen seiner Frau und der beiden Kinder im Gurkenbeet vergraben hatte. Die Wände der Garagen zierte ein meterhoher NILES in rot und grün, auf der anderen Seite konnte man unter der frischen Farbe noch ahnen, dass auch SKUNK hiergewesen war. Gonzo stellte den Kombi auf einem ausgebleichten Rasenstück neben den Garagen ab und lud die Suzie aus. Während er die Akkus checkte und auf Jacquelines weißem Lackmäntelchen schnell einen Weißabgleich machte, lamentierte der Opa darüber, wie schlecht die Welt war.

»Dem schieben sie's vorn und hinten rein!« Er schwenkte seine Illustrierte. Auf dem Titel prangte ein grobkörniges Schwarz-Weiß-Foto von Ludomil, die dicke rote Bauchbinde verkündete: Schuldig? – Die Wahrheit über die Tragödie des Hans-Hagen Ludomil.

»Die bezahlen ihm diesen Gottlich, die kaufen ihm die Zeugen, und in Nullkommanix ist der wieder draußen!« Der Opa war rot angelaufen. »Ich kenn mich da aus. Ich bin immer im Gericht, seit ich auf Rente bin. Die Fälle, die der Gottlich in den letzten fünf Jahren verloren hat, kann er sich an einer Hand abzählen.«

Jacqueline hatte ihr Diktaphon gezückt und war schon vorgegangen. Gonzo steuerte mit der Kamera unterm Arm den Wirtschaftsgang an. »Und da sind keine Kontrollen?«

»Nichts, nada, niente«, grinste Jacqueline. Ihr Atem ging stoßweiße. Jagdfieber, registrierte Gonzo. Es roch nach Kompost und abgestandenem Regenwasser. Der Opa kam kopfschüttelnd hinterhergetrabt. »Früher hätte man mit so einem kurzen Prozess gemacht. Er schlug seine Jacke zurück und zerrte eine Pistole aus dem Hosenbund. »Genickschuss, so war das nämlich.«

Jacqueline wurde so weiß wie ihr Mäntelchen und Gonzo blieb vorsichtshalber stehen. Der Opa fuchtelte mit der Waffe herum. »Ohne die geh ich nicht mehr raus. Läuft mir zuviel Gesocks herum heutzutage!«

Gonzo musterte die Waffe. Der Opa schob sie wieder in den Hosenbund. Gonzo überlegte.

»Zeig mir mal den Weg«, sagte er zu dem Opa. »Wenn alles klappt, bist du heut Abend im Fernsehen. Ganz ohne Hans Meiser.«

Sie pirschten sich durch die Schrebergärten bis zu einer Gruppe fast entlaubter Johannisbeerbüsche an der Grenze zu Ludomils Parzelle. Jacqueline hatte ihr Diktaphon am Mund und flüsterte ein paar Gedächtnisstützen aufs

Band. Der Opa war immer noch ganz rot im Gesicht und schimpfte leise über die Verbrecher, die heutzutage alle frei herumliefen. »Weiter geht's nicht«, sagte er schließlich.

Gonzo ging in Position und drehte mit der Suzie vorm Auge schnell ein paar Bilder zwischen den Zweigen durch.

In Ludomils Garten drängten sich die Beamten von der Mordkommission, der Staatsanwalt mit seiner Assistentin und ein paar Uniformierte von der Schutzpolizei, die für Ludomils Sicherheit verantwortlich waren. Sie standen um die Grube in seinem Gurkenbeet herum, Ludomil zerrte gerade die beiden Kinderschaufensterpuppen in das Loch und schaufelte etwas Erde darüber. Eine nackte weibliche Schaufensterpuppe lag ein paar Meter weiter in den Astern. Soweit Gonzo sich erinnerte, hatte Ludomil zwar zugegeben, dass er die Leichen vergraben, aber immer wieder abgestritten, dass er Frau und Kinder umgebracht hatte. Angeblich hatte er sie tot gefunden, als er vom Joggen zurückkam und war in Panik geraten. Neben der Laube machte Gonzo bei einem langsamen Schwenk Hauptkommissar Hassenkamp aus, der mit seiner Videokamera alles für die Ermittlungsakte dokumentierte. Etwas abseits standen Gottlich und die Edelfeder von der Illustrierten zusammen. Braungebrannt, im hellen Staubmantel und mit Designerkrawatte zum maßgeschneiderten Seidenhemd nuckelte der Starschreiber an seiner Pfeife.

»Ein Beispiel für skrupellosen Scheckbuchjournalismus«, flüsterte Jacqueline in ihr Mikrofon. »Eine Hamburger Illustrierte hat sich exklusiv die Rechte an Ludomil Lebensgeschichte gesichert und schirmt den verdächtigen Finanzmakler seitdem hermetisch von der Öffentlichkeit ab. Eine Viertelmillion lässt sich die Redaktion Ludomils Verteidigung durch Staranwalt Andreas Gottlich kosten« Jacqueline hob die Stimme an. »Und wie aus gut informierten Kreisen verlautet, kann sich Gottlich die Fälle, die er in den letzten fünf Jahren verloren hat, an den Fingern einer Hand abzählen.«

»Das hab ich gesagt!«, murrte der Opa.

Jacqueline sah ihn giftig an.

»Der ist eiskalt«, grummelte der Opa neben Gonzo. »Von wegen, dass der die Leichen bloß in Panik verbuddelt hat! Das ist doch genau so eine miese Nummer wie bei diesem Simpson in Amerika. Wenn du mich fragst, dann hat der die alle drei kaltgemacht.«

Gonzo achtete nicht auf den Opa und drehte, wie Ludomil die weibliche Puppe zu den beiden anderen in die Grube legte. Weiter rechts knurrte leise ein Hund, und als er hinüberspähte, entdeckte er in den Stachelbeeren Reutter mit seiner Mühle auf der Schulter. Ein schwarzer Rottweiler schob sich durch die Büsche an Gonzo heran. Jacqueline wich zurück. Reutter setzte die Mühle ab und pirschte sich leise heran. »Für mich war‘s soweit okay«, sagte er leise und mit einem tückischen Grinsen. »Viel Spaß noch! Soll ich Herbert was von euch ausrichten?«

»Das ist meine Geschichte«, giftete ihn Jacqueline an. »Ich habe mit Herbert …«

Reutter schnalzte mit der Zunge. »Bei Fuß, Killer!« Der Rottweiler spitzte die Ohren. Zu Jacqueline sagte er: »Was du mit Herbert hast, ist mir scheißegal.«

Mit dem Köter am Bein zog er ab. Jacqueline trampelte vor Wut auf den Boden. »Wo hast du dein Handy?«, zischte sie Gonzo ins Ohr, so dass er Mühe hatte, sich auf die nächsten Bilder zu konzentrieren. »Du musst sofort Herbert anrufen. Das ist unsere Geschichte!«

»Bis jetzt ist das hier noch gar keine Geschichte.«

»Aber …«

»Halt die Klappe und pass auf, damit du was lernst!«

Drüben im Garten diktierten die Mordermittler ihrer Sekretärin irgendwelche neuen Erkenntnisse. Der Staatsanwalt beriet sich mit seiner Assistentin und Ludomil bekam wieder Handschellen angelegt. Superanwalt Gottlich tuschelte mit der Edelfeder. Wahrscheinlich schlug er gerade vor, aus dem Fall auch noch ein Videospiel und eine Internet-Homepage zu machen.

»Okay«, sagte Gonzo dem Opa. »Jetzt kannst du‘s denen zeigen.«

»Was?« Dem Opa stand vor Aufregung der Schweiß auf der Stirn.

»Hol deine Wumme raus und ziel durch die Büsche auf Ludomil. Wenn das heut Abend im Fernsehen läuft, dass so ein einfacher Kerl wie du mit einer Knarre durch die ganzen Absperrungen gekommen ist, geht denen der Arsch ganz schön auf Grundeis.«

Jacqueline blieb der Mund offen stehen. Der Opa leckte sich über die Lippen. »Meinst du?«

Gonzo setzte die Suzie an und zog den Opa scharf. »Klar. Und Action!«

Der Opa machte seine Sache zu gut. Mit der Pistole in der Hand schob er sich durchs Gebüsch. Gonzo blieb mit dem Bildausschnitt nah dran, zog dann auf und schwenkte hinüber zu der Versammlung im Garten. Ludomil wartete neben der Grube mit den drei Schaufensterpuppen darauf, dass man ihn wieder zum Gefangenentransporter brachte. Die Schutzpolizisten waren nirgendwo zu sehen. Erst als Gonzo wieder zu dem Opa zurückschwenkte, sah er die beiden Beamten auf die Johannisbeerbüsche zustürzen, aus denen sich der Opa im Eifer des Gefechtes zu weit herausgewagt hatte.

»Stehenbleiben!«, brüllte einer.

Gonzo wirbelte herum und prallte gegen Jacqueline. »Abhauen!«

Sie rannten durch Kartoffelkraut und kniehohes Gras zurück zum Durchgang. Gonzo hatte die Suzie auf der Schulter umgedreht und ließ sie weiterlaufen. Hinter ihnen kreischte der Opa etwas von Verbrechern, Polizisten brüllten, dass er die Waffe runternehmen sollte und ein halbes Dutzend andere Leute schrien, dass man bloß die Ruhe behalten sollte.

Jacqueline kam als erste aus dem Wirtschaftsgang und lehnte sich keuchend an den Kombi. Gonzo brauchte zwei Anläufe, bis er die Heckklappe aufgeschlossen hatte. Während er die Kamera auf die Schaumgummimatratze packte, kletterte Jacqueline vorn in den Wagen. »Nun komm schon.«

Aus dem Durchgang drangen Männerstimmen. Es wurde eng. Gonzo raste um den Wagen und warf sich hinters Steuer. Er nahm sich nicht mehr die Zeit, die Tür zuzuziehen, sondern jagte sofort mit durchdrehenden Reifen durch den Wendehammer zurück in die Stichstraße. Im Rückspiegel tauchten zwei Polizisten mit gezogenen Waffen auf. Gonzo zerrte die Tür zu und kurvte um die nächste Ecke.

»Mann-o-Mann«, sagte Jacqueline. Ihre Augen funkelten. »Das war echt geil.«

Gonzo ging vom Gas und schielte auf ihren Minirock, der bei der Action ein ganzes Stück in die Höhe gerutscht war. Sie lehnte sich zurück und machte keine Anstalten, die Handbreit Stoff wieder herunterzuziehen. Ihr Lackmäntelchen knisterte.

Gonzo riss sich zusammen und starrte nach vorne, damit er sich nicht in den Nebenstraßen verfranste.

»Dieser Opa«, meinte Jacqueline heiser.

»Der hat jetzt den ganzen Nachmittag Spaß mit den Bullen.« Gonzo kam an die Straße mit der Polizeisperre. Reutters Range Rover stand nicht mehr neben dem Porsche, dafür turnten jetzt Uniformierte und Kripobeamte an den Streifenwagen und Transportern herum. Ehe sie ihn bemerkten, setzte Gonzo zurück und rangierte den Kombi ein paar Meter weiter in eine Toreinfahrt.

»Was denn noch?«, fragte Jacqueline, als er ausstieg und die Suzie auslud.

Gonzo schleppte die Kamera zur Straßenecke. Sie kam hinterhergetrippelt, und als sie sich dann neben ihn an die Hauswand drückte, roch er ihr Parfüm und den Schweiß. »Sie werden den Opa erstmal ins Präsidium verfrachten«, sagte Gonzo, während er die Aktivitäten an der Sperre im Blick behielt. »Da rufst du in zwei, drei Stunden an und fragst nach einer Presseerklärung. lass dich nicht abwimmeln.«

»Auf keinen Fall«, sagte sie.

An der Sperre zerrten zwei Beamte den Opa im Polizeigriff heran. Gonzo nahm die Suzie hoch und schob das Objektiv um die Ecke. Er zog den Zoom ganz auf und hatte dann auch noch das Glück, dass der Transporter, in den sie den Alten verluden, mit der Tür zur Straße stand. Sie mussten den Alten in den Wagen hieven, die Türen klappten zu. Dann kam Ludomil, in Handschellen mit zwei Bewachern. Er wurde in einen der Zivilwagen der Kripo verladen. Schließlich folgten noch die Edelfeder mit Gottlich und zuletzt Hauptkommissar Hassenkamp, der seine Videokamera zu seinem Transporter schleppte.

»Okay!« Gonzo setzte die Suzie ab. »Und Abmarsch!«

Im Wagen schnappte sich Jacqueline sofort Gonzos Handy und rief bei Herbert an. »Der Lokaltermin Ludomil …«, sagte sie und hörte sich eine Weile an, was Herbert zu sagen hatte. Während sie lauschte und sich ein zufriedenes Grinsen auf ihrem Gesicht breit machte, geriet Gonzo beim Schalten an ihr Knie. Sie zuckte nicht mal zusammen.

»Hat Reutter auch Bilder von dem Zwischenfall, den es gegeben hat?« Ihr Grinsen verstärkte sich; Herberts Antwort schien sie mehr zu befriedigen als Gonzos Hand auf ihrem Knie. »Sicher. Wir haben die Bilder. Herr Gonschorek und ich.«

Nach ein paar Minuten unterbrach sie die Verbindung und packte das Handy wieder auf die Mittelkonsole. »Wir sollen gleich vorbeikommen. Er hat es gekauft.«

»Natürlich hat er es gekauft.« Gonzo schlängelte sich am Gervinusplatz an einer Straßenbahn vorbei und bis zur roten Ampel durch.

»Wieso sagen eigentlich alle Gonzo zu dir?«

Gonzo zuckte mit den Schultern. »Hat sich so ergeben.«

Sie kamen am Riehlpark vorbei und stoppten zwei Minuten später neben der Alfred-Krupp-Schule an der Ampel vor der Martin Luther-Straße. Hinter Gonzo bimmelte die Straßenbahn, die er vorhin überholt hatte, weil er wieder mal auf den Schienen stand.

»Die Pistole, die der Alte da gehabt hat …«

»Gaspistole«, sagte Gonzo. »Wahrscheinlich nicht mal geladen.«

»Sicher?«

Gonzo nickte. »Sieht man an dem Firmenzeichen auf den Griffschalen. Hab selber mal so eine gehabt.«

Jacqueline knabberte an der Unterlippe. »Und wenn der Opa dich anzeigt? Dass du ihm gesagt hast, was er machen soll?«

Gonzo sah zu ihr hinüber. »Hast du einen Ton von mir gehört, dass er mit der Knarre rumrennen soll?«

Jacqueline grinste. »Kein Stück. Kann ich notfalls beschwören.«

»Na also«, sagte Gonzo.

5

Im Innenhof des Zeitungsverlages stand Reutters Kampfmobil natürlich direkt vor dem Eingang zu Herberts Redaktionsbunker. Gonzo wollte auf den reservierten Parkplatz des Geschäftsführers ausweichen, aber da protzte ein dunkelblauer 7er BMW. Erst hinter den Müllcontainer fand er einen freien Platz. Jacqueline hüpfte nervös aus dem Wagen. »Das ist meine erste Fernsehgeschichte. Den Jungs vom Radio werden die Augen rausfallen.«

Gonzo holte die Kassette aus der Suzie und trabte hinter ihr her ins Foyer. Reutters Rottweiler hockte neben der Tür und sah einem Techniker zu, der eine Reihe Monitore auf die andere stapelte. Kabel hingen aus der Wand. An der Fahrstuhltür lehnte ein Schild Komm ans Kabel – 24 Stunden News und Unterhaltung. Gonzo räumte die Pappe weg und drückte auf den Rufknopf. Jacqueline trat von einem Bein aufs andere. »Haben die da unten ein Klo?«

»Sicher.« Gonzo vergewisserte sich, dass ihnen der Rottweiler nicht in den Fahrstuhl folgte.

In der Liftkabine roch es nach Reinigungsmittel mit einer Spur Aceton. Gonzo rümpfte die Nase. Unten steuerte er mit der Kassette unterm Arm und Jacqueline im Schlepptau Herberts Zentrale an. In den Büros telefonierten sich Redakteure und freie Mitarbeiter den Stoff für ihre Geschichten zusammen. Beim Geschäftsführer sah Gonzo durch die offene Tür Reutters Cowboystiefel und hörte etwas von Pauschalhonoraren und ständiger Mitarbeit, dann knallte ein Sektkorken. Gonzo schlängelte sich an der Tür vorbei.

Herbert spielte auf dem Redaktionscomputer gerade eine Partie Strip-Poker gegen eine vollbusige Blondine. Hinter ihm lungerte Kannengiesser herum und gab gute Ratschläge. Am Schreibtisch gegenüber machte der gerade zum Jungredakteur beförderte Volontär an seinem Terminal den Ablauf für die Abendsendung fertig.

»You win!«, säuselte die Blondine auf Herberts Bildschirm und knöpfte sich den Büstenhalter auf. Herbert grunzte zufrieden.

»Da ist Dynamit drin!«, sagte Kannengiesser. »Und ich mache euch die Sache exklusiv.«

Gonzo knallte Herbert seine Kassette auf die Tastatur. »Lokaltermin Ludomil. Eins A Action-Bilder! Dreckig, direkt, dramatisch.«

Die Blondine auf den Bildschirm fror mitten in der Bewegung ein. »Idiot!« Herbert fuhr herum und starrte zuerst Gonzo und dann Jacqueline an.

»Hi«, sagte Jacqueline.

Früher war Herbert einmal einer der ganz großen Sportreporter gewesen, bis dann seine Deals mit den Vereinspräsidenten zwei Woche lang die Schlagzeilen für die Sportseiten geliefert hatten. Seitdem musste er hier unten im Keller jeden Tag die halbe Stunde Regionales erzeugen, die der Muttersender in Köln brauchte, damit sie ihm nicht die Lizenz für die terrestrischen Frequenzen abdrehten. Er schnappte sich Gonzos Kassette und ließ sie an einem Bearbeitungsplatz im Schnelldurchgang durchlaufen. Jacqueline erzählte irgendetwas von schlampigen Sicherheitsvorkehrungen und einem misslungenen Attentatsversuch. »Ich recherchiere natürlich noch bei der Polizei hinterher«, sagte sie.

Herbert ließ das Band erneut durchlaufen. Auf seiner Stirn erschien eine tiefe Falte. »Sie haben natürlich schon alle hier angerufen«, sagte er. »Polizeipressestelle, Pressesprecher der Staatsanwaltschaft, Justitiar der Illustrierten und die Kanzlei Gottlich und Zander.«

Jacqueline hielt die Luft an.

»Aber eine freie Presse lässt sich natürlich nicht von solchen Drohungen beeindrucken«, erklärte Herbert stolz.

Kannengiesser kam herübergeturnt und sah Herbert mit glasigen Augen über die Schulter. Ein Hauch von Melissengeist umwehte ihn. Als der Opa mit der Knarre durch die Büsche stolperte, kicherte er. »Da ist denen bestimmt der Arsch ganz schön auf Grundeis gegangen. Ludomil steht nämlich auf der Abschussliste.«

»Von wem?« Herbert klang nicht gerade interessiert »Vom CIA? KGB? Den Freimaurern?«

»Russen-Mafia«, sagte Kannengiesser »Weiß doch jeder. Was war er denn? Finanzmakler! Was treibt die Russenmafia? Geldwäsche! Alles klar?«

»Ehrlich?« Jacqueline war fasziniert. »Haben Sie da noch mehr Infos drüber?«

»Klar!« Kannengiesser richtete sich auf. »Bloß traut sich da keiner ran.«

Jacqueline sah Herbert an. Herbert sah Gonzo an. Gonzo zuckte mit den Schultern. »Ich hab nur die Bilder gemacht.«

»Apropos Bilder!«

Gonzo fragte sich, warum er nicht das Knarren der Cowboystiefel gehört hatte, als Reutter hereingekommen war. Reutter sah auf dem Monitor. Sein linkes Augenlid zuckte gefährlich. Gonzo konnte sich ein Grinsen nicht verkneifen. »Tja, wer zu früh geht …«

»Ab sofort will ich hier alles sehen, ehe es gekauft wird«, sagte Reutter. »Besonders, was dieser Versager hier anschleppt.« Sein Zeigefinger stach in Gonzos Richtung.

Herbert schwang auf seinem Stuhl herum: »Ist eindeutig besser als dein Material, Reutter! Wenn‘s gut läuft, kommen wir damit sogar ins Krawallmagazin. Oder in die Nachrichten.«

Kannengiesser zog Jacqueline zur Seite: »Ludomil hat für die Russen Geld gewaschen.«

»Die von der Illustrierten sagen, dass er hier Tregers Berolina-Center mit finanziert hat«, wisperte Jacqueline.

Kannengiesser nickte bedeutungsvoll. »Und er wollte aussteigen. Da haben die Russen seine Familie kaltgemacht. Als Warnung.«

»Lass das Mädel mit deinen Schauergeschichten in Ruhe.« Herbert drehte sich mit seinem Stuhl zu Jacqueline: »Okay, wir machen die Story. Nur die Fakten, kein Geschwätz über Geld und Russenmafia, klar?« Er schnippte zu seinem Jungredakteur. »Aufmacher. Zwei dreißig, Lokaltermin Ludomil. Außerdem zehn Sekunden für unseren Trailer und eine Langfassung als Angebot für's Magazin.«

Der Junge am Katzentisch löschte den alten Laufplan und rief ein neues Formular auf.

»Super!«, sagte Jacqueline.

Herbert ließ das Band aus dem Recorder schnappen und gab es Reutter. Reutters Hand landete auf Jacquelines Schulter. »Na dann komm mal mit. Ich zeig dir, wie man aus so einem Schrott eine richtige Geschichte schneidet.«

»Außerdem wollte sie aufs Klo«, sagte Gonzo. »Das kannst du ihr auch gleich zeigen.« Er sah den beiden nach, bis sie aus der Tür verschwanden. Dann verlangte er von Herbert seinen Honorarzettel.

»Nachher.«

»Jetzt!« Gonzo fischte ein Formular aus Herbert Ablage und knallte es ihm hin. »Sofort.«

»Du und dein ewiges Misstrauen!« Herbert füllte den Zettel aus. »Und sag der Maus in deinem Büro, dass wir nur einmal im Monat gesammelt überweisen, auch wenn sie hundertmal hier anruft!«

»Wenn sie nicht dauernd anrufen würde, würdet ihr nie was überweisen!«

Kannengiesser hatte sich inzwischen wieder an Herbert Redaktionscomputer gesetzt und der Blondine bis auf den Slip alle Klamotten abgepokert.

»Reutter arbeitet also jetzt hier?«, fragte Gonzo.

Herbert machte die Tür zu. »Hat gestern als Vertragskameramann angeheuert.«

Was soviel hieß, dass er ab sofort die offiziellen Termine und die Reportageaufträge erledigen würde. In Gonzos Magen bildete sich ein dicker Eisklumpen, als er daran dachte, dass er jetzt wieder nachts mit dem Ohr am

Polizeifunk durch die Gegend gurken durfte und auf Unfälle oder Brände warten konnte.

»You want to fuck?«, säuselte die Blondine aus dem Computer. Kannengiesser hatte es endlich geschafft, ihr den Slip abzunehmen. Herbert starrte auf den Bildschirm. »Wie hast du das gemacht?«

»Fingerspitzengefühl!« Kannengiesser lehnte sich zufrieden in Herberts Ledersessel zurück. »Können wir jetzt endlich über meine Geschichte sprechen?«

Die Blondine räkelte sich auf dem Bildschirm. »Fuck me!«

Kannengiesser runzelte die Stirn und klickte vergeblich auf die Maus. »Womit denn?«

»Das ist doch alles Bullenscheiße!« Herbert speicherte den Spielstand ab und kratzte sich am Kopf. Kannengiesser stand auf und drehte eine Warterunde um den Schreibtisch.

»Was für eine Geschichte?«, fragte Gonzo.

Kannengiessers Augen leuchteten. »Mordkommandos!«

Der Jungredakteur spitzte die Ohren und raschelte mit seinen Papieren.

»Sein üblicher Schwachsinn«, sagte Herbert. Und zu Kannengiesser: »Warum recherchierst du nicht mal was Seriöses? Das Bernsteinzimmer! Den Schatz im Toplitzsee?«

»Sie bringen diese Streunerkinder um«, sagte Kannengiesser.

»Sicher, in Brasilien.« Herbert trommelte mit den Fingerspitzen auf den Tisch.

»Nein, hier«, sagte Kannengiesser. »Gib mir einen Kameramann und ich bring dir die heißeste Geschichte, die du jemals über den Sender gejagt hast!«

Gonzos Blick wanderte von Kannengiesser zu Herbert, während er an die sadomasochistischen Satanisten aus Wattenscheid denken musste.

»Nee, lass mal«, sagte Herbert zu Kannengiesser. Aber dann erwachte doch der Bluthund in ihm. »Ich meine, wenn du mir die ganze Geschichte bringst, guck ich sie mir natürlich gerne an.«

Kannengiesser blinzelte Gonzo zu. »Aber wunder dich dann nicht, wenn wir damit bei einem von den großen Magazinen landen.« Auf dem Weg zur Tür machte er einen Schlenker zum Computer und klickte auf den Exit-Button. Die Blondine verschwand. Herbert wartete, bis er aus dem Zimmer war. »Immer das gleiche mit ihm.«

Gonzo linste in den Gang. Kannengiesser verschwand hinten im Fahrstuhl, der Melissenduft ebenfalls. Herbert ließ sich in seinen Sessel fallen und zeichnete den neuen Ablauf ab, den ihm der Jungredakteur hinschob.

»Was ist mit der Automarktgeschichte?«, fragte Gonzo.

Herbert kniff die Augen zusammen. »Automarktgeschichte?«

»Unser Termin in der Ente«, sagte Gonzo. »Wir sind nicht mehr dazu gekommen, darüber zu reden.«

Herbert versuchte sein Kumpel-Grinsen. »Mensch Junge, das war doch nur ein Bluff um dich da hinzukriegen. Du hast die Sache im Rathaus gekriegt, das reicht doch.«

»Und ich hab schon gedacht, dass du mal eine wirklich gute Idee gehabt hast.«

»Automarkt ist doch schon längst durch«, sagte Herbert und hatte damit nicht so ganz Unrecht. Immerhin liefen die wilden Geschäfte mit gebrauchten und geklauten Wagen am Fußballballstadion beim Stadthafen seit ein paar Jahren. Ab Freitagnachmittag gab es kein Durchkommen mehr in den drei Straßen, in denen sich die Benzinjunkies aus der Region und die Aufkäufer aus dem Osten gegenseitig übers Ohr hauten. Seit eine Delegation der Anwohnerinitiative beim Oberbürgermeister gegen die vollgepinkelten und zugeschissenen Vorgärten protestiert hatte, versuchte eine Einsatztruppe vom Ordnungsamt zusammen mit der Polizei die Sache in den Griff zu bekommen.

»Obwohl …« Herbert kratzte sich am Ohr. »Den Automarkt hatten wir lange nicht mehr. So schlecht ist die Idee eigentlich gar nicht.«

»Ist ja auch von dir«, sagte Gonzo. »Was soll ich dir drehen? Drei Minuten, fünf Minuten?«

»Bist du wahnsinnig?« Herbert legte den Kopf zurück und schloss die Augen. Gonzo kannte den Gesichtsausdruck. Es würde auf Einsdreißig hinauslaufen.

»Einsdreißig«, sagte Herbert. »Aber wirklich gute Bilder, den Dreck, den Müll, die Händler. Dann laden wir den Polizeipräsidenten und den Ordnungsamtsmenschen zum Interview ein und fragen sie, was sie dagegen unternehmen.

Gonzo sagt nichts weiter, weil er mit dem Honorar für die Einsdreißig wenigstens die Miete für den laufenden Monat reinbekam und machte, dass er aus dem Büro kam, bevor Herbert einfiel, dass er sich seinen Einspielfilm auch gut aus Archivbildern zusammenschneiden konnte.

6

Im Foyer fluchte der Techniker, weil ein paar seiner Monitore nicht liefen. Reutters Hund war nicht zu sehen. Gonzo entdeckte ihn erst, als er draußen um die Müllcontainer bog. Der Köter hob gerade am Hinterreifen von Gonzos Kombi das Bein. Gonzo wartete vorsichtshalber, bis das Vieh den Wagen markiert hatte und davontrottete, ehe er aufschloss. Im Innenraum roch es nach Vanillepudding. Er schnüffelte und suchte nach irgendeinem Nachtisch im Plastiktopf, der ihm vielleicht letztes Mal beim Einkaufen unter den Sitz gerollt war. Als er nach fünf Minuten immer noch nichts gefunden hatte, ließ er frustriert den Motor an. Sofort ließ der Geruch nach.

Nachdem er den Kombi an der Pförtnerloge vorbei auf die Straße gesteuert hatte, sah er gerade noch Kannengiesser in der Ente verschwinden. Ihm fiel der gesammelte Karl May von Lutz und Wilbert ein. Er fuhr rechts ran.

In der Ente brüteten nur ein paar Anzeigenfuzzis an ihrem Tisch über der Frage, ob man zur Grundsteinlegung des Berolina-Center schon ein paar Verlagssonderseiten machen sollte. Grabowski sah Gonzo von seinem Platz hinter der Theke entgegen. »Gestern noch alles glatt gegangen?«

Gonzo nickte. »Meine Bücher. Hast du die aufgehoben?«

»Hab ich.« Grabowski wuchtete die beiden Schuber auf den Tresen. »Gehst du in den Ruhestand? Reutter wirbelt ja schon mächtig rum.«

Gonzo wunderte sich nicht, woher Grabowski das schon wieder wusste. Wer Grabowski kannte, brauchte keine Zeitung mehr zu lesen. Er klemmte sich gerade die beiden Buchpakete unter den Arm, als Kannengiesser vom Klo zurückkam. Sein Blick irrlichterte durch den Raum, dann nahm er Gonzo zur Seite. »Wir liefern Herbert die Story, ja?«

Gonzo stellte den Karl May wieder ab. Grabowski schob sich näher. »Was zu trinken die Herren?«

Kannengiesser nahm einen doppelten Kognak und Gonzo ein Wasser. »Wir sind da hinten am Tisch!«, sagte er zu Grabowskis Enttäuschung.

Gonzo schleppte seine Bücher hinter Kannengiesser her zum Fenstertisch. Kannengiesser nahm vor der Wand Platz und sah sich schnell um. Dann wartete er, bis Grabowski die Gläser brachte. Mit Gonzos Wasser knallte der Wirt ihm eine Rechnung hin. »Weil du gerade da bist!«

Gonzo starrte auf die Zahl unter dem Strich. »Was soll das?«

»War schließlich deine Geburtstagsfete.«

»Ich hab nie…«

Kannengiesser schielte auf die Zahl unter dem Strich und pfiff leise. »Aber mit unserer Geschichte holen wir das glatt wieder rein.«

»Bar oder Karte?«, fragte Grabowski.

»Überweisung!« Gonzo steckte die Rechnung ein.

Grabowski hob eine Augenbraue. »Zehn Tage und keine Stunde länger.«

Kannengiesser wartete, bis Grabowski sich wieder hinter seine Theke zurückgezogen hatte. »Ich hab gehört, dass er für den Verfassungsschutz oder für's 14. Kommissariat arbeitet«, flüsterte er.

»Genau wie deine sadomasochistischen Satanisten aus Wattenscheid?«

»Ich hab doch gesagt, dass das von Anfang an nicht ernst gemeint war«, beteuerte Kannengiesser. »Bloß haben sie das dann in der Redaktion irgendwie nicht auf die Reihe gekriegt. Kann auch sein, dass jemand mich reinreißen wollte, dem ich mal auf die Füße getreten bin.«

»Klar doch«, sagt Gonzo. »Also, wie war das mit den Mordkommandos?«

»Ich bin ganz hart dran.« Kannengiesser dämpfte die Stimme soweit, dass Gonzo Mühe hatte, ihn zu verstehen. Wahrscheinlich hatte er Angst, dass in den Trockenblumen auf dem Tisch ein Mikrofon des Verfassungsschutzes steckte. »In der Tiefgarage vom Rathaus und in der Durchfahrt gibt's diese Straßenkinder.«

Gonzo nickte. Soviel stimmte wenigstes.

»Ungefähr zwanzig«, fuhr Kannengiesser fort. »Leben da. Betteln in der Fußgängerzone oder passen auf deinen Wagen auf, wenn du parkst.«

»Die Mordkommandos«, erinnerte Gonzo ihn.

»Der Wachdienst vom Merkur-Center«, sagte Kannengiesser. »Aber das ist nur die halbe Geschichte. In Wirklichkeit …«

»Moment«, sagte Gonzo. »Nur, dass ich das richtig verstehe: die Wachmänner aus dem Kaufhaus bringen die Straßenkinder um?«

Kannengiesser nickte bedeutungsvoll und behielt dabei Grabowski im Auge.

Gonzo stand auf. »War nett mir dir.«

»Moment mal!« Kannengiesser zog ihn am Ärmel wieder herunter. »Ich kann's beweisen.« Er fummelte die verschmierte Fotokopie eines Polizeiformulars aus der Jackentasche. »Letzte Woche ist eins von den Kindern an der Ausfahrt von der Tiefgarage überfahren worden. Steht alles hier. Schwarz auf weiß.«

Der Unfallbericht kam von der Nordwache, und unterschrieben hatte PHM Hoffmeister, der große dunkelhaarige Bulle, der in seiner Freizeit immer noch verbissen für das New York Marathon trainierte. Vor einer Woche war gegen 0.25 Uhr ein Anruf von einem Taxifahrer eingegangen, der den toten Jungen vor der Tiefgarageneinfahrt gefunden hatte. Ein Rettungswagen war vom Klinikum herausgekommen, aber der Notarzt hatte nichts mehr tun können. Der Junge war nach Hoffmeisters Beschreibung ungefähr 14 bis 15 Jahre alt, hatte eine dunkle Hautfarbe und schwarzes Haar und einen ausgeschlagenen Schneidezahn. Als man ihn fand, trug er Jeans, ein Holzfällerhemd aus einer Nobelboutique und einen billigen Pullover. Papiere hatte er nicht bei sich gehabt. Hoffmeister hatte die Sache als Unfall mit Fahrerflucht abgehakt. Unten stand noch ein Vermerk, dass der Wachdienst des Merkur-Centers bei seiner Mitternachtsrunde angeblich nichts Auffälliges bemerkt hatte. Kannengiesser hatte ein dickes Fragezeichen dahintergemalt.

»Und?« Gonzo schob den Zettel zurück. »Sowas soll vorkommen.«

Kannengiesser fuhr sich durch die Haare. »Sicher, es kommt auch vor, dass die Polizei nicht weiterermittelt. Es kommt auch vor, dass die Kaufhausleitung die Bestattungskosten für den Jungen übernimmt. Und es kommt auch vor, dass die Männer vom Wachdienst, die in der Nacht Dienst hatten urplötzlich zu einen Seminar nach Thüringen müssen und zwei Wochen nicht von der Kripo befragt werden können.« Er lehnte sich zurück. »Kann ich alles beweisen. Unterlagen, alles. Mit den Kindern im Parkhaus hab ich auch gesprochen. Die sagen, dass auf jeden von ihnen 1.000 Mark Prämie ausgesetzt sind.«

»Vom Kaufhaus?« Gonzos Nacken kribbelte.

»Vom Kaufhaus.«

Gonzo fragte sich, ob Kannengiesser nicht vielleicht doch auf eine richtige Geschichte gestoßen war. »Hast du einen von den Wachleuten, der redet?«

»Fast.« Kannengiesser rückte ein Stück näher. »Natürlich will er nicht ins Bild. Aber das kriegen wir schon hin. Schatten vorm Fenster oder Kapuze. Er sagt, dass er dabei war.«

»Dann haben wir die Bullen am Hals«, meinte Gonzo. »Durchsuchung nach Beweismaterial. Bei dir, bei mir, bei Herbert.«

Kannengiesser lehnte sich zurück. Seine Augen glänzten. Der oberste Kragenknopf stand offen und unter dem weißen Seidenhemd hatte er ein knallrotes T-Shirt an. »Also okay?«

Gonzo sagte sich, dass es wahrscheinlich gar nicht so schlimm werden würde, und dass schließlich Kannengiesser die Story aufgerissen hatte und Herbert die redaktionelle Verantwortung für die Ausstrahlung übernehmen würde. »Okay!«, sagte er. »Meinen Stundensatz kennst du ja.«

Kannengiesser wischte sich den dünnen Schweißfilm von der Stirn. »Herbert wird dir eine Prämie geben. Er wird dir die Füße küssen!«

»Mein Stundensatz reicht mir. Wann geht‘s los?«

»Ich muss ein paar Leute anrufen und Termine machen. Morgen, okay?« Kannengiesser kippte seinen Kognak in einem Zug und hob das Glas in Grabowskis Richtung. »Noch einen.« Und zu Gonzo: »Das wird der ganz große Scoop, das verspreche ich dir.«

»Sag mir nur, wann ich wo sein soll!« Gonzo schnappte sich seine Bücher und trollte sich.

Im Wagen roch es wieder schwach nach Vanille. Er rollte über den Bismarckplatz und schlug die Richtung nach Rüttenscheid ein. Vor dem Film-Studio auf der Huyssenallee glänzte die alte Projektionsmaschine, die sie vor dem Eingang des Backsteinbaues aufgestellt hatten. Am Polizeirevier nebenan parkten Streifenwagen vor einer blau-silbern-rot-grünen Girlande, die SKUNK und NILES über die Reservierungsschilder gesprüht hatten. Über Stolperschwellen und Aufpflasterungen kämpfte Gonzo sich nach Rüttenscheid hinein und rollte mit Tempo dreißig an flanierenden Yuppies und gestyltem Bürgertum vorbei, die ihre Freizeit damit vertrieben, sich in den Bistros, Cafés und Kneipen gegenseitig auf die Nerven zu gehen. Am Rüttenscheider Stern stellte Gonzo sich auf den Parkplatz hinter dem alten Pissoir und suchte die Graffiti an der Wand vergeblich nach seinen beiden neuen Freunden ab. Er machte den Funkscanner an und wartete darauf, dass auf der Polizeifrequenz irgendwelche Neuigkeiten durchkamen. Alles blieb ruhig, nur Nachbarschaftsstreitereien, zu laute Grillparties und einmal Lustgestöhn aus dem Parterrefenster. Gonzo stieg aus und reckte sich neben dem Wagen. Auf dem Stromkasten hockten zwei Mädels in schwarzen Lederjacken, lila Halstüchern und grünen Struwwelpeterhaaren und tranken Bier. Die leeren Dosen feuerten sie nach hinten ins Gebüsch. Die jüngere kletterte vom Stromkasten herunter und schlenderte auf Gonzo zu. »Haste mal ne Zigarette?«

»Nichtraucher.«

Sie musterte die Aufschrift auf den Seitenteilen des Wagens. »Bist du das?« Sie zog die Nase hoch.

Gonzo gähnte. »Kann sein.«

Sie sah ihn an. »Ist nicht dein Tag, oder?«

Gonzo schüttelte den Kopf.

Sie drückte ihm ihre Bierdose in die Hand. »Trink dir einen.«

Die Dose war fast leer. Gonzo nahm den letzten Schluck und feuerte die Dose ins Gebüsch. Das Mädel trottete zu seiner Freundin auf dem Stromkasten zurück.

Im Wagen sprang der Scanner auf die Frequenz des Rettungsdienstes. In Altendorf brauchten sie einen Krankenwagen in der Kopernikusstrasse, weil sich jemand beim Duschen verbrüht hatte. Zwei Minuten später musste die Feuerwehr nach Katernberg und eine Garage löschen. Gonzo rechnete nach, dass es seit dem Frühjahr der siebte Einsatz bei der Adresse war.

Er winkte den beiden Mädels auf ihrem Stromkasten zu und kletterte wieder in den Wagen. Auf dem Weg zur A 52 kam er an der Agentur von Lutz und Wilbert vorbei. Der Laden lag im Hinterhof, zusammen mit einem Verlag für Heimatliteratur und einem Büro für Media Consulting. Hinter den Stahlgittern der Fenster brannte Licht, und Gonzo nahm an, dass Lutz und Wilbert über der Buchhaltung hockten und nachrechneten, wie sie ihre Firma ohne Wahnfrieds Geld über die Runden bringen konnten.

An der Brücke neben dem Girardetzentrum wendete er und stellte sich auf den Seitenstreifen. Unter ihm wälzte sich der Abendverkehr über die Betonpiste, und es war eigentlich nur eine Frage der Zeit, wann es irgendwo einen Unfall geben würde.

Das Handy auf dem Beifahrersitz zirpte. Gonzo angelte nach dem Apparat und drückte den Knopf. Aus dem Hörer heulten Indianer und peitschen Schüsse. »Winnetou,« vermutete Gonzo.

»Aber welcher Teil?« Hassenkamp drehte das Orchester Martin Böttcher leiser, das sich über die Schießerei legte. Die Westernsammlung des Dokumentationskommissars war wahrscheinlich die größte westlich des Grand Canyons. Vor ein paar Jahren hatte Gonzo einmal ein paar gute Bilder von Hassenkamp gemacht, als der Hauptkommissars von der Dokumentationsabteilung der Kripo bei einem Bundesligaeinsatz mit seiner Kamera unter eine Horde Hooligans geraten war, die gerade einen Imbisswagen abfackelten. Zwei Tage später hatte Gonzo ihm dann die Kassette mit dem Kurzbericht über die Randale ins Krankenhaus gebracht.

»Wir könnten wieder mal ein Bier trinken«, sagte Hassenkamp.

»Was ist los?«, fragte Gonzo.

»Was soll los sein?« Im Hintergrund delirierte das Winnetou-Thema. Old Shatterhand sprach.

»Teil 3«, sagte Gonzo. »Winnetou ist gerade gestorben.«

»Richtig«, meinte Hassenkamp. »Kannst du das Bier mitbringen? Ich bin im Präsidium.«

»Okay!«, Gonzo sagte sich, dass wahrscheinlich doch nicht mehr viel passieren würde und er vielleicht aus Hassenkamp etwas über die Ludomil-Geschichte herausbekommen konnte.

Auf dem Weg zur Zweigertstraße lauschte er den Routinesprüchen aus dem Funk. Vorfahrtunfälle und Blechschäden. Sobald es noch früher dunkel wurde und es Nieselregen und Nebel gab, würde es mit den Unfällen leichter werden. Es gab immer welche, die mit Sommerreifen durch den Herbst bretterten und sich wunderten warum sie von der feuchten Fahrbahn rutschten.

Auf den Parkplatz des Präsidiums standen nur ein paar Kleinwagen. Erst als Gonzo nach hinten durchfuhr, entdeckte er den Porsche mit dem Illustriertenlogo und den cremefarbenen Bentley aus der Rathausgarage. Er stellte sich daneben, machte den Motor aus und kramte noch eine Weile auf der Suche nach der Quelle des Vanillegeruchs im Wagen herum, fand aber nichts außer einem braunen Plastikdinosaurier unter der Fußmatte. Resignierend steckte er das Handy ein und schloss den Kombi ab.

An der Trinkhalle auf der Straßenbahninsel zwischen Landgericht und Präsidium kippten ein paar Rentner Korn aus Portionsflaschen und sprachen die Prozesse durch, die sie zuletzt gesehen hatten. Gonzo verlangte ein Sechserpack. »Aber kalt.«

Die Bedienung knallte ihm die Dosen hin und verlangte »Siebenachtzig!«, ohne den Blick von der Seifenoper zu nehmen, die über den Fernseher neben der Kasse flimmerte.

Während sie das Wechselgeld heraussuchte fühlte Gonzo über die Dosen. »Die sind nicht kalt.«

»Dann stell sie halt in den Kühlschrank!« Sie warf ihm das Geld hin.

Gonzo spähte auf ihren Fernseher. Irgendein Arzt machte sich gerade an eine Schwester heran. »In Wirklichkeit ist sie die Frau vom Professor«, sagte er. »Aber das kriegt er erst in der übernächsten Folge raus, wenn sie schon von ihm schwanger ist!«

In der Pforte des Präsidiums hatten die beiden uniformierten Wachen ihren Fernseher in der untersten Schreibtischschublade stehen. Während der Posten Gonzos Passierschein ausfüllte, wälzte sich die Schwester schon mit dem Arzt auf der Intensivstation in einem Notfallbett. Deswegen dauerte es auch eine Weile, bis der Wachhabende ihm seinen Passierschein ausgeschrieben hatte. »Die Schwester hat ihn bloß reingelegt«, sagte Gonzo noch, ehe er in der Schleuse verschwand. »Sie will sich rächen, weil er mal seinen Bruder falsch behandelt hat.«

Er hörte noch etwas, was wie »Arschloch« klang, ehe die Glastür hinter ihm zufiel.

7

Hassenkamps Videobearbeitung lag im Keller. Der Raum war düster bis auf die Punktstrahler, die die Regler auf seinem Schnittplatz beleuchteten. Die Reihe der Monitore unter dem schmalen Fenster war dunkel. Auf dem gigantischen Breitbildfernseher in der Ecke führte Old Shatterhand die Apachen gegen die Mörder seines Blutsbruders an. Hassenkamp hatte die Beine aufs Schnittpult gelegt und genoss das Gemetzel. Gonzo holte zwei Dosen aus dem Sechserpack und gab dem Kommissar eine. Die Verschlüsse knackten.

»Das ist ja pisswarm«, sagte Hassenkamp nach dem ersten Schluck.

»Dann stell's halt in den Kühlschrank. Was ist los?«

Hassenkamp drehte den Ton des Fernsehers weg und hob die Bierdose. »Erstmal alles Gute zum Geburtstag.«

Gonzo nickte.

Hassenkamp schob eine Kassette in einen Recorder. Auf einem der Monitore legte Ludomil die Schaufensterpuppe ins Grab. Am Bildrand tauchte auf einmal der Opa mit seiner Pistole auf. Hassenkamp stoppte das Band. »Damit hast du dich ziemlich unbeliebt gemacht.«

»Das hättest du mir auch am Telefon sagen könne«, sagte Gonzo. »Was soll die Show?«

Hassenkamp bleckte die Zähne. »Stand der Porsche noch draußen?«

Gonzo nickte. Hassenkamp lies das Band weiterlaufen. »Dieser Deal mit der Illustrierten passt den Kollegen von der Kripo gar nicht«, sagte er und drehte den Ton auf.

Gonzo starrte auf den Monitor und sah gerade noch, wie er selbst mit der Suzie auf der Schulter und Jacqueline im Schlepptau irgendwo im Hintergrund in den Büschen verschwand, während der Opa mit seiner Knarre durch den Garten stolperte. Die Uniformierten gingen hinter der Pergola neben den Büschen in Deckung. Der Staatsanwalt warf sich vorsichtshalber mit seiner Assistentin zu den Schaufensterpuppen in Ludomils Grube. Von der Tonspur kam unverständliches Gebrüll. Das Bild wackelte kein Stück, auch nicht, als Hassenkamp dann über die Szene geschwenkt hatte. Neben der Laube fiel der Edelfeder die Pfeife aus dem Mund und seine Bräune wechselte zu einem ungesunden Aschgrau. Anwalt Gottlich verdrückte sich hinter die Laube.

»Die Waffe weg!« Einer von der Mordkommission hatte endlich seine Dienstpistole aus dem Halfter gezerrt und auf den Opa angelegt. Dem gingen angesichts von soviel Staatsmacht endgültig die Nerven durch; er fuchtelte noch wilder mit seiner Pistole herum. Dann fiel der Schuss.

Hassenkamp stoppte das Band. Gonzo hockte auf der Stuhlkante. Für die Bilder hätte Herbert glatt das doppelte Honorar hingelegt. Leider hatte er im Moment keine Idee, wie er Hassenkamp das Band aus den Zähnen ziehen konnte.

»Du hast natürlich gewusst, dass das nur eine Gaspistole war?«, sagte der Hauptkommissar.

Gonzo zuckte mit den Schultern. »Was hat euch der Opa gesagt?«

»Bisher gar nichts«, sagte Hassenkamp. »Im Wagen hat er gleich einen Kreislaufkollaps bekommen. Jetzt ist er erstmal ein paar Tage zur Beobachtung in der Psychiatrie.«

Gonzo starrte wieder auf den Bildschirm und fragte sich, wie die Geschichte weitergegangen war. Und warum Hassenkamp ihm das Band zeigte.

»Ich seh schon, du hältst es kaum noch aus«, grinste der Hauptkommissar und ließ das Band weiterlaufen.

Nach dem Schuss wackelte das Bild dann doch ein bisschen, als Hassenkamp herumschwenkte, um zu sehen, wer auf wen gefeuert hatte. Einer der Kripobeamten fuchtelte mit seiner Waffe herum, der Opa hatte die Hände hochgerissen und sah ziemlich unverletzt aus. Seine Pistole lag ein paar Meter von Ludomil entfernt im Gurkenbeet. »Ihr Schweine!«, heulte der Opa.

Der Mordbeamte steckte seine Waffe ein. Die Uniformierten kamen aus ihrer Deckung und hielten den Opa in Schach. »Verdammte Sauerei!«, brüllte jemand. Es gab einen Schwenk auf den Staatsanwalt, der gerade aus der Grube kletterte. Am Bildrand tauchte auf einmal Ludomil auf und bückte sich mit seinen gefesselten Händen nach der Waffe des Opas.

Gonzo sah, wie Ludomil die Waffe zuerst unsicher auf den Staatsanwalt richtete, der vor Schreck in die Grube zurückfiel. Dann war Ludomil mit zwei Schritten bei der Edelfeder, die gerade hektisch etwas in ihr Filofax notierte. Hassenkamps Bild schwankte, als er ein paar Schritte zurückging. Ludomil hob die gefesselten Hände und drückte der Edelfeder die Mündung der Pistole an den Kopf. »Alle mal herhören!«, schrie er. »Eine falsche

Bewegung und der Mann hier stirbt.« Der Starschreiber nahm die Farbe seines Staubmantels an. Gonzo bis sich auf die Lippen. Das Material war erste Klasse. Hassenkamp beobachtete ihn mit unbeweglichem Gesicht.

Die Uniformierten machten keine Bewegung. Ludomils Kopf zuckte herum. Er rammte der Edelfeder die Waffe noch fester an den Kopf. »Bleib stehen!«

Die Edelfeder schluckte. »Ludomil, machen Sie keinen Blödsinn!«

»Ruhe!«

Der Ton war blechern, weil Hassenkamp mit dem Kameramikro aufgenommen hatte. Notfalls musste man untertiteln, überlegte Gonzo.

Die Edelfeder stöhnte. »Sie machen alles nur noch schlimmer. Ich bin doch auf Ihrer Seite!«

Die Edelfeder konnte inzwischen ihre Hände nicht mehr ruhig halten. Auch seine Unterlippe zitterte.

»Ich knall ihn ab!«, sagte Ludomil.

»Bitte …«, röchelte die Edelfeder.

Auch Gottlich riskierte einen Blick um die Ecke der Laube. »Ludomil, geben Sie auf!«

»Sie haben mir die ganze Scheiße doch erst eingebrockt!«, kreischte Ludomil zu seinem Anwalt. »Von wegen nur ein paar Interviews! Seit vier Wochen quatscht mich dieser Typ hier voll, und die von seiner Redaktion bepflastern ihre Illustrierte von vorn bis hinten mit Bildern aus unserem Familienalbum.«

»Bitte!«, flehte die Edelfeder. »Wir können über alles reden.«

»Aber erst die Waffe weg!«, regte Gottlich an.

Gonzo rückte näher an den Monitor heran, weil er links von Ludomil eine Bewegung gesehen hatte. Einer der Uniformierten schob sich vorsichtig heran.

Die Edelfeder wollte noch etwas sagen, aber Ludomil brachte ihn mit der Pistole zum Schweigen. »Du weißt genau, dass ich unschuldig bin. Ihr und Gottlich habt doch die Zeugen längst ausgegraben, die mich beim Joggen gesehen haben. Aber ihr wollt erst beim Prozess damit rauskommen, damit's die Auflage hochtreibt.«

Hassenkamp war noch ein paar Schritte zurückgegangen. Der Uniformierte war jetzt schon fast bei Ludomil, der vollkommen damit beschäftigt war, die Edelfeder und Gottlich im Blick zu behalten. Die Mordermittler sahen sich ratlos an. Der Staatsanwalt krabbelte aus der Grube. »Ludomil, wenn das stimmt, ist das unerhört!«

Ludomil rammte der Edelfeder die Waffe wieder an die Schläfe. »Sag's ihm.«

Die Edelfeder brachte kein Wort heraus.

»Sag's!«

»Ja«, krächzte der Mann endlich. »Aber das waren alles prozesstaktische Erwägungen von Gottlich. Ich ...«

Das Bild flackerte, als Hassenkamps Akkus den Geist aufgaben. Das letzte, was noch zu erkennen war, ehe sich schwarzweiße Streifen breitmachten, war der Uniformierte, der sich von hinten auf Ludomil warf und ihn zu Boden riss.

Hassenkamp ließ das Band aus dem Recorder schnappen. Gonzo leckte sich die Lippen. »Wieviel?«, fragte er.

Hassenkamp schüttelte den Kopf. »Falsche Frage.«

Gonzo starrte immer noch schwarzen Monitor. »Warum?«, fragte er dann. »Warum zeigst du mir das, wenn du's mir nicht geben willst?«

Hassenkamp deutete mit dem Band zur Decke. »Da oben haben sie jetzt gerade den Reporter und Gottlich in der Mangel«, sagte er. »Staatsanwaltschaft und Leiter Kriminalpolizei. Mal sehen, wie unsere beiden Spezialisten sich da rausreden. Sie haben Ludomils Alibizeugen nämlich wirklich ausgegraben und unter Verschluss gehalten. Seit drei Tagen.«

»Habt ihr deswegen schon eine Presseerklärung rausgegeben?«

Hassenkamp schüttelte den Kopf. Langsam verstand Gonzo besser.

»Aber wenn jetzt jemand konkret nachfragt?«

»Tja«, machte Hassenkamp.

»Kann ich mal telefonieren?« Gonzo griff zu Hassenkamps Apparat. Der Kommissar hielt Gonzos Hand fest. »Der speichert die Nummern.«

Also zerrte Gonzo das Handy aus der Tasche. »Ich muss mal aufs Klo!«

Hassenkamp nickte. »Du weißt ja Bescheid.«

Der Gang vor Hassenkamps Studio war leer. Gonzo tippte Herberts Nummer ein, während er auf die Toiletten zusteuerte. In dem gekachelten Raum roch es nach Zitronen. Während der Ruf durchging, riegelte Gonzo sich in einer Kabine ein und ließ die Hosen runter.

»Die Ludomil-Geschichte«, sagte er, als Herbert sich endlich meldete. »Frag sofort beim Präsidium an: Ob Gottlich und der Illustriertenfuzzy die

Alibizeugen ausgegraben und zurückgehalten haben. Ob das alles heute bei der Geschichte im Erlengrund rausgekommen ist. Ob die Staatsanwaltschaft im Augenblick den Fuzzy und Gottlich in der Mangel hat. Alles klar?«

»Bist du wahnsinnig?«, brüllte Herbert. »Wir haben in einer halben Stunde Sendung.«

»Willst du die Geschichte oder nicht?« Gonzo umklammerte das Handy.

»Okay«, sagte Herbert. »Bist du ganz sicher?«

»Ganz sicher.«

»Was frag ich, wenn sie mauern?«

»Ob es ein Polizeivideo gibt, das die Vorfälle dokumentiert.«

»Gibt es das? Kann man das kriegen?«

»Im Moment nicht«, sagte Gonzo. »Das Informationshonorar für mich geht klar?«

Herbert fing an zu lamentieren, dass er dafür überhaupt keinen Etatposten hätte, aber am Ende rückte er ein paar Hunderter raus. »Und wehe, die Sache nicht stimmt, dann zieh ich dir eigenhändig den Skalp ab.«

Gonzo unterbrach die Verbindung und widmete sich anderen Geschäften.

Als er fünf Minuten später wieder in Hassenkamps gute Stube kam, hatte Old Shatterhand gerade den Mord an seinem roten Bruder gerächt. Die Schlusstitel rollten über den Bildschirm.

»Danke«, sagte Gonzo.

»Du hast mehr Glück als Verstand«, meinte Hassenkamp nur. »Für die Nummer mit dem Opa hättest du normalerweise eine Anzeige kassiert. Nicht immer kommt durch eine kleine Sauerei eine größere raus, merk dir das.«

»Las mich raten«, meinte Gonzo. »Die von der Mordkommission sind sauer, weil die Bonzen im Moment dabei sind, die Geschichte mit dem Alibizeugen zurechtzubiegen.« Er kratzte sich am Kopf. »Leitet nicht dein alter Kumpel Behrendt die Ermittlungen in Sachen Ludomil?«

»Exakt.« Hassenkamp packte das Ludomil-Band in seinen Archivschrank. »Er hat getobt, als sie ihm einen Maulkorb verpasst haben. Außerdem versucht ausgerechnet Gottlich ihn jetzt noch wegen schlampiger Ermittlungen anzupissen.«

Gonzo lehnte sich zurück und machte die nächste Bierdose auf. So, wie er Behrendt damals im Frühjahr erlebt hatte, als sie wegen der Geschichte mit dem toten Bahnhofs-Wachmann zusammengeraten waren, konnte er sich schon vorstellen, dass der Kommissar vergessen hatte, auch entlastendes Material zu suchen.

»Ist denn irgendwas an der Russenmafia-Geschichte dran?«, fragte er. »Ludomil soll für die Geld gewaschen haben.«

Hassenkamp zuckte mit den Schultern. »Frag Behrendt.«

Gonzo leerte die Dose und drückte sie zusammen. Dann stand er auf. »Die Firma dankt.«

»Freu dich nicht zu früh«, meinte Hassenkamp.

Gonzo warf einen Blick auf die Videohülle auf dem Großbildfernseher. Vor jugoslawischen Berggipfeln tauschten Winnetou und Old Shatterhand Henrystutzen und Silberbüchse. »Ich hab gehört, dass sie gerade die Fortsetzung drehen«, sagte er. »Für's Fernsehen.«

Hassenkamp schnaufte. »Dann kann ja nichts Ordentliches bei rauskommen.«

8

Im Loft war es düster und schon ein wenig kühl. Noch eine oder zwei Wochen, und er würde die Heizung anwerfen müssen. Gonzo schauderte bei dem Gedanken an die Nebenkostenabrechnung. Beim letzten Mal war sie vierstellig gewesen und hatte seinen Dispokredit bis zum letzten Pfennig ausgereizt. Er schleppte die Suzie zum Arbeitstisch, steckte die Akkus ins Ladegerät und kontrollierte den Kühlschrank. Im Eisfach war die letzte Tiefkühlpizza festgefroren. Als er sie mit dem Brotmesser ablöste, schnitt er sich beinahe die Pulsadern auf.

Im Hof klapperte der Deckel des Müllcontainers. Ein Hauch von Vanille wehte durch den Raum. Gonzo machte die Augen zu und schnüffelte dem Duft nach, ohne herauszubekommen, wo er herkam.

Die Mikrowelle klingelte. Er holte die Pizza heraus und nahm sie mit zum Bistrotisch am Fenster. Drüben in der ersten Etage des Vorderhauses hatte Bodo Stress mit seiner rothaarigen Freundin. Das Fenster stand auf, Gonzo hörte etwas von »Drecksack« und »Bekloppter Wichser« und sah den Meckikopf der Frau zwei, dreimal vorbeihuschen. Bodo war nicht zu sehen. Erst als die Meckifrau eine leere Bierflasche durch den Raum feuerte, machte er den bulligen Glatzkopf auf der Matratze neben der Tür aus. An der Wand darüber pappten Bilder von deutschen Landsern, ein Portrait von Rudolf Hess und ein paar Naziwimpel. Bodo beschäftigte sich in seiner Freizeit gern mit deutscher Geschichte.

Das Telefon auf dem Schreibtisch klingelte. Seit Betty bei ihm arbeitete, herrschte zwischen Computer, Fax und Ablagekörben pedantische Ordnung. Wenn sie ging, legte sie alle WDR-Kugelschreiber ordentlich hin, von denen Gonzo damals bei seinem Abschied aus dem Dortmunder Landesstudio eine ganze Kiste hatte mitgehen lassen. Der Anrufbeantworter hatte schon seinen halben Spruch abgespielt, als Gonzo abnahm.

»Wir können morgen drehen«, sagte Kannengiesser »Ich hab alles arrangiert.«

Gonzo kratzte sich am Kopf. »Alles?«

»Alles. Die Kinder, der Zeuge. Vier Stunden, dann sind wir durch. Kann ich bei dir schneiden?«

Gonzo starrte auf seinen Schnittplatz. »Nein. Frag Herbert. Geh in ein Studio.«

Sie machten einen Treff am Kaufhaus aus und Gonzo wandte sich wieder der Pizza zu. Der Käse war kalt. Er kratzte die viereinhalb Champignonscheiben aus der Tomatensauce. Drüben schob Bodo seine Zarah Leander-CD ein und drehte voll auf. Seine Freundin machte das Fenster zu.

Das Telefon klingelte wieder. Er nahm ab. »Aha«, sagte eine Frauenstimme.

»Und weiter?« Gonzo runzelte die Stirn.

»Ich dachte, ich ruf mal an.«

Gonzo überlegte, ob vielleicht vorgestern in der Ente etwas passiert war, an das er sich erinnern müsste.

Sie lachte. »Schon vergessen?« Der Stimme nach war sie älter. Ein vibrierendes Timbre, ziemlich sexy. Gonzo schluckte. Linda Grotewohl. »Alles klar im Kaufhaus?«

»Sicher. Und bei dir?«

»Auch.«

»Na wunderbar«, sagte sie. Gonzo musste an ihren Ausschnitt denken, und an die verkrüppelten Arme. »Ich stör dich hoffentlich nicht, oder?«

»Nein.« Gonzo umklammerte den Hörer. Drüben waren Bodo und seine Freundin schon beim Vorspiel zur Versöhnungsvögelei.

»Sprache verloren?«, Sie flüsterte. »Woran denkst du?«

»Nichts Besonderes«, sagte er, während ein paar Visionen durch seinen Kopf geisterten, wie sie ohne Klamotten aussah. »Was wird das? Der Beginn einer wunderbaren Freundschaft oder was?«

»Könnte sein.« Etwas raschelte. »Ansonsten such ich noch einen Kameramann.«

»Wofür? Privatvideos?«

»Lehrfilm.«

»Auch schön.«

»Ich ruf dann nochmal an, ja?«

»Ja«, sagte Gonzo verblüfft in das Klicken, mit dem sie auflegte.

Später, als er auf dem Feldbett lag und der Mond durchs Fenster schien, phantasierte er sich im Halbschlaf eine Geschichte mit Jacqueline und Linda zusammen, die ihn so aufregte, dass er am Ende ins Bad tappte und mit geschlossenen Augen die Sache in der Kloschüssel zu Ende brachte.

Als er am nächsten Morgen unrasiert, aber wenigsten frisch gewaschen mit der Suzie auf der Schulter über den Hof kam, stand ein Streifenwagen von der Nordwache quer vor seinem Kombi. Auf dem Autodach lagen lappige Pappelblätter. Es roch bitter nach Jahresende. Von der Streifenwagenbesatzung war keine Spur zu sehen, aber als Gonzo den grünweißen Golf umrundete, hörte er, dass es oben in Bodos Wohnung irgendwelche Probleme gab. Bodo brüllte etwas von Terror und dass man die Scheiße doch lassen sollte, dann rumpelte etwas und die Meckifrau kreischte auf.

Gonzo drückte die Heckklappe des Kombis hoch und verstaute die Suzie in der Halterung. Die Akkus packte er in den alten Pappkoffer, dann kontrollierte er den Vorrat an leeren Bändern und setzte sich auf die Ladekante.

Drei Minuten später kamen Endrulat und Bantzok von der A-Schicht mit Bodo in der Mitte. Zu seinem Bundeswehrunterhemd trug er nur eine Trainingshose; die Schnürsenkel seiner Springerstiefel baumelten herunter. Endrulat hielt ihn in Polizeigriff, Bantzok betrieb mit der Hand an der Waffe Kollegensicherung. Bodos Gesicht glühte. »Ihr Arschlöcher!«

»Stress?« Gonzo ging zur Seite, damit die Polizisten Bodo in ihren Wagen packen konnten.

»Das ist ein Scheiß-Irrtum!«, keuchte Bodo. »Ich hab den Scheiß-Brief nie gekriegt!« Endrulat drückte ihn in den Wagen. Bantzok kam um das Fahrzeug herum, die Hand immer noch am Holster. »Wo kommst du denn schon wieder her, Gonzo? Wieder den Polizeifunk abgehört?«

Gonzo zeigte aufs Hinterhaus. »Ich wohne hier.«

Endlich nahm Bantzok die Hand von der Knarre. »Nette Nachbarschaft hast du.«

Endrulat trat heran. »Alles klar?«

Gonzo nickte. »Und bei euch?«

Endrulat hob die Schultern. »Immer der gleiche Kram.«

Im Wagen trommelte Bodo gegen die Scheibe. »Ich hab dir gleich gesagt, dass du ihm Handschellen anlegen sollst!«, sagte Bantzok. »Der demoliert uns die Karre.«

Endrulat riss die Wagentür auf und brüllte Bodo an, dass er den Scheiß bleiben lassen sollte.

»Ist nicht zum Haftantritt erschienen!«, erklärte Bantzok.

»Wegen was?«, fragte Gonzo interessehalber.

»Dreißig Tage wegen fortgesetzter Beförderungserschleichung«, sagte Bantzok. Endrulat hatte Bodo inzwischen beruhigt und kletterte hinters Steuer.

»Kommst du wieder mal zum Training?« Bantzok hatte sich im Anbau seines Zechenhauses in Herne einen Gymnastikraum eingerichtet, in dem Gonzo mit ein paar anderen Bullen von der Nordwache manchmal etwas gegen das Übergewicht und die verspannten Nackenmuskeln tat.

»Keine Zeit«, meinte Gonzo. »Du weißt ja, wie das ist.«

Bantzok nickte, hob die Hand und stieg ein. Gonzo wartete, bis sie in der Tordurchfahrt zur Straße verschwunden waren, ehe er in den Kombi kletterte. Vanille. Er rangierte den Wagen durch die Zufahrt. Vor dem alten Laden links neben der Durchfahrt waren teure Sporträder angekettet. Die Schaufenster waren halb mit weißer Folie abgeklebt, und in der Tür lehnte Gonzos Vermieter. Der Junge war gerade einmal 21 geworden und hatte sich noch als Schüler mit ein paar Computerprogrammen seine erste halbe Million verdient. Durch die offene Tür sah Gonzo in dem Laden ein paar Kids in weiten T-Shirts vor den Monitoren hocken. Wahrscheinlich simulierten sie den bemannten Flug zum Mars.

Die Straße zur City war voller Vormittagshektiker auf Einkaufstour, auf den Bürgersteigen schoben sich Leute von einem Laden in den anderen, und an der Tankstelle drängelten sich die Wagen bis fast auf die Fahrbahn. Der Vanillegeruch im Wagen wurde immer stärker, je näher er der City kam. An einer Fabrikmauer war über Nacht SKUNK in blau und mit silbernem Rand tätig gewesen. Gonzo machte den Funkscanner an und hörte eine Weile der Polizei und der Feuerwehr zu. Weil nichts los war, wechselte er zum Radio und geriet mitten in den letzten Werbespot für das Merkur-Center am Rathaus. »Immer günstig, immer preiswert: Russischer Markenwodka für nur 9 Mark 99.« Dann kam das Jingle für die Lokalnachrichten. Gonzo fuhr zwanzig Meter weiter und hing hinter der Schlange fest, die aus einem Supermarktparkplatz herausragte. In den Nachrichten ging es wie üblich darum, dass die Stadt kein Geld hatte und auch nicht wusste, wo sie welches herkriegen sollte. Die Volkshochschule sollte in das leere Spaß-Schwimmbad im Gildehofcenter umziehen, damit man das Haus verkaufen konnte. Außerdem verlangte der Kulturausschuss, dass die Stadtbücherei in Zukunft zwei Mark Eintritt nehmen sollte, und der Bürgerverein wollte das wachsame Hähnchen, das als Wahrzeichen der Stadt vor dem alten Rathaus auf dem Kennedyplatz stand, dem Wienerwald als Werbefläche verkaufen.

»Neue Impulse braucht die Stadt«, tönte der Moderator, der wahrscheinlich gestern erst den Stimmbruch überstanden hatte, »und einer dieser neuen Impulse kommt von Arnold Treger, Bauunternehmer und Initiator des Berolina-Projekts am Berliner Platz. Gestern stellte er seine Pläne der Öffentlichkeit vor, heute haben wir Jacqueline Kowalczik mit der ganzen Geschichte.«

Während Jacqueline die Lobeshymnen aus der Pressestelle der Bero-Bau und Entwicklungsgesellschaft herunterbetete, rangierte Gonzo nicht ganz konform zur Straßenverkehrsordnung über die durchgezogene Linie und kam endlich weiter. »Mit einem Investitionsvolumen von mehr als 500 Millionen Mark wird das Berolina-Center eines der größten Projekte der letzten Jahre«, säuselte Jacqueline. »Arnold Treger, dem die Bero-Bau gemeinsam mit dem New Yorker Finanzier Alexander Stopowski gehört, betonte noch einmal die außerordentliche gute Zusammenarbeit mit der Stadtverwaltung, ohne deren Unterstützung die erforderlichen Plangenehmigungsverfahren nicht in der Kürze der Zeit hätten durchgeführt werden können. Darüber hinaus hat die Stadt auch Zusagen für die verkehrsmäßige Erschließung des Berolina-Centers gegeben.« Mit halbem Ohr hörte Gonzo, wie sie die neuen Zufahrten und die neue Straßenbahnführung herunterleierte, auf denen schon in zwei Jahren die Käuferströme ins Center fließen sollten.

Am Rathaus ging es nur noch im Schritttempo weiter, das Parkleitsystem war ausgefallen und natürlich fuhren alle erst einmal in die Kaufhausgarage, um zu sehen, ob es nicht doch noch einen freien Platz gab. Er schaltete gerade, als ein dunkelhäutiger Junge aus der Parkhausausfahrt gerast kam und vorn die Kurve nicht mehr kriegte. Er stolperte und schlug lang hin; in der nächsten Sekunde schoss ein grüner Ford um die Ecke und preschte auf den Jungen zu. Der Kleine rappelte sich hoch, stolperte wieder und schaffte es dann gerade noch im letzten Moment, sich unter dem Absperrgitter auf den Fußgängerstreifen zu rollen. Der Wagen fegte an ihm vorbei und Gonzo hämmerte auf die Hupe, als der Typ sich rücksichtslos vor ihm auf die Fahrbahn drängte.

Gonzo kurvte einmal, ohne sich um die Verkehrsschilder zu kümmern, um die Synagoge herum, kehrte auf der Gegenfahrbahn zurück und setzte den Kombi dann endlich hinter Kannengiessers Rostlaube, die nur noch von den Aufklebern mit den Logos aller möglichen Fernsehsender zusammengehalten wurde. Den linken Scheinwerfer hatte er mit Paketklebeband gesichert, und die TÜV-Plakette am Nummernschild hatte allenfalls noch historischen Wert. Neben ihm stauten sich die Wagen auf der Parkhauszufahrt, und ein paar ganz Dünnhäutige spielten mit ihrem Fernlicht, als Gonzo ausstieg und die Suzie auslud. Mit Kannengiesser kam ihm das dunkelhaarige Mädchen aus der Garageneinfahrt entgegen, einen Baseballschläger in der Hand. Ein paar Meter weiter lehnten zwei von ihren Jungs an der Wand und rauchten. SKUNK hatte es mit seinen blauen und silbernen Sprühdosen auf gut zwei Meter Höhe gebracht. Auf der anderen Seite der Einfahrt verlief ein fragmentarisches rotes NI in einem grüngelben Farbfleck.

»Wurde aber auch Zeit!«, grunzte Kannengiesser. Er hatte ganz undercovermäßig eine schmuddelige Jacke mit Hahnentrittmuster an, auf seinen Jeans prangten Ölflecken. Sein Aufnahmegerät baumelte am Tragegurt über der Schulter, das Mikro hatte er in die Jackentasche gesteckt.

Gonzo hob die Suzie an und checkte die Akkus. »Wo gehts los?« Er sah das Mädchen an. »Wir kennen uns doch.«

»Sie sagt, sie heißt Reka«, meinte Kannengiesser. »Kommt irgendwo vom Balkan. Sie macht gleich ein Statement.«

Er pfiff zu den beiden Jungs hinüber und dann ging es los in die Tunnelpassage mit dem Busbahnhof und der Straßenunterführung. Aus den Niedergängen der U-Bahn strömten die Leute auf den beiden einzigen Rolltreppen, die noch funktionierten, nach oben ins Kaufhauscenter. Vor den Haltestellen bettelten ein paar Junkies die Omas an. »Dreherlaubnis hast du hoffentlich!«

Kannengiesser machte eine Armbewegung, die alle Möglichkeiten offenließ, und Gonzo machte sich nicht die Mühe, noch einmal zu fragen.

In einer Ecke neben einer Betonsäule und hinter einer Plastikkiste mit Streusand hatten die Kinder ein paar Sperrmüllmatratzen zusammengeschoben und das ganze mit Sperrgittern der Stadtwerke abgetrennt. Reka hielt Kannengiesser am Arm zurück. »Warten.«

Gonzo lehnte sich neben Kannengiesser an die Wand. Benzingestank lag in der Luft. Kohlenmonoxid und der Geruch von heißem Gummi waberte durch den Tunnel. Er setzte die Suzie an und drehte einen Schwenk über die abgestellten Wagen zu dem Unterschlupf der Kinder. Es waren fast ein Dutzend, die nach und nach herauskamen. Gonzo schätzte sie zwischen zehn und vierzehn, manche sahen ganz manierlich aus in ihren Jeans und T-Shirts. Reka erklärte ihnen etwas, und Gonzo verstand noch nicht einmal in welcher Sprache.

»Das sind Rumänen, Letten, Ukrainer, einfach alles.« Kannengiesser machte sein Aufnahmegerät fertig. »Wir drehen erst eine Totale, dann ein paar Details und zum Schluss die Interviews, okay?«

»Sag mir nicht, wie ich meine Arbeit zu machen habe«, sagte Gonzo. Das Mädchen kam zurück; ihren Baseballschläger hatte sie einem der Jungen gegeben. Unter ihrem Sweatshirt drückten sich die Ansätze einer Brust durch. Sie grinste Gonzo an.

»Was ist mit deinem Zeugen?«, fragte er Kannengiesser.

»Welchem Zeugen.«

»Dem Wachmann. Der was über die Mordkommandos sagt.«

»Machen wir nachher woanders.« Kannengiesser fuhr sich mit den Fingern unter den Hemdkragen. Er sah Reka an. »Was ist jetzt?«

»Ist okay, wenn du gibst 100 Mark.«

Kannengiesser sah Gonzo an. »Kannst du mir mal aushelfen? Ich hab meine Brieftasche im Wagen.«

»Dann hol sie gefälligst!« Gonzo versuchte das Gefühl zu unterdrücken, dass an der Geschichte irgendetwas stank. Das Mädchen stemmte die Fäuste in die Hüften. »Einen Blauen, sonst kein Fernsehen.«

Kannengiesser fummelte sein Portemonnaie heraus und präsentierte dem Mädchen das leere Geldfach. »Ich hab kein Geld mit. Ihr bring es später, kapito?«

Reka schüttelte den Kopf und langte nach Kannengiessers Kreditkarte. »Das geht auch. Kann verkaufen für 100 Mark«. Sie steckte die Karte ein. »Okay?«

»Okay!« Als Kannengiesser Gonzos Blick bemerkte, kniff er ein Auge zu und klatschte in die Hände: »Los, anfangen.«

Zuerst wollte er eine hektische Ranfahrt an das Matratzenlager, dann ein paar Wackelbilder von den Kindern, wie sie zwischen den Wagen und den Leuten herumliefen. Gonzo sagte ihm, dass das Licht gerade mit Ach und Krach reichte und schlug vor, noch ein paar Bilder außerhalb der Durchfahrt zu machen.

Kannengiesser schüttelte den Kopf. »Sieht nicht echt genug aus«. Wenn er von den Kindern etwas wollte, musste er es zuerst mit Reka besprechen, die verhandelte dann mit den anderen und sagte ihm, ob es sich machen ließ oder nicht. Nach einer dreiviertel Stunde hatte er gut zwölf Minuten auf Band und fand, dass es Zeit für eine Pause war.

»Was denn?«, knurrte Kannengiesser. »Ich bezahl dich hier für's Arbeiten und nicht für's Rumhängen.«

Gonzo lehnte sich an die Betonwand und atmete tief durch, um den Rest von Sauerstoff aus dem Abgasgemisch in die Lungen zu kriegen. »Wieso hast du ihr deine Kreditkarte gegeben?«

Kannengiesser drehte den Kids den Rücken zu und murmelte, dass sie ihm das Ding sowieso schon vor zwei Wochen gesperrt hätten. »Und jetzt weiter.« Kannengiesser stöpselte sein Tonband an die Suzie. »Die Statements.«

Er schob Reka in eine ruhigere Ecke und verhandelte mit ihr wegen der Statements. »Die Jungen sagen, dass Wachmänner aus Kaufhaus kriegen Geld, wenn sie uns wegjagen«, sagte sie.

Gonzo wollte die Suzie ansetzen, aber Kannengiesser winkte ab.

»Wegjagen?«

Reka nickte.

»Töten, sie sollen euch töten, ja?«

Reka grinste. »Klar. Töten.«

»Dann sag das auch, klar?«,

»Klar.«

Kannengiesser drehte sich zu Gonzo. »Und los.«

Gonzo nahm Kannengiesser im Anschnitt, als er die Frage stellte und zog dann auf Reka.

»Wachmänner aus Kaufhaus wollen uns töten«, sagte sie. »Kriegen Geld dafür.«

»Wieviel?«, fragte Kannengiesser.

Reka zögerte. »Tausend Mark.«

»Was ist mit eurem Freund vor einer Woche passiert?«

»Miros. Auto hat ihn überfahren. Unten. An der Straße. In der Nacht.«

»Glaubt ihr, dass es die Wachmänner aus dem Kaufhaus waren, die ihn umgebracht haben?«

Reka nickte. »Ganz bestimmt. Für tausend Mark!«

Kannengiesser drehte sich triumphierend um. »Und Schnitt. Das war Klasse, was?«

Gonzo verkniff sich einen Kommentar. Mittlerweile hatten sie Publikum. Ein paar Einkäufer drängelten sich mit ihren Taschen in den Händen um sie herum. »Früher wären die Blagen ins Lager gekommen«, keifte ein Rentner. Zwischen den Gaffern liefen Rekas Jungs herum. Gonzo nahm an, dass ein paar Leuten hinterher die Portemonnaies fehlen würden. Dann hörte er von hinten auf einmal eine kreischende Stimme, die ihm ziemlich bekannt vorkam. »Weg da. Ich will durch!«

Der Alte rollte vor Kannengiesser und bremste ab. »Was soll das? Was machen Sie hier?«

Gonzo schloss die Augen und sagte sich, dass er es hätte wissen müssen, dass ein Dreh mit Kannengiesser nur im Chaos enden konnte. Kannengiesser erklärte dem Alten irgendetwas von einer aufrüttelnden Reportage über Kinderelend in der Großstadt.

»Ja, sowas kommt immer ins Fernsehen!« Der Alte zerrte einen Schnellhefter mit Fotokopien aus seinen Plastiktüten. »Aber die wirklich wichtigen Geschichten, die bringt ihr nicht. Dass sie mich hier beschissen habe, das interessiert euch nicht. Dass mir die ganze Hollestraße gehört, mit allem, was da draufsteht, das ist euch egal!«

Kannengiesser war sofort ganz Ohr und blätterte in dem Hefter des Alten. »Können wir weitermachen?«, sagte Gonzo.

Kannengiesser winkte ab. »Gleich. Das ist Dynamit.«

»Was ist mit ihm?«, fragte Gonzo das Mädchen und nickte mit dem Kopf hinüber.

»Kommt oft her«, sagte sie. »Hat aber kein Geld.«

»Na dann«, meinte Gonzo.

Nach zehn Minuten war Kannengiesser endlich mit dem Opa fertig. Irgendwie hatte er es geschafft, dem Alten seine Kopien abzuschwatzen. Er verstaute das Papierbündel in der Jacke und klatschte in die Hände. »Ab nach oben!«,

9

Oben schwang sich in zartrosafarbenem Neonlicht Merkur-Center über das Glasportal. Im Eingangsbereich behielten Lindas Wachmänner neben den Sensorensperren die Kundschaft im Auge und meldeten über Sprechfunk jeden weiter, der nicht konsumfreudig genug aussah. Am Telefonladen stand ein schlacksiger Typ in Jeans. Als er Kannengiesser erkannte, kam er auf ihn zu.

»Das ist Henry«, meinte Kannengiesser.

Gonzos Blick streifte Henrys schulterlange Haare. Unter den Augen hingen schwere Tränensäcke und sein Drei-Tage-Bart war mindestens eine Woche alt. »Hi«, murmelte Henry.

Gonzo ging ein paar Schritte zur Seite und nickte Kannengiesser zu. Der kam hinter ihm her. »Was ist?«

»Das ist nicht dein Ernst.«

»Was?«

»Der soll beim Wachdienst im Kaufhaus sein?«

Henry wollte zu ihnen kommen. Kannengiesser scheuchte ihn mit einer Handbewegung weg. »Jetzt natürlich nicht mehr«, zischte er. »Aber er war dabei.«

Gonzo packte Kannengiesser mit der freien Hand am Hemdkragen. Auf Kannengiessers Stirn begann die Wutader zu pochen. »Was willst du?«, keifte er. »Willst du mir erzählen, wie ich meinen Job zu machen hab? Ich hab den Typ abgecheckt, die Geschichte stimmt.«

Gonzo sah noch einmal hinüber zu Henry. »Bis wann war er denn dabei?«

»Bis vor zwei Monaten«, giftete Kannengiesser. »Drehst du jetzt weiter oder soll ich jemanden von der Konkurrenz anrufen?«

»Hast du dir die Wachleute mal genau angeguckt?« Gonzo zeigte zum Kaufhauseingang. »Die sind doppelt so schwer wie dein Henry, die sind rasiert und die haben kurze Haare. Und jetzt mach mir nicht weiß, dass ihm seine Matte in den letzten zwei Monaten gewachsen ist!«

Kannengiessers Blick wanderte zu Henry. Der hob die Schultern. Kannengiesser ging zu ihm hinüber und sagte etwas zu ihm, dann zerrte er ihn zu Gonzo. »Was war mit deinen Haaren, als du beim Wachdienst warst?«

Henry grinste. »Hab ich zum Pferdeschwanz gebunden. Wie Lagerfeld.«

Kannengiesser sah Gonzo an. »Endlich zufrieden?«

Gonzo dachte an die Zeit, die er bis jetzt schon für die Geschichte geopfert hatte. Wenn er ausstieg, würde er keinen Pfennig sehen. Und schließlich war das Ganze Kannengiessers Story.

»Okay!«, knurrte er. »Ziehen wir's durch.«

Kannengiesser klopfte ihm auf die Schulter. »Na also.« Dann zeigte er auf den Streifen aus schwarzem Granit, der vor dem Kaufhauscenter durch die Bodenplatten der Passage lief. »Alles was dahinter liegt, gehört zum Haus. Merk's dir. Von wegen Hausrecht und so. Wir machen das Statement von Henry hier vorne. Er steht mit dem Rücken zur Kamera, und du drehst es so, dass im Hintergrund der Eingang mit den Wachmännern im Bild ist. Alles klar?«

Gonzo sah sich die Sache probehalber durchs Okular an, während Kannengiesser mit Henry tuschelte. Henry verschwand in einer Teenagerboutique neben dem Telefonladen. Als er gleich darauf wieder herauskam, steckten seine Haare unter einer knallroten Baseballkappe. Gonzo arrangierte Henry und Kannengiesser eine Weile hin und her, bis er sie richtig im Bild hatte. »Und ab«, sagte er, nachdem Kannengiesser sein Aufnahmegerät einsatzbereit hatte.

Henry fing an, etwas von Aktionen gegen die Straßenkinder zu nuscheln.

»Nochmal!« Kannengiessers Stimme klang angespannt.

»Läuft noch«, sagte Gonzo hinter der Suzie. Im Hintergrund des Okularbildes sah er, wie die beiden Posten am Kaufhauseingang in ihre Walkie Talkies sprachen.

»Beim Wachdienst gibt es eine Clique, die sich vorgenommen hat, die Kinder umzubringen!«, sagte Henry und erzählte etwas von einer Prämie von 1000 Mark, die es angeblich für jedes tote Kind gab.

»Von wem ausgesetzt?«, bohrte Kannengiesser.

Henry zögerte. Kannengiesser blinzelte. »Die Kinder stören den Betrieb«, sagte er dann. »Die Kaufhausleitung hat schon alles versucht, um sie zu verjagen. Und dann gab es auf einmal diese Prämie für den Wachdienst. Ich kann mir nicht denken, dass so etwas ohne Wissen der Geschäftsführung in die Welt gesetzt wird.« Henry schniefte. »Und irgendeiner muss ja auch die Prämie auszahlen.«

Kannengiesser fragte nach dem Jungen, der vor einer Woche in der Parkhausausfahrt überfahren worden war und Henry sagte, seine alten Kollegen hätten ihm erzählt, dass sich da jemand die Prämie verdient hätte. Die Leute wären dann vom Management ganz fix auf ein Seminar in den Osten geschickt worden, um sie von der Polizei fernzuhalten.

»Und aus!« Kannengiesser ließ das Mikro sinken. Henry nahm die Basketballmütze ab und schüttelte seine Haare aus. Lindas Wachmänner pirschten bis an die Granitlinie vor. »Besser, wir verziehen uns«, meinte Kannengiesser.

Gonzo fand, dass das seine erste gute Idee für heute war. Er schleppte die Suzie zum Wagen zurück und drückte Kannengiesser die Kassette in die Hand. »Rechnung kommt mit der Post! Und jetzt will ich dich nicht mehr sehen.«

»Hehe!« Kannengiesser war ganz beleidigte Unschuld. »Irgendwas nicht in Ordnung?«

Gonzo sparte sich eine Erklärung. »Ich muss noch einkaufen!«

Kannengiesser steckte die Kassette ein und trottete davon. Gonzo setzte sich für ein paar Minuten in den Kombi und schloss die Augen. Gerade als er aussteigen wollte, zirpte das Handy. Betty war dran. »Ihr Freund Herbert hat angerufen. Wann Sie das Material vom Automarkt liefern? Ich hab gesagt, Sie wären gerade draußen zum Drehen.«

»Na wunderbar!« Gonzo sah auf die Uhr.

»Haben Sie schlechte Laune?«

»Du bist doch scharf auf meinen Job, oder?«

»Das bilden Sie sich nur ein«, sagte sie.

»Schwing dich auf deinen Roller. Ich nehm dich nachher am Berliner Platz auf.«

»Aber …«

»In einer Stunde!«, knurrte Gonzo. »Erster Regel: Journalismus ist Terminarbeit! Ende.« Gonzo unterbrach die Verbindung

Er nahm den Lift zum Kaufhaus. Als die Tür aufsurrte, stand er zwischen Bistroecke, Geschenkboutique und Parfümabteilung. Gonzo steuerte den Supermarkt gegenüber an, schnappte sich einen Wagen und drängelte sich zwischen Müttern mit Kindern und Vätern mit starrem Sonderangebotsblick an den Gondeln entlang. Von der Decke hingen Reklametafeln mit den ultimativen Tiefstpreisen, dazwischen spähten Überwachungskameras in die toten Winkel. Gonzo registrierte, wie ein Objektiv interessiert hinter ihm herschwenkte, als er am Kaffeeregal vorbeirollte.

An der Kühltheke langte er nach Hüttenkäse, der laut Etikett zu 97 Prozent aus Vollmilch und zu drei Prozent aus E-Nummern und Geschmacksverstärkern bestand. Neben ihm tackerte ein Halbwüchsiger mit Ziegenbart Sonderangebotspreise auf plastikverschrumpfte Lachsforellen.

»Frisch rein, frisch raus!«, grinste der Junge.

Gonzo knibbelte das Etikett vom Haltbarkeitsdatum ab. Die Fische waren seit zwei Tagen überfällig. Er feuerte die Packung zurück und schlug sich zur Schnapsecke durch, die von allen drei Seiten kameraüberwacht wurde. Zwei Objektive pendelten sich auf Gonzo ein. »19 bitte 99«, verlangte eine Frauenstimme über die Lautsprecheranlage. Die Palette mit dem Sonderangebotswodka war von ein paar schrägen Gestalten in Trainingsanzügen und Sandale Hansi umlagert. Gonzo ergatterte drei Flaschen, wuchtete zwei Gondeln weiter einen Karton mit zehn Packungen H-Milch in den Wagen, versorgte sich noch mit dem Doppelpack Seife aus dem Dauertiefpreisangebot und steuerte die Kassen an. Zwischen Einkaufskarren mit Kindersitz und preisbewussten Junggesellen, die ihre Einkäufe schon mal auf dem Taschenrechner addierten, ging es im Schneckentempo weiter.

Über der Kasse hing ein Kontrollspiegel, daneben plärrte aus einem Monitor das aktuelle Programm des Supermarktfernsehens. In der erhöhten Glaskanzel hinter den Kassen entdeckte er Linda Grotewohl. Die Sicherheitschefin stand mit einem blassen Typen im weißen Kittel an der Scheibe und ließ den Blick über die Kundschaft gleiten. Ihre Ärmchen bewegten sich. Gonzo musste niesen.

»Flegel«, keifte die Oma vor ihm.

Die Brünette mit den dunklen Augen und dem blassen Teint hinter der Kasse gähnte ausgiebig. Er überlegte kurz, ob er sich bei einer anderen Schlange anstellen sollte, als es weiterging. Von hinten rammte ihm eine genervte Mutti ihren Wagen in die Kniekehlen. Auf dem Monitor balgten sich zwei Katzen um eine Dose Futter aus BSE-freiem Rindfleisch. Gonzo packte sein Sachen aufs Band, überschlug den Preis und holte einen Hunderter heraus.

»Hallo Gonzo«, sagte die Brünette und schob die drei Wodkaflaschen übers Scannerfeld. »Lange nicht gesehen.«

»Hallo Renate«, seine Stimme kratzte. Er grinste. »Neue Frisur?«

»Neues Leben!« Sie strahlte ihn an. »Samstag ist erstmal mein Letzter hier.« Sie zog Gonzos restliche Lebensmittel über den Scanner »Kann ich kurz mit dir reden? Plastiktüte?«

Gonzo nickte. »Ich hab im Moment verdammt wenig Zeit. Außerdem steh ich im Parkverbot.«

Sie tippte die Einkaufstüte ein. »Es wär aber wichtig. Ich hab gleich Pause.«

»Ich ruf dich an, okay?«

Die Oma hinter Gonzo murrte was von »wo anders unterhalten« und »den ganzen Betrieb aufhalten«. Die Kasse spuckte den Bon aus und auf dem Display vor Gonzo erschien der Gesamtbetrag. »Sechsundachtzig vierzig«, sagte Renate.

Gonzo starrte auf das Display. »Kann nicht stimmen.«

Die Oma hinter Gonzo klapperte entrüstet mit ihrem Gebiss. Weiter hinten wanderten die ersten Kunden zu den anderen Schlangen ab.

Renate zupfte den Kassenzettel ab. »Erst bezahlen, dann reklamieren!« Sie bimmelte mit ihrer Glocke neben der Kasse. »Tut mit leid, aber ich kann da nichts machen. Du musst zur Information. Die regeln das.«

Wütend knallte Gonzo ihr seinen Hunderter hin und ließ sich das Wechselgeld herausgeben. Inzwischen war der Weißkittel aus der Glaskanzel heruntergeklettert und packte Gonzos Einkäufe in die Plastiktüte. »Wenn Sie bitte mitkommen wollen?«

Auf dem Weg zur Kanzel erklärte er, dass er Liebethon hieße, der Filialleiter sei, und sich bemühen werde, Gonzo als Kunden völlig zufriedenzustellen. In der Kanzel roch es nach kaltem Rauch mit einem Hauch Vanille. Linda Grotewohl lächelte ihm entgegen. »Von allen Supermärkten der Welt schneist du ausgerechnet in meinen?«

Gonzo grinste. »Ja, wegen der Quellen.«

Sie lächelte. »Hier gibt's keine Quellen.«

»Tja«, meinte Gonzo. »Da hat man mich wohl falsch informiert.«

Liebethon hatte unterdessen die Plastiktüte auf dem Tisch vor den Monitoren der Überwachungskameras ausgeschüttet und verglich die Waren mit dem Kassenzettel. Gonzo trat von einem Fuß auf den anderen. »Schöne Anlage«, meinte er schließlich und nickte zu den Monitoren.

»Muss sein«, sagte Linda. »Du weißt ja gar nicht, wieviel hier geklaut wird.« Sie ging in die Ecke mit dem Pinnbrett voller Schichtpläne, Urlaubskarten und Mitteilungen des Betriebsrates. »Was war das vorhin da oben am Center-Eingang?«

Liebethon scannte Gonzos Einkäufe mit seinem Handgerät neu.

»Rein beruflich«, meinte Gonzo und studierte die Grad-Canyon-Postkarte neben den Tagespreisen für das Frischgemüse. Vom Einsatzplan des Wachdienstes hatte jemand den oberen Teil abgeschnitten. Linda schob sich näher an ihn heran. Ihre Brüste wölbten sich unter dem Rollkragenpullover, die Ärmel waren abgeschnitten und neu gesäumt. Sie roch nach irgendeinem Blumenduft. »Das Center legt großen Wert auf ein sauberes Image«, sagte sie. »Besser, wenn du irgendwelche Dreharbeiten vorher mit mir abstimmst.«

»Was ich vor dem Center mache, brauch ich nicht mir dir abzustimmen«, sagte Gonzo, während seine Gedanken zur letzten Nacht zurückkehrten. »Noch gut geschlafen, gestern?«

Sie nickte, drehte sich zu ihm hin und legte ihre Hand auf seinen Oberarm. »Der Lehrfilm …«

»Ja?«

»Ich müsste dir da eine Einweisung geben.«

»Klar. Bei dir oder bei mir?«

»Das ist kein Bluff.«

»Wenn du es sagst.«

Sie lehnte sich an die Wand. Gonzo widerstand dem Impuls, sich an sie zu pressen.

»Es geht um eine Geldübergabe«, sagte sie. »Das Ganze ist eine Übung, im Rahmen der Sicherheitskooperation, die wir mit der Polizei aufgezogen haben. Bei uns in der Zentrale gehen wie bei jedem Großunternehmen ständig Drohungen von irgendwelchen Spinnern ein. Produkterpressung mit vergifteten Lebensmitteln im Supermarkt, Bombendrohungen, all dieser Kram. Wenn die Leute sich nicht total blöd anstellen, kann man sie nur bei der Geldübergabe schnappen.«

»Bezahlt ihr eure Steuern nicht dafür, dass die Polizei sowas regelt?«

»Innerhalb des Konzerns sind wir zuständig«, sagte sie. »Aber damit es im Ernstfall keine Pannen bei der Zusammenarbeit mit den Sicherheitsbehörden gibt, üben wir das hin und wieder. Natürlich auch, damit die Sicherheitsbehörden unsere Strategien kennenlernen.«

»Klar«, sagte Gonzo. »Und ich darf da mitspielen?«

»Die vom LKA haben uns zu einer Übung eingeladen. Deine Bilder brauche ich für das Lehrvideo für meine Leute. Thema: Polizeiliche Maßnahmen bei Lösegeldübergabe im Fall von Geiselnahmen oder Erpressungen. Ich ruf dich an, sobald ich dich brauche, okay?«

»Stimmt!«, tönte Liebethon. »Oder besser: Stimmt nicht. Die dusslige Kuh hat die Tüte mit zwanzig Mark statt zwanzig Pfennig eingetippt. Sie kriegen natürlich neunzehnachtzig zurück.«

Aus dem Lautsprecher neben den Monitoren quäkte es: »99 bitte 12.«

Linda zwinkerte Gonzo zu und ging hinunter zur Sprechanlage. Sie musste sich über den Tisch beugen, um den Knopf zu drücken. »Komme.«

Gonzo sah ihr nach, wie sie die Kanzel verließ und sich durch die Kunden vor den Kassen drängelte. Liebethon füllte ein Formular für Gonzos Rechnungskorrektur aus. Gonzo bediente sich aus dem Süßigkeitenspender auf dem Tisch und schaufelte alle Pfefferminzbonbons heraus. Draußen machte Renate mit drei Kolleginnen ihre Kasse zu. Aber statt mit ihnen durch die Personaltür zu verschwinden, kam sie zur Kanzel und drückte sich vor der Tür herum. Gonzo seufzte.

Liebethon hatte inzwischen einen Zwanziger aus einer Kassette geholt und drückte sie Gonzo mit seinem Formular in die Hand. »Haben Sie zwanzig Pfennig?«

»Nein!«

»Wenn ich Ihnen die zwanzig Mark gebe, müssten Sie die Plastiktüte hierlassen.« Er langte nach dem Schein.

Gonzo kniff die Lippen zusammen und kramte zwei Groschen aus der Tasche. Dann durfte er endlich das Formular unterschreiben und bekam sein Geld.

»Danke für Ihr Verständnis!«, säuselte Liebethon.

Gonzo schnappte sich seine Plastiktüte und knallte mit der Tür.

»So, jetzt hab ich Zeit.« Renate nahm ihn beim Arm. »Kommt schnell vor, dass man sich bei den Plastiktüten vertippt. Tut mir leid. Wir gehen nach hinten, okay?«

Im Sozialraum waren die Wände in stimmungsaufhellendem Grün ertränkt. Gonzos Turnschuhe quietschten auf dem Plastikfußboden. Die große Kaffeemaschine neben der Spüle gluckerte; Renates Kolleginnen blätterten an dem Resopaltisch in ihren Frauenzeitungen. Renate machte die Stahltür neben der Spüle auf und schob Gonzo auf den Hof. Der Junge, der vorhin die Tiefkühlsachen etikettiert hatte, wuchtete Kartons mit Cornflakes von einem Ladekarren. »Toby, komm mal her!«, sagte Renate. Und zu Gonzo: »Du könntest mal für ein paar Tage auf ihn aufpassen.«

Gonzo starrte sie an. »Wie komm ich dazu?«

Toby kam herangeschlurft. »Wassen los?«

Gonzo schätzte ihn auf sechzehn oder siebzehn. Sein Ziegenbärtchen fand er ekelhaft; die Haare hatte er sich wohl zuletzt bei der Konfirmation gewaschen. Um den Hals trug er eine Silberkette, die im Ausschnitt seines Pullovers verschwand.

»Toby«, sagte Renate und zeigte auf Gonzo. »Das ist dein Vater!«

Gonzo schluckte und holte tief Luft. Toby glotzte ihn aus dunklen Eichhörnchenaugen an. »Hi!«

»Was …« Gonzo bekam einen Hustenanfall. Renate klopfte ihm auf den Rücken. »Der Baggersee«, meinte sie. »Wenn du dich erinnerst.«

Gonzo kämpfte gegen ein paar Bildfetzen von beschlagenen Autoscheiben und einem Gangschaltungshebel, der dauernd im Weg gewesen war. Der Wagen war ein dunkelgrüner Opel gewesen, da war er sich ganz sicher. Er hatte ihn später günstig an einen Tontechniker aus dem WDR-Landesstudio Dortmund verkauft, wo er gerade als Kamerasklave für die aktuelle Berichterstattung angefangen hatte. Renate war ihm über den Weg gelaufen, als er eine Wohnung suchte. In ihrer Imbissstube an der Altendorfer Straße hing ein Pinnbrett mit Angeboten für alles Mögliche. Gonzo hatte sich bei einer Pommescurrywurstmayoscharfmachenhieressen mit ihr angefreundet, damit sie ihm die Zettel der Wohnungsangebote zurücklegte.

»Du bist ja ganz blass!« Sie drückte ihn vorsorglich gegen die Wand. »Du hast doch hoffentlich nichts am Herz, oder?«

Gonzo schüttelte energisch den Kopf. »N-nein.« Er starrte wieder Toby an. Der Typ grinste. Wenigstens waren seine Zähne in Ordnung.

»Also«, sagte Renate. »Ich hab endlich die Kur für meinen Rücken durchgekriegt. Montag geht's los, ich muss noch alles packen, und deswegen wär's am besten, wenn du Toby schon am Wochenende nehmen könntest. Sonst steht er mir nur im Weg rum.«

Gonzo würgte an einem Kloß im Hals, bekam ihn aber nicht herunter. Er hatte damals gerade kein Kondom dabeigehabt und sich auf Renate verlassen, als sie meinte, dass er sich keine Sorgen machen müsse.

»Moment«, sagte er. »Moment mal!«

Renate sah ihn an. »Ja?«

»Wo wohnsten du?«, fragte Toby. »Ich komm dann nachher vorbei, wenn ich hier fertig bin!«

Gonzo stellte seine Plastiktüten ab. Die Wodkaflaschen klirrten. »Du meinst …« Seine Stimmbänder weigerten sich.

»Sicher«, sagte sie. »Guck ihn dir doch an.«

Gonzo glotzte und fand tatsächlich eine gewisse Ähnlichkeit mit seinen Kindergartenfotos.

»Ganz sicher?«

»Klar. Wir können auch einen Test machen. Aber das wird dann teuer für dich.« Sie rieb die Finger aneinander. »Sechzehn Jahre Unterhalt.«

Nach der Geschichte am Baggersee hatte Gonzo damals ziemlich schnell das Loft gefunden und irgendwie kaum noch Zeit gehabt, beim Imbiss vorbeizuschauen. »Wieso hast du denn nie was gesagt?«, krächzte er.

»Du willst doch nicht etwa sagen, dass du dich dafür interessiert hättest?« Sie zog Toby an ihre Seite. »Ist doch auch so ein properer Bursche geworden, oder?«

Toby machte sich los. »Also, was ist jetzt?«

»Toby?«, murmelte Gonzo.

»Tobias«, sagte Renate. »Voller Name Heinrich Tobias. Tagsüber hat er hier den Ferienjob als Regalräumer. Pass auf, dass er abends spätestens um elf zu Hause ist und sich nicht dauernd betrinkt. Du wohnst noch an der Altenessener, richtig? Ich hab im Telefonbuch nachgeguckt.«

Gonzo nickte ergeben, weil das bis jetzt meistens geholfen hatte, um aus einem Alptraum herauszukommen.

»Wunderbar«, sagte Renate und wiederholte für Toby Gonzos vollständige Adresse. »Hast du nicht schon mal einen Schlüssel für ihn?«

Nein!«, erklärte Gonzo mit letzter Kraft. »Nein, hab ich nicht. Er soll warten. Nein, er soll ... Wieso kann er nicht alleine bleiben, wenn du zur Kur bist?«

»Warst du nie sechzehn?«

Gonzo kapierte nichts. »Wieso.«

»Weil ich kein Geld und kein Lust zum Renovieren hab, wenn ich zurückkomm, und keinen Bock auf das Theater mit den Nachbarn.« Renate kniff Toby in die Wange. »Nicht wahr, Sportsfreund?«

Toby verzog das Gesicht und meinte, dass sie sich nicht so anstellen sollte, während er Gonzo weiter von oben bis untern musterte. »Hat der früher mal besser ausgesehen?«

Renate kicherte. »Eigentlich nicht.«

Gonzo wischte ihren Arm von seiner Schulter. »Jetzt mal Klartext! Ich hab zu tun. Ich hab eine Firma. Ich kann hier nicht den Babysitter machen.«

»So ist er eben«, sagte Renate zu Toby. »Damals hat er sich auch ganz stiekum verdrückt.« Sie hob Gonzos Plastiktüte auf und drückte sie ihm in die Hand. »Es ist nur für vier Wochen. Soviel muss ja wohl drin sein, ja?«

Gonzo sah Toby an. Der zupfte sich am Ziegenbart und produzierte ein schräges Grinsen. Gonzo grinste genauso schräg zurück. »Also Okay, aber ...«

»Na wunderbar!«, sagte Renate. Neben ihr steckte eine von ihren Kolleginnen ihre Dauerwelle durch die Tür. »Pause vorbei. Liebethon kontrolliert!«

Toby schoss zu seinen Paletten zurück und Renate zog Gonzo in den Sozialraum und weiter nach drinnen in den Laden. Liebethon stand in Feldherrenpose hinter seiner Glasscheibe. »Du bist ein Schatz!« Renate küsste ihn auf die Wangen. »Danke – und wenn ich wieder da bin, können wir ja wieder mal an den Baggersee fahren.«

»Na klar«, hörte Gonzo sich zu seiner Verblüffung sagen. Renate verschanzte sich hinter ihrer Kasse, und er machte sich auf den Weg zum

Ausgang. Irgendwie war sein Kreislauf nicht ganz in Ordnung, denn seine Knie waren ganz weich und der Schweißfilm auf der Stirn unangenehm kalt.

10

Auf dem Weg zum Berliner Platz hielt Gonzo an Mutter Zeys Imbiss auf der Friedrich Ebert-Straße. Die Bedienung hatte auch jetzt unter ihrem Kittel kaum etwas an und störte sich auch nicht dran, dass die Kundschaft dauernd gaffte.

»Currywurstpommesmajoketchuphieressen?«

Gonzo nickte und starrte durchs Fenster auf den trägen Nachmittagsverkehr. Gegenüber verhandelte der Gebrauchtwagenhändler mit einem Frettchengesicht in dreckigen Jeans und noch dreckigeren Turnschuhen über einen Kombi aus mindestens siebter Hand. Die Freundin des Frettchens lehnte am Wagen und rauchte eine Zigarette. Nebenan schleppten die Leute Federkernmatratzen aus dem Abholmarkt und versuchten sie irgendwie in ihre Autos zu kriegen. Die Schlaueren hatten vorher den Dachgepäckträger angeschraubt.

Gonzo schaufelte die Currywurst und die Pommes frites von seinem Teller in sich hinein, ohne wirklich etwas zu schmecken. Ein paar Halbwüchsige in weiten Hemden drückten sich herein und umlagerten den Flipper neben der Tür zum Hinterzimmer, wo sich die Bedienung auf einer geblümten Couch nach Feierabend auch schon mal ihren Lohn aufbesserte. Drüben zog das Frettchen eine Rolle Geldscheine aus der Tasche und zählte ein paar ab.

»Viermal Halbeshähnchenpommesrotweißmitnehmen«, verlangte eins von den Kids. »Mein Vater zahlt.«

Gonzo wischte die rotweiße Soße aus Ketchup und Mayonnaise auf dem Teller zusammen. Renate hatte mal was davon gesagt, dass sie ihn glatt heiraten würde. Gonzo versuchte, sich zu erinnern, wann das gewesen sein konnte. Schließlich tippte er auf die Fahrt zum Baggersee. Ein kühler Oktobertag, Frühnebel und ein Mittagsmond, der Renate romantisch stimmte. Am Nachmittag waren dunkle Wolken aufgezogen, und als die ersten Tropfen auf die Windschutzscheibe klatschen, hatte der Wischer unheimlich geknarrt. Gonzo erinnerte sich plötzlich an das Geräusch. Sie standen hinter den Büschen auf dem Parkplatz am See, Renate hatte sich an ihn gelehnt und die Hand zwischen seine Beine gelegt, er hatte sie geküsst und nach ein paar Minuten Nahkampf war es ihm endlich gelungen, die Liegesitze runterzustellen.

Er schob den leeren Teller über den Tresen, die Kids packten ihre Warmhaltetüten zusammen und verzogen sich eilig nach draußen.

»Vierunddreißig achtzig«, verlangte die Bedienung.

»Blödsinn«, sagte Gonzo. »Pommescurrywurstmayoketchup macht sechsvierzig.«

»Und viermal Halbeshähnchenpommesrotweißmitnehmen für Ihre Kinder!«

Gonzo glotzte sie an. »Was denn für Kinder?«

»Vierunddreißigachtzig, oder ich hol die Polizei!«

Gonzo schwante, dass es etwas mit den vier Kids am Flipper zu tun hatte. Er starrte nach draußen. Keine Spur mehr von ihnen.

»Also was ist jetzt?« Die Bedienung drückte die Hände in die Hüften. Ihr Kittel spannte über der Brust, aber Gonzo interessiert sich im Moment kaum für ihre Oberweite. Er opferte Liebethons Zwanziger und das ganze Kleingeld aus der Hosentasche.

»Na also«, sagte sie, als sie alles eintippte. »Geht doch.«

Gonzo war schon an der Tür. Drüben rollte das Frettchengesicht mit dem Kombi vom Platz des Gebrauchtwagentürken. Im Kombi roch es immer noch nach Vanillepudding. Gonzo drehte beide Fenster herunter. Am Berliner Platz tauchte der Granitklotz des neuen Arbeitsamtes vor ihm auf. Betty stand auf der Verkehrsinsel der alten Straßenbahnhaltestelle neben ihrem Roller. Gonzo rumpelte über den Bordstein und machte die Beifahrertür auf.

»In einer Stunde, ja?« Sie stemmte sich gegen den oberen Holm. »Wissen Sie, wie lange ich hier schon stehe?«

»Rein!«, kommandierte Gonzo.

»Und der Roller?«

»Bleibt hier.«

Als sie dann endlich neben ihm saß, schmollte sie mit zusammengekniffenen Lippen.

»War eine Geschäftsbesprechung!«, sagte Gonzo. »Klar?«

Sie sagte nichts. Gonzo ließ den Kinokomplex und die beiden Bürotürme links liegen, vor denen er letzten Monat eine halbe Hundertschaft Polizisten gedreht hatte, wie sie für das Wirtschaftsdezernat kistenweise die Akten einer windigen Warenterminfirma herausschleppten. Die neue Musicalhalle in der alten Fabrik war fast fertig. Reihenweise standen Kleintransporter von Handwerkern auf dem Bürgersteig. Anfang Dezember sollte Premiere sein, und Gonzo konnte sich gut vorstellen, dass die Gegend hier zusammen mit Tregers Berolina-Center tatsächlich ihre miefige Ausstrahlung verlieren würde.

An der Helenenstraße erhob sich hinter einer Häuserfront der alte Hochbunker. Gonzo fuhr zusammen, als hinter ihm eine Straßenbahn losbimmelte, weil er sich nicht richtig eingeordnet hatte und auf den Schienen stand.

»Passen Sie wenigstens auf«, sagte Betty.

Er bog rechts ab. »Wenn wir unten am Automarkt sind, fährst du. Ich drehe aus dem Fenster.«

»Ich könnte auch drehen«, sagte sie.

»Könntest du, darfst du aber nicht!«.

»Hacken Sie nur auf mir herum.«

Hinter dem Fußballstadion standen schon die ersten Abschleppwagen und Transporter am Straßenrand. Junge Ausländer in derben Hosen und dunklen Pullovern behielten von der Straßenböschung aus den Verkehr im Blick. Hinter der Eisenbahnbrücke waren beide Parkstreifen mit Rostlauben, Altwagen und Transportern zugestellt, zwischen denen Letten, Polen, Ukrainer, Kasachen, Deutsche, Italiener, Türken, Autofreaks, Bastler und sonstige Blechfreaks herumlungerten. Geldbündel wechselten den Besitzer, ein Pizzataxi verkaufte aus dem Wagen heraus Pizza Margharita in Pappschachteln und insalata mista in Plastikschüsseln. An der Zufahrt zu einem Industriegelände lungerten ein paar Sicherheitsleute neben den Wagen ihrer Wachgesellschaft herum.

Die Händler musterten Gonzos Kombi im Vorüberfahren. Als er halten musste, weil vor ihm ein Transporter mit einem verbeulten Golf ausscherte, kam ein dunkelhaariger Bursche heran. »Ich mach dir guten Preis!«

Gonzo winkte ab, aber der Dunkelhaarige blieb bei dem Kombi stehen. Ob das interessierte Aufblitzen in seinem Blick mehr Betty oder der Videokamera im Laderaum galt, war nicht genau auszumachen.

»Zehntausend, bar.«

»Njet!«

Endlich fuhr der Transporter an und Gonzo konnte aufs Gas gehen. In einer Seitenstraße gärte in den Vorgärten der Reihenhäuser jägerzaunübergreifend der Volkszorn. Rentner in Blousons patrouillierten vor ihrem Terrain, ansonsten friedliebende Bürger redeten sich bei den zu einem provisorischen Polizeiposten zusammengestellten Streifenwagen an der Ecke in Rage. Auf einem Bettlaken flatterte ein penibel in Fraktur gepinseltes Wir wollen unsere Ruhe aus einem Fenster.

Als er aus der Straße herauskam, versperrten ihm drei quergestellte Streifenwagen, ein städtischer Kleinbus und Steinboeks aufgebrezelter Offroader den Weg. Unter den Polizisten machte Gonzo die halbe A-Schicht von der Nordwache aus. Am Kleinbus der Stadt stand der Stadtpressesprecher mit ein paar Offiziellen aus der Verwaltung zusammen. Einer der Polizisten schwenkte die Kelle. Gonzo fuhr rechts ran. »Scheiße!«

»Vielleicht erklären Sie mir langsam mal, worum es geht?«, sagte Betty.

Gonzo stieg aus. Hauptmeister Hoffmeister stand vor dem Kombi und sah sich Gonzos Reifen an. »Mängelkarte gefällig?«

»Ich hab zu tun!«, sagte Gonzo. »Was führt ihr hier auf?«

»Sondereinsatz.« Hoffmeister linste in den Kombi. »Vor zwei Stunden haben sie uns rausgescheucht. Kontrolle auf Verkehrssicherheit, Papiere überprüfen, alle rausschmeißen, die hier nichts zu suchen haben. Das gibt wieder Überstunden ohne Ende, bloß damit der Chef dann bei euch im Fernsehen gut dasteht.«

Gonzo legte den Kopf schräg und fragte sich, ob Herbert wirklich so blöd gewesen war und den Polizeipräsidenten schon zum Interview eingeladen hatte, ehe er Gonzos Bilder auf dem Schneidetisch hatte. »Woher weiß er denn, dass er ins Fernsehen kommt?«

Hoffmeister zog sein Augenlid herunter. »Jedenfalls strikte Order: Kein Zutritt für die Presse. Also Vorschlag zur Güte: du verschwindest jetzt hier und machst dir mit deiner Assistentin einen hübschen Nachmittag.«

Gonzo überlegte, ob er mit einer Spende für die Revierkaffeekasse weiterkommen konnte, bis ihm einfiel, dass er nur noch ein paar Mark und eine fast leere Tankkarte in der Tasche hatte. Von hinten kamen jetzt auch noch Hoffmeisters Kollegen heran. »Macht er wieder Ärger?«, erkundigte sich Bantzok.

»Noch nicht!« Hoffmeister steckte endlich seinen Verwarnungsblock wieder ein. Bantzok lehnte am Seitenfenster und versuchte mit Betty zu flirten.

»Was war eigentlich mit dem überfahrenen Jungen am Rathaus letzte Woche?«, fragte Gonzo. »Ihr hättet mich ruhig anrufen könne.«

Hoffmeister zuckte mit den Schultern. »Wieso? Der ist einfach nur überfahren worden.«

»Von wem?«

»Keine Ahnung. Klassische Fahrerflucht.«

»Und weiter?«

»Keine Ahnung. Das ist dann sofort alles zur Kripo gegangen.«

»Was war mit dem Wachdienst vom Kaufhaus?«

Hoffmeister blinzelte. »Nichts. Nichts gesehen, nichts gehört. Wenn du mich fragst, dann haben die ihre Runde einfach ausfallen lassen.«

Gonzo starrte hinüber zu dem städtischen Bus. Steinboek hob lächelnd die Hand und wandte sich dem Ordnungsamtdezernenten zu. Hinten ihm machte Gonzo einen Typ mit Mondgesicht und Stirnglatze aus. »Euer Chef?«

»Höchstpersönlich«, sagte Hoffmeister. »Also geht jetzt hier alles streng nach Vorschrift. Du hast Platzverweis. Für den ganzen Bereich. Bantzok, alles gehört?«

»Alles gehört!«, sagte Banzok vom Wagen her. »Wir könnten ihm seinen Funkscanner ausbauen, was meinst du?«

Gonzo kniff die Lippen zusammen. Dann sah er Hoffmeister an. »Wenn an dem toten Jungen nicht soviel dran war, wieso kursiert dann eine Kopie von deinem Unfallbericht?«

Hoffmeister nahm Gonzo beiseite. »Sag dem Arschloch von Kannengiesser, dass wir ausgemacht haben …«

»Hat dir keiner gesagt, dass du dich auf nichts verlassen kannst, wenn du Kannengiesser anrufst? Bei mir wär dir das nicht passiert.«

»Ich hab Kannengiesser nicht angerufen«, murrte Hoffmeister. »Er muss das von irgendwem erfahren haben. Jedenfalls stand er am morgen drauf bei uns auf der Wache und lässt was fallen, dass ihm der Bericht was wert wäre und so weiter. Du weißt ja, wie das geht.«

»Schon klar.« Gonzo sah nach vorn. »Wenn ich jetzt hier noch einmal durchfahre, ist das dann in Ordnung?«

Hoffmeister sah zu Bantzok. Der kümmerte sich um Betty. »Okay«, meinte Hoffmeister endlich. »Aber an deiner Stelle würde ich die Sache vorher mit dem Chef von dem Ganzen hier klären.« Er deutete mit dem Kopf zu zwei Typen in Lederjacken, die sich an der Polizeiabsperrung herumdrückten. »Das ist hier nicht so chaotisch, wie es aussieht. Stan hat das alles im Griff.«

»Stan?«

»Stan, der Mörder.«

Gonzo sagte Betty, dass sie sich die beiden Bullen vom Leib halten sollte und ging zur Absperrung. Die Lederjackentypen sahen ihm aufmerksam entgegen und nahmen die Hände aus den Taschen.

»Stan zu sprechen?«, fragte Gonzo.

Der größere der beiden hatte einen schwarzen Schnauzbart und ein wettergegerbtes Gesicht. Seine Augen waren kalt wie Eis. »Warum?«

Gonzo hob die Schultern.

Der Große nickte seinem Kollegen zu und schob die Barriere auseinander. Gonzo trottete hinter dem Posten her an feilschenden Kunden vorbei. In einer Einfahrt wippte ein Wohnmobil. Gonzo musste an Jacqueline denken, dann wanderten seine Gedanken weiter zu Linda Grotewohl, und er fuhr zusammen, als der Kleine ihn am Ärmel auf das Gelände eines Autohändlers zog. In der hintersten Ecke trieben sich noch ein paar Burschen in Lederjacken herum. Funksprechgeräte steckten in den Gürteln ihrer verwaschenen Jeans. Vor einem Caravan stand ein Campingtisch voller abgenagter Hühnerknochen. Das Mädchen aus der Durchfahrt saß auf der Treppe des Wagens und lackierte sich die Fingernägel schwarz. Sie würdigte Gonzo mit keinem Blick. Die Schneekugel mit dem Weihnachtsmann lag neben ihr auf den Stufen.

Der Kleine scheuchte sie zur Seite. Gonzo kletterte in den Wagen. Innen war der Caravan blitzsauber, die Edelstahlspüle schimmerte und die Küche war aufgeräumt.

In der Sitzecke blätterte ein untersetzter Kerl von Anfang fünfzig in der Schwacke-Liste. Auf der einen Seite hatte er ein Walkie-Talkie und auf der anderen ein Funktelefon liegen. »Ja?«

»Stan?«

Er machte eine einladende Handbewegung. »Setzen Sie sich.« Seine Deutsch war fast akzentfrei, und seine Stimme so ölig wie seine Haare. »Was kann ich für Sie tun?«

Gonzo zwängte sich auf die Eckbank. An der Wand hing eine Ikone, auf dem Brettchen darunter lag ein Häufchen Visitenkarten. Daneben hatte Stan eine Aufrisszeichnung von einem Geschäftshaus gepinnt, in dem im Parterre ein riesiger Autosalon eingezeichnet war. Es roch nach Weihrauch. Gonzo rieb sich die Nase, legte Stan seine Visitenkarte hin und sagte ihm, was er wollte. »Nur ein paar Bilder für's Fernsehen. Nichts Großes.«

Stan betrachtete die Karte ein paar endlose Sekunden hin und her, ehe er sie zu den anderen unter die Ikone legte. Aus dem Kühlschrank neben der Sitzbank holte er eine Flasche Wodka und zwei frostbeschlagene Gläser. Er goss ein und stieß mit Gonzo an. Gonzo leckte sich die Lippen. Der Wodka war auf keinen Fall aus dem Sonderangebot. Stan lächelte. »Noch einen?«

»Im Moment nicht.«

»Viele wollen hier filmen.« Stan verstaute den Wodka wieder im Kühlfach. Gonzo überlegte, ob er sich von Betty etwas pumpen konnte, um Stans Kooperationsbereitschaft ein bisschen anzufachen.

»Gonschorek«, sagte Stan nachdenklich. »Ist das polnisch?«

Gonzo zögerte. »Stan, der Mörder«, sagt er dann. »Ist das wahr?«

Stan lachte. »Natürlich nicht. Was die Leute so reden.«

Der Wodka wärmte Gonzo von den Zehen bis zu den Haarspitzen durch. Stan lehnte sich zurück. »Dreh deinen Film«, sagte er. »Die Leute sollen sehen, dass wir auch nur Menschen sind, die Geschäfte machen. In unseren Ländern gibt es nicht genug Autos, deshalb kommen wir hierher. Daran ist nichts schlimm, oder?«

Gonzo zuckte mit den Achseln. »Wenn Sie es sagen!«

Stan drückte sich in die Höhe und ging mit Gonzo nach draußen. »Ich helfe meinen Landsleuten«, sagte er und legte seinen Arm um Gonzos Schulter. »Viele sprechen die Sprache nicht. Ich sage ihnen, wo sie sich hinstellen können. Ich schaue, dass es keinen Streit gibt. Und wenn ich höre, dass es irgendwo gute Autos oder Ersatzteile gibt, dann ich gebe natürlich auch mal Tipp. Alles ganz normal, oder?« Er schob Gonzo eine Visitenkarte in die Brusttasche. »Wenn du mal einen Tipp hast, Gonschorek, was verkaufen willst – ich sorge dafür, dass du einen guten Preis kriegst.«

»Mach ich.« Als Gonzo vom Hof ging, hörte er noch, wie Stan etwas auf Russisch oder Ukrainisch sagte. Die Jungs gaben die Meldung über ihre Funkgeräte weiter. Von Reka war nichts mehr zu sehen. Ihr Nagellack stand neben der Schneekugel auf der Treppe.

An der Absperrung lehnte Betty am Kombi und rauchte eine Zigarette, während sie versuchte, sich Steinboek vom Leib zu halten. Der Pressesprecher grinste Gonzo entgegen. »Tut mir leid, wenn das jetzt keine Geschichte für dich gibt.«

»Wer hat geplaudert?«, fragte Gonzo. »Ohne Grund stellt ihr euch doch hier am Wochenende nicht hin.«

»Hast du nicht eben einen Platzverweis kassiert?« Steinboek blinzelte Betty zu. Die trat ihre Zigarette aus. »Können wir?«

»Wie gesagt, Sie können mich jederzeit anrufen«, sagte Steinboek noch, während Betty auf den Fahrersitz kletterte. Gonzo lehnte sich über den Sitz und wuchtete die Suzie von der Ladefläche. Im Rückspiegel sah er Steinboek zu seinem nagelneuen Geländewagen zurückschlendern und ein Stäubchen vom Kotflügel putzen. »Fahr zu!«, sagte er zu Betty.

»Wohin denn?«

»Immer geradeaus.«

Sie starrte auf die Absperrung, dann ließ sie die Kupplung kommen und gab Gas. Die beiden Lederjacken schoben das Gitter zur Seite, Gonzo setzte die Suzie an und drehte aus dem Fenster das Treiben auf dem Seitenstreifen. Hinter sich hörte er Steinboek losbrüllen.

»Schön langsam!«, sagte er.

»Schon klar.« Betty kurvte im ersten Gang um das Heck eines Kleinbusses herum. Gonzo nahm die Händler ins Visier und bekam alle paar Meter eine von Stans Lederjacken ins Bild. Ein paar Halbwüchsige drohten mit den Fäusten, ansonsten kümmerte sich kaum einer darum, dass das Objektiv der Suzie auf ihn gerichtet war. Geldbündel wechselten die Besitzer; zwei, drei Huren lehnten neben ihren Wohnmobilen und zwischendrin hatten junge Burschen auf einem Handtuch ein paar CDs auf dem Bürgersteig drapiert.

Nach fünf Minuten hatte Gonzo alles auf Band, was Herbert für seine Einsdreißig brauchte. Betty schaltete am Ende der Straße erleichtert hoch. Aus einer Seitenstraße schob sich ein Streifenwagen heran. Betty trat das

Pedal durch. Gonzo wurde von der Beschleunigung in die Polster gepresst. Der Streifenwagen blieb zurück.

»Gut gemacht!« Gonzo hielt die Suzie auf dem Schoß.

Betty nagte beim Fahren an der Unterlippe. »Herr Steinboek hat gesagt, dass ich bei ihm in der Pressestelle ein Volontariat bekommen kann.«

»Sicher«, sagte Gonzo. »Auf der Couch.«

»Warum denken Sie bloß, dass jeder Kerl so ist wie Sie?«

Gonzo verkniff sich die Antwort. Immerhin hatte sie ihn im Sommer bei der Geschichte mit den Polenmädchen herausgehauen. »Ich kann dir sowieso nicht genug bezahlen.«

»Darum geht's mir nicht.« Sie kamen am Fußballstadion vorbei, wo mit Preiskarten und Eintritt der offizielle Automarkt vor sich hindümpelte. Minipli und Jogginghosen hatten Hochkonjunktur. Ein Bratwurststand machte Rekordumsätze. Gonzo holte die Kassette aus der Suzie und packte sie auf die Ablage. Dann wuchtete er die Kamera nach hinten auf die Schaumgummimatratze.

»Ich könnte bei Ihnen einsteigen«, sagte Betty auf einmal. »Mit einem Anteil. Dann wären wir Partner und Sie könnten mich nicht mehr so rumscheuchen.«

»Kein Bedarf!«

»Lieber der einsame Wolf, was?«

Gonzo sagte nichts.

»Sehen Sie sich doch mal an«, meinte sie, als sie an einer Ampel stoppte. »Wie alt sind Sie geworden?«

»Ein Wort über mein Alter und du gehst zu Fuß weiter.«

»Ist ja auch egal. Jedenfalls sind Sie schon ziemlich alt und müssen immer noch Tag und Nacht durch die Gegend gurken und irgendwelchen Müll aufnehmen.«

»Schon mal daran gedacht, dass ich das gerne mache?«, knurrte Gonzo. »Warum denkst du, dass alle so karrieregeil und abgezockt sind wie du?«

»Apropos karrieregeil«, sagte sie. »Jacqueline hat angerufen und uns zu einer Fete vom Lokalradio in die Ente eingeladen. Außerdem meint sie, dass sie hat noch ein paar tolle Details zur Ludomil-Geschichte ausgegraben hat.«

Gonzo registrierte, wie es in seiner Hose eng wurde. »Und wieso erfahre ich das erst jetzt?«

»Damit Sie noch Zeit haben, das Bettzeug zu wechseln.«

»Hast du da vielleicht irgendein Problem?«, Gonzo starrte aus dem Fenster. »Ich meine – wer von uns beiden hat denn damals im Frühling nicht gewollt?«

Sie sagte eine Weile nichts und knibbelte die Reste des Klebebandes der Schneekugel vom Armaturenbrett. »Sie kriegen im Monat gerade Mal so viel rein, wie für die Miete und den Wagen wieder rausgeht. Letzte Woche hat das Finanzamt gefragt, wovon Sie eigentlich leben. Das kann's doch nicht sein, was Sie sich vorgestellt haben.«

»Ob du's glaubst oder nicht – es gibt noch Leute, die nicht vom Einfamilienhaus mit Jägerzaun träumen.« Auf einmal war der Vanillegeruch wieder da.

»Ernsthaft«, fuhr sie ungerührt fort. »Wenn ich einen Kredit auf meine Wohnung aufnehme, könnten wir zusammen eine richtige Videoproduktion aufmachen.«

Gonzo musste erst einmal verdauen musste, dass Betty in ihrer Studentenbude nicht zur Miete wohnte. Ihr Vater war irgendein hohes Tier beim Verfassungsschutz in Düsseldorf. Am Berliner Platz fuhr sie vor dem Arbeitsamt auf den Parkstreifen und machte den Motor aus. »Ich mach dann Feierabend für heute. Schönes Wochenende noch. Und schöne Grüße an Jacqueline«

»Raus!«

11

Gonzo klemmte sich hinters Steuer. Der Sitz war noch warm von Betty. Er ließ sich vom Verkehrsstrom einmal um die City treiben. An der Haltestelle unter dem Rathaus schoben sich die Wochenendeinkäufer in die Busse. Kurz vor dem Tunnel hinterm Bahnhof stand er fast zehn Minuten im Stau vor dem Glaspalast einer Bank und der Investitionsruine mit dem Spaßbad, das nie so richtig in Gang gekommen war und seitdem den Zankapfel im Stadtrat abgab. Am Bahnhof trieben sich auf der Südplatte die Obdachlosen, Trinker und Junkies herum, und auf dem Drogenstrich an den Bahngleisen der Hachestraße liefen die ersten Huren auf. Hinterm Haus des Roten Kreuz bog er auf die Hindenburgstraße und stand ein paar Minuten später wieder an der Kreuzung zwischen Kinokomplex und Arbeitsamt. Die Wagen schoben sich an ihm vorbei in Richtung Segeroth, weiter unten stauten sich an der Nordhofstraße die Abbieger zum Bordell.

Der Vanillegeruch stach ihm immer noch in der Nase, es half auch nichts, dass er die Fenster herunterdrehte. Die Ampel sprang um. Gonzo zog auf die linke Spur, ohne sich um das Gehupe hinter sich zu kümmern. Der Parkplatz vor dem Bordell war fast voll mit Wagen aus der Umgebung. Sogar ein paar Niederrheiner hatten den Weg gefunden. Hinten war unter ein paar Büschen noch ein Platz frei. Er warf die Wolldecke vom Rücksitz über die Suzie auf der Ladefläche, ehe er losstiefelte.

Auf dem Taxiplatz vor der Mauer zur Stahlstraße lehnten die Fahrer an ihren Wagen und tranken Kaffee. Die Sonne stand tief im Westen und ließ den Lack der Elfenbeinkutschen aufleuchten. Am Imbisswagen gab es handgebrühten Filterkaffee und Bratwürste zu zivilen Preisen. Zwischen den Taxifahrern stand der Alte in seinem Rollstuhl.

»He!« Er karrte seinen Rolli herüber. Hinter dem Sitz steckten zwei Krücken, an den Griffen baumelten seine Plastiktüten. »Dich kenn ich doch. Fernsehen, ja?«

Gonzo ignorierte ihn und steuerte den Eingang neben dem Pissoir an. Der Alte kam hinter ihm hergerollt. »Hilf mir mal!«

»Ich bin nicht dein verdammtes Kindermädchen!«

Der Alte ließ die Bremsen einrasten und drückte sich aus dem Sitz. »Pack mal kurz mit an. Ich muss pinkeln.«

Gonzo sah sich um. Die Taxifahrer grinsten. »Du nervst langsam!«

Der Alte ächzte und versuchte gleichzeitig auf die Beine zu kommen und die Krücken hinter dem Sitz hervorzuziehen. »Heb mich doch mal hoch.«

Also versuchte Gonzo, den Alten von hinten in die Senkrechte zu hieven. Irgendwie klappte es nicht.

»Komm vorne rum«!

Der Alte hing wie ein nasser Sack an Gonzos Hals. Seine Beine schleiften hinter ihm her, als er ihn in die Pinkelbude schleppte. Gonzo sagte sich, dass das dann eben seine gute Tat für heute war und kümmerte sich nicht um die Kommentare der Taxifahrer. Er lehnte den Alten gegen die Kachelwand neben der Rinne. Es stank nach Pisse und Chlor. »Was ist eigentlich mit deinen Beinen?«

»Beide Knie kaputt.« Der Alte knöpfte sich die Hose auf und versuchte halbwegs in die Rinne zu zielen. Gonzo wollte gerade vorsichtshalber zur Seite gehen, als der Alte nach seiner Schulter griff und sich abstützte. Im nächsten Augenblick schoss dann auch schon sein dünner Strahl los. Wie durch ein Wunder blieben Gonzos Schuhe trocken. »Prostata ist auch schon im Arsch!« Der Alte schüttelte ab und packte ein. »Und jetzt Abmarsch! Ich will vögeln!«

Gonzo verlud ihn draußen wieder in seinen Rolli und schob ihn durch die Einfahrt in die Bordellstraße. »Du bist in Ordnung«, sagte der Opa, hob eine Arschbacke und ließ einen fahren, dass das Kunstleder knarrte. »Ich mach dich zu meinem Alleinerben.«

»Nicht nötig!« Gonzo besah sich den Rollstuhl. »Ich bin ganz zufrieden mit meinem Kombi.«

»Quatsch!«, dröhnte der Alte. »Das Volkshochschulgrundstück. Hollestraße 75. Gehört mir. Vermach ich dir! Du arbeitest doch für's Fernsehen, ja? Wenn du mich in eine von diesen Talkshows bringst, wo ich erzählen kann, wie sie mich reinlegen wollen, dann vererb ich dir den ganzen Kram.« Er fuchtelte mit der Hand. »Die grüne Tüte!«

Gonzo gab ihm den Plastikbeutel, und der Alte wühlte grummelnd ein paar Papiere heraus. »Du glaubst mit nicht, was? Keiner glaubt mir. Aber ich zeig's euch schon. Hier!«

In dem Packen, den er Gonzo in die Hand drückten, waren Kopien von einem Grundbuchauszug, alte Grundsteuerbescheide und eine Menge Formulare in Fraktur, Bescheide mit Naziadlern und Korrespondenz unter Hammer und Zirkel. »Das sind Beweise!«

Gonzo hatte im Moment wenig Sinn für Beweise. »Für sowas gibt's nur einen, der dir helfen kann!«

»Ja?« Die Augen des Opas leuchteten. »Wer? Sag's mir!«

»Frag in der Ente einfach nach Judas.« Gonzo stopfte die Blätter in die Tüte zurück. »Der steht auf sowas. Der bringt dich ganz groß raus. Der hat Top-Verbindungen.« Ein Blatt segelte zu Boden und er hob es auf. Gebühren-Bescheid der Stadt Essen aus dem Jahre 1947 über die Kosten der Trümmerbeseitigung an der Hollestraße 75, Unterschrift Karl Renner, Bürgermeister. Gonzo stopfte es zu den anderen in die Tüte. »Mit der Stadtverwaltung hat er's ganz besonders!« Er gab dem Alten die Adresse der Ente. Sollte Judas sehen, wie er mit ihm fertigwurde.

»Du bist in Ordnung!«, nuschelte der Alte zufrieden. Sein Blick strich schon über die Angebote der Strapsladys am Straßenrand. »Hunderttausend haben sie mir geboten, dass ich die Klappe halte. Aber dass lass ich nicht mit mir machen. Ich nicht! Weißt du, was das Grundstück wert ist, Gonschorek? Da sind hunderttausend nur – wie sagt ihr hier? – Peanuts!«

Gonzo versetzte dem Rolli einen Stoß. »Viel Spaß dann noch!«, Der Alte schoss auf eine vollbusige Brünette zu.

Die anderen Freier trotteten nur oberflächlich gelangweilt durch die Straße und ließen sich die Angebote vorführen. Der graue Rauputz der Häuser versetzte Gonzo schlagartig in die sechziger Jahre zurück, bloß die Glasvorbauten an den Eingängen waren neu. Die meisten Mädchen hatten sich auf Barhockern drapiert und behielten die Kerle im Auge, die sie im Auge behielten. An ein paar Fenstern waren die Vorhänge zugezogen.

Den Laden für Zigaretten, belegte Brötchen und Getränke gegenüber den Häusern gab es nicht mehr, stattdessen konnte man da jetzt in einer Erotik-Sauna Körperflüssigkeiten verlieren. Vor der Tür hockte eine Afrikanerin rittlings auf einem Stuhl und schnalzte Gonzo zu. Eine Asiatin in Spitzenkorsage stöckelte über die Straße. Die Köpfe der Männer schwenkten in perfekter hormoneller Synchronisation hinterher.

»He, Gonzo!« Auf einmal starrten ihn alle an. Von der Ecke kam eine schmale Blondine auf ihn zu. Ihr türkisfarbenes Hängerchen gewährte großzügige Einblicke.

»Hallo, Susann!«, sagte Gonzo. Sie baute sich vor ihm auf, das Spielbein vorgeschoben. »Wie wär‘s?«

Gonzo erinnerte sich an die Pornodrehs in Matzkes Hintertreppenproduktion im Stadthafen. Die Sommerhitze hatte ihnen damals das Letzte abverlangt. »Was ist passiert?«, fragte er. »Nicht mehr im Filmgeschäft?«

Sie zuckte mit den Achseln. Ihr Blick war dunkel. »Zu alt, hat Matzke gesagt. Der Ochsenfrosch!«

Gonzo grinste. Sie grinste zurück. »Sonderpreis?«

Gonzo überlegte noch und schielte zu der Asiatin, die sich in dem Glasvorbau mit einer Lackfrau unterhielt, als auf einmal der Alte um die Ecke rollte.

»Tach, Alfried«, sagte Susann.

Der Opa stieß mit dem Kinn in Richtung des Hauses, das mit Teerpappenklinker verkleidet war. »Ist Sandra da?«

»Klar!«

»Dann hilf mal!« Der Alte rollte sich vor Gonzo. »Da rüber!«

Seufzend schob Gonzo den Alten über die Straße auf den roten Glaseingang zu. Das Lackmädel hielt die Tür auf.

Im Treppenhaus rangierte sich der Alte ans Geländer. »Da links. Ich vögel nur Parterre!« Er zog sich hoch.

Gonzo hängte die Plastiktüten ab und gab dem Alten seine Krücken. Der klemmte sie sich unter die Arme und schwang sich nach links ins erste Zimmer. »Hallo Sandra. Dein Ossi ist da!« Sandra war Mitte zwanzig und machte auf Teenager. Sie half ihm ins Zimmer und ließ die Jalousette herunter. Der Alte ließ sich auf Bett plumpsen.

»Geht's?«, fragte Gonzo. »Oder soll ich dir draufhelfen?

Der Alte hob den Daumen. »Ich lieg unten.«

Das Lackmädel zupfte Gonzo am Ärmel. »Das können wir auch machen!«

Susann kam über die Straße. »Kommst du mit rauf?«, fragte sie. »Ich geb einen Kaffee aus.«

Das Lackmädel keifte Susann an, dass sie sich verpissen sollte, und Susann zeigte ihr den Mittelfinger, während sie Gonzo die Treppe hochzog.

Oben standen zwei gedeckte Campingtische im Flur, Auf der Spüle in einer Nische drängte sich eine Batterie leerer Sektflaschen und auf dem Kühlschrank blubberte die Profi-Kaffeemaschine. Eine füllige Blondine sortierte auf dem Tisch einen Haufen Plastikfiguren aus Überraschungseiern. »Das ist Rita«, meinte Susann.

Gonzo nickte. »Hallo Rita!«

Rita trug einen Morgenmantel über der schwarzroten Kampfwäsche. Sie baute alle Schlümpfe, die sie gefunden hatte, zu einer Kolonne auf. »Kennst du dich damit aus?« Sie zeigte auf den Haufen.

»Muss ich?« Gonzo hängte seine Jacke über die Lehne.

»Hat mir ein Kunde dagelassen.« Sie betrachtete einen Indianerschlumpf mit Pfeil und Bogen. »Angeblich sollen die was wert sein.«

Susann kam mit der Kaffeekanne herüber und goss ihm eine Tasse ein. Rita schob ihm die Milch hin. Gonzo schüttelte den Kopf. Susann fummelte zwei Scheiben in den Toaster und drückte die Taste herunter. »Was macht der Job?«

»Und selbst?«

»Ebenso.«

Rita betrachtete den Indianerschlumpf und sagte skeptisch: »Ich glaub, der ist nicht echt.« Sie war älter als Susann und schien die Mädels hier oben auf dem Flur zu kommandieren. Ihr Blick blieb an Gonzo hängen. »Hast du irgendwelche Kontakte?«

Susanns Toast schnappte aus dem Gerät. Sie fingerte die Scheiben heraus und setzte sich zu ihnen.

»Kontakte?« Gonzo nahm einen Schluck Kaffee und sah sich dann den Indianerschlumpf genauer an. »Nein. Ich bin raus aus dem Geschäft mit Matzke. Wieso soll der nicht echt sein?«

»Nicht Matzke«, sagte Susann.

»Richtig Fernsehen.« Rita sortierte einen Cowboyschlumpf aus. »Der ist auch nicht echt.«

Gonzo hob eine Augenbraue.

»Wir sollen nämlich hier weg.« Rita gab der Schlumpfkolonne einen Stoß, dass sie übereinander fielen. »Die sind alle nicht echt, weil: Schlümpfe leben irgendwo in Belgien und nicht im Wilden Westen.«

Gonzo hob die andere Augenbraue.

»Das ganze Gelände hier ist verkauft.« Rita machte eine Handbewegung zum Fenster. Knapp hundert Meter weiter waren die Bürotürme und das Großkino zu sehen. »Der ganze Puff. Vom Rheinischen Bahnhof am Viehofer Platz bis runter zur Hauptverwaltung von Krupp.«

»Einfach verscheuert«, sekundierte Susann und zündete sich eine Zigarette an. Eine Rothaarige kam mit einem Kerl im gedeckten Anzug vorbei.

»Lass dir bloß keine von denen hier andrehen!«, sagte Rita und zeigte auf die Schlümpfe. Die Rothaarige holte mit einem Achselzucken eine Flasche Sekt aus dem Kühlschrank und schleppte den Mann in ihr Zimmer. Susann baute aus ihren Toastscheiben ein Zelt für die Schlümpfe.

»Kalle sagt, das hier alles abgerissen wird.« Rita setzte die Schlümpfe vor den Zelteingang.

»Kalle?«

»Unser Wirtschafter.« Susann streute ihre Asche über das Toast-Tipi.

»Wenn der das sagt, wird‘s wohl stimmen.«

»Ich hab auch mit einem Kunden gesprochen.« Rita sortierte noch mehr Bleichgesichter und Apachen auseinander. »Der ist irgendwas in der Bauverwaltung und sagt, die Leute vom Berolina-Center meinen, dass wir das Stadtbild stören. Wir sollen hoch zum Bahnhof, in die Volkshochschule.«

»Das ist eine ganz miese Nummer.« Susann arrangierte einen Teil der Schlümpfe hinter Butter und Kaffeesahne zu den großen Schlumpffestspielen. Den Cowboy klemmte sie ans Drahtgeflecht eines Sektkorkens. »Hast du dir den Laden mal angeguckt? Nur Beton, alles grau. Ich hab da ja schon bei meinem Buchhaltungskurs letztes Jahr die Krise gekriegt. Da können die umbauen, soviel sie wollen, das wird nie was.«

Gonzo sortierte noch ein paar Indianerschlümpfe aus. »Ich hab nur gehört, dass die Stadt die Volkshochschule verkaufen will.«

»Klar.« Rita kippte seine Indianer um. »An den neuen Betreiber. Eros-Center heißt das dann. Irgend so eine Firma, wir haben schon Angebote für die Mietverträge. Stopowski Invest. Schon mal gehört?«

Gonzo schüttelte den Kopf. Das Lackmädel erschien am Treppenabsatz. »Er will dich auch noch, Susann.«

Susann seufzte. »Der Alfried hat sich mal wieder die letzten vier Wochen alles aufgespart!« Sie ging nach unten. Das Lackmädel setzte sich auf ihren Platz. »Das ist Gonzo«, sagte Rita.

»Sheila!«, sagte das Lackmädchen und bediente sich von Susanns Zigaretten. »Dein Freund schlägt jeden Zuchtbullen.«

»Der ist nicht mein Freund.« Er grinste. »Gib dir Mühe – er sagt, ihm gehört die Volkshochschule. Vielleicht ist er bald euer Vermieter.«

»Der Alfried kann ne ganze Stunde«, sagte Sheila. »Geil bis zum Anschlag.« Sie führte ein paar Rothäute aus dem Hinterhalt heran und umzingelte die drei weiblichen Schlümpfe, die sich ängstlich hinter dem Zuckertopf versteckten.

»Kommt er öfter?«

»Immer, wenn er unten am Rathaus genug Geld zusammengebettelt hat«, sagte Rita. »Er ist von drüben, aus Dresden oder so. Hat's hier nicht so richtig gepackt und hängt mit den Rumänenkindern im Parkhaus rum.«

»Zum Pennen hat er irgendwo ne Bude gemietet«, sagte Sheila. »Zahlt ihm das Sozialamt.« Die drei Umzingelten ergaben sich der Übermacht und ließen sich von Sheilas Indianern abführen.

»Ich wette, dass der auch die Rumänengören befingert.« Rita sah sich die Figuren an. »Hurenschlumpfinen gibt's auch, ist euch das schon mal aufgefallen?« Dann sah sie Gonzo an. »Wenn du das ins Fernsehen bringst, dass wir hier wegsollen, würden dich die Jungs hier auch ordentlich was drehen lassen«, sagte sie. »Rotlicht von innen, alle Mädels, tags und nachts. Das wirst du überall los.«

»He«, sagte Gonzo. »Sag mir nicht, wie ich meinen Job machen soll. Wenn ihr hier Stress habt, dann geht zum Eigentümer. Wem gehört dieser gottverdammte Puff denn eigentlich?«

Sheila bekreuzigte sich. »Keine Ahnung!«

Rita schwieg und befreite den Schlumpfcowboy von seinen Sektdrahtfesseln. Gonzo überlegte, dass sie ihn mit echten Bildern aus dem Milieu bei den privaten Magazinen mit Kusshand nehmen würden. Wenn die Mädchen auch noch ein paar Statements über Kunden, Preise und irgendwelche Perversionen machten, konnte man damit glatt eine 24-Stunden-Reportage einfädeln. »Mal sehen.«

»Na also.« Rita lächelte. »Mit'm bisschen guten Willen geht doch alles.« Die Schmetterhand brachte den Wigwam zum Einsturz. Die feindlichen Rothäute wurden unter den Trümmern der Toastscheiben begraben.

Sheila machte die beiden obersten Knöpfe ihres Lackbodies auf und fuhr sich mit der Zunge über die Lippen. »Willst du mit aufs Zimmer? Ich zeig dir ein paar Schweinereien.«

Gonzo war nicht abgeneigt, aber als sie ihm dann sagte, was die Schweinereien kosteten, begnügte er sich mit den normalen Sachen.

12

Es roch nach Spätherbst. Das Abendlicht tauchte die Toreinfahrt in ein düsteres Agfacolor-Blau. Über die ganze Breite des Durchgangs glänzte ein frischgesprühtes SKUNK auf silbernem Grund. Vor dem Laden seines Vermieters lehnten ein paar Mountainbikes und Alu-Rennräder, ein Halbwüchsiger schob auf der Treppe Wache und vertrieb sich die Zeit mit seinem Gameboy. An der Schaufensterscheibe klebte eine neue Folie. Internet-Café. Im Vorbeifahren sah Gonzo Monitore schimmern.

Im Hof sammelte sich das Pappellaub aus dem Nachbargarten. Gonzo stellte den Kombi auf seinen Platz, holte die Suzie und die leeren Akkus von der Ladefläche und machte sich auf den Weg zum Hinterhaus. Aus einem

Fenster wehte der Musikantenstadel in den Hof. In Bodos Wohnung spielte die Meckifrau irgendetwas mit mindestens 180 Beats per minute mit einer Lautstärke knapp unter der Schmerzgrenze.

»Hi!«

Toby saß auf dem Mäuerchen zum Kellereingang, einen Seesack neben sich. »Wär besser gewesen, du hättest mir'n Schlüssel gegeben.« Er drückte sich in die Höhe. Seine Eichhörnchenaugen musterten Gonzo. An seinem Seesack baumelte eine hölzerne Tigerente.

»Hau ab!« Gonzo packte die Suzie fester. »Geh nach Hause.«

»Du sollst auf mich aufpassen.«

»Ich bin kein Kindermädchen!«

»Bloß mein Vater, du Arsch!«

Gonzo umklammerte die Suzie.

Toby zog die Nase hoch. »Gehn wir erst mal rauf, okay?«

Gonzo seufzte. »Erste Etage!«

»Weiß schon!« Toby stieg hinter ihm die Treppen hoch. »Mam sagt, du bist irgendwas beim Fernsehen?«

Oben vor Gonzos Tür stand noch ein Seesack mit einem faustgroßen Plüschteddy. »Auch deiner?«

»Klar.«

Im Loft packte Gonzo als erstes die Akkus ins Ladegerät und verstaute die Suzie. Toby schleifte seine Seesäcke herein und sah sich um. »Na ja«, sagte er, als sein Blick Gonzos Feldbett streifte.

»Irgendein Problem?«

Toby zuckte nur mit Schultern.

»Wenn dir nicht passt, kannst du ja gehen.«

»Schon mal was von Verantwortung gehört?«

Gonzo riss sich zusammen und holte seine Einkäufe aus dem Kombi und nahm dabei gleich den gesammelten Karl May von Lutz und Wilbert mit. Als er wieder ins Loft kam, hatte Toby den Seesack mit der Tigerente in einer Ecke ausgekippt und wühlte in dem anderen herum.

»Ein bisschen Ordnung, wenn ich bitten darf!«, sagte Gonzo.

»Klar«, murrte Toby. »Alles easy.«

Gonzo hockte sich an seinen Schreibtisch und zog Den Sohn des Bärenjägers aus dem Geschenkpaket. Er knibbelte das Klebeschild mit dem Herzlichen Glückwunsch L & W Media Team ab. Aus dem Schuber stand etwas von einem Sonderpreis 99 Mark. Während er ein bisschen in dem Buch blätterte und vergeblich nach Winnetou und Old Shatterhand suchte, okkupierte Toby die Ecke mit dem alten Safe und moserte Gonzo an, dass er im Bad nur eine Dusche und keine Wanne hatte. Dann bemächtigte er sich Gonzos Luftmatratze und hantierte eine Weile mit Decken und Kissen herum. Gonzo stellte den Karl May aufs Fensterbrett und machte den Fernseher an. Im dritten Programm suchten Tiere ein Zuhause. Bonny, der Setter mit den traurigen Augen, rubbelte sich am Bein der Moderatorin. Toby kontrollierte den Kühlschrank und knallte die Tür wieder zu. »Kann ich mir ne Pizza kommen lassen?«

Gonzo schreckte hoch. »Nein.«

»Dann besorg was Richtiges zu essen.«

Gonzo starrte ihn an. »Damit mal ein paar Sachen klar sind. Ich mach hier meinen Job und wisch dir nicht den Arsch ab.«

Toby kicherte.

»Was gibt‘s denn da zu lachen?«

»Mam hat mir schon gesagt, dass du zum Kotzen bist.«

Die Haut an Gonzos Nacken zog sich zusammen. »Vorschlag zur Güte«, meinte er dann. »Du verziehst dich nach Hause und ich lass dich in Ruhe.«

»Geht nicht.«

»Und wieso nicht?«

Toby hockte sich auf den Lederpuff vor dem Fernseher. Terry, der treue Mischlingshund aus dem Tierheim Hamminkeln sehnte sich nach einem Herrchen, dass auch eine Dame mit Garten sein durfte. »Mam hat die Bude für die vier Wochen weitervermietet.«

Gonzo runzelte die Stirn.

»Ja, was meinst du, was sie da an der Kasse verdient?«, fragte Toby. »Und als sie die Sache mir der Kur durchgehabt hat, da ist ne alte Bekannte gekommen, die mal kurz ne Wohnung braucht.«

»Für was denn?« Gonzo ahnte etwas.

Toby zuckte mit den Schultern. »Du weißt schon. Gäste empfangen. Für vier Wochen geht das. Dann fangen die Nachbarn mit den Beschwerden an.«

Gonzo starrte ihn von der Seite an und suchte nach ein paar väterlichen Gefühlen. Toby strich sich über seinen Ziegenbart. Sein Kinn war kräftig, ein bisschen eckig. Gonzo fuhr sich über die Bartstoppeln. Toby sah sich nach der Fernbedienung um und entdeckte sie in Gonzos Hand. »Mach mal was anderes!«

Inzwischen suchten ein paar Katzen aus Coesfeld ein neues Heim. Gonzo drückte den Ton weg. »Deine Mutter …«

Toby kroch zum Fernseher und sah sich die Bedienungsleiste an. »Ja?«

»Hat sie mal was von mir erzählt?«

Toby fand den Senderschalter und drückte sich zu VIVA durch. Den Tonregler fand er auch, aber Gonzo drückte die Lautstärke mit der Fernbedienung wieder herunter.

»Meine Güte«, stöhnte Toby. »Was willst du hören? Dass sie sich die Augen nach dir ausgeheult hat?«

Gonzo nickte. »Ja, sowas in der Art.«

»Vergiss es.«

»Aber irgendwas muss sie doch erzählt haben.«

Toby sah Gonzo an. Seine Eichhörnchenaugen waren kühl. »Erst hat sie mir immer gesagt, du wärst tot. Hab ich irgendwie blöd gefunden, in der Schule und bei den anderen. Auf dem Gymnasium hab ich einfach behauptet, du wärst im Knast.« Er grinste. »Hat mir dann ne Sitzung beim Vertrauenslehrer eingebracht.«

»Welche Schule?«, fragte Gonzo.

»Alfred Krupp.«

Gonzo lächelte. »War ich auch.«

Toby zuckte mit den Schultern und widmete sich dem neuen Video von den Pet Shop Boys. Gonzo rief dann doch noch einen Pizza Blitz an und sie ließen sich zweimal Frutti di Mare mit Salat kommen, bevor er zu seiner Mitternachtstour aufbrach.

13

Es ging auf halb eins, als im Polizeifunk endlich etwas Vernünftiges durchkam. In Höhe Rhein-Ruhr-Zentrum stand ein Tieflader mit einem Turbinenteil quer, die Fahrbahn Richtung Mülheim sollte gesperrt werden. Gonzo lauerte mit dem Kombi auf dem Parkplatz an der Freiheit hinterm Bahnhof. Es nieselte. Der Wischer hinterließ Schlieren auf der Scheibe.

Die Bahnhofsplatte war fast menschenleer, nur ein paar Stricher gähnten übers flaue Wochenendgeschäft und unterhielten sich an der Demarkationslinie vorm Eingang mit den Männern vom Bahnhofswachdienst. Die Taxischlange war auf drei Droschken zusammengeschrumpft. Die Fahrer hockten zusammen im ersten Wagen und spielten Karten.

Gonzo ließ den Motor an und rangierte aus der Parklücke. Aus dem Funkscanner in der Mittelkonsole knatterten die nächsten Meldungen. Schweres Bergungsgerät wurde angefordert, außerdem ein Krankenwagen für den Fahrer des Trucks. Ab Auffahrt Kruppstraße sollte die Autobahn gesperrt werden. Weil bis jetzt noch keiner aus dem Nachfolgeverkehr in die Unfallstelle gerast war, gab Gonzo die Hoffnung auf ein paar schöne Feuerbilder auf und überlegte, wie er am besten an die Stelle herankommen konnte. Das Nieseln wurde stärker, Wind kam auf und ließ die Drähte an den Fahnenmasten auf dem Platz klappern.

»Kommando zurück!«, plärrte der Einsatzleiter aus dem Scanner. »Die Karre fährt noch. Sperrung nicht nötig.«

Gonzo fluchte und rammte vorm RWE-Hochhaus aus Versehen beinahe ein Taxi, das unbedingt nach links abbiegen wollte, um ein paar Nachtschwärmer nach Rüttenscheid zu bringen. Er fuhr bis zur Bundesbahndirektion am Bismarckplatz und dann wieder zurück zum Bahnhof. Gerade als er wieder auf den Parkplatz kurvte, rauschte aus der Huyssenallee ein Krankenwagen herunter und fegte in Richtung Schützenbahn davon.

Im Funk wurde nach einem Notarzt verlangt. Kurz drauf kam die Anforderung für den Kriminaldauerdienst. Gonzo blieb in der Parkplatzzufahrt stehen und spitzte die Ohren. Dann drehte er eine rasante Runde an den abgestellten Wagen vorbei und schlängelte sich unter der Brücke durch auf die Schützenbahn. In der Ferne sah er in der Rathauspassage schon das Zucken der Blaulichter. Die Lichtreflexe tanzten über die nasse Fahrbahn. Krankentransporter, Notarzt, zwei Streifenwagen. Er trat das Gas durch und rangierte den Kombi auf den Bürgersteig neben die Bushaltestelle, bis er halb im Schutz der Durchfahrt stand. Die Polizisten spannten Flatterband um eine Gestalt, die halb auf der Fahrbahn lag, gleich an der Stelle, an der sich hinter ihm an der Wand SKUNK verewigt hatte. Gonzo stellte den Scheibenwischer kurz auf Schnellgang und beobachtete die Szene. Vor der Absperrung blinkten zwei Warnleuchten. Weiter hinten stand ein Mittelklassewagen auf dem Bürgersteig, der Fahrer saß in der offenen Tür.

Ein Streifenpolizist war bei ihm. Ein paar Meter weiter machte Gonzo einen Rollstuhl aus. Eine Krücke lag auf dem Asphalt, von der anderen war nichts zu sehen. Gonzo stieg aus und ging näher heran. Der Alte lag halb auf der Fahrbahn. Ein Notarzt kniete bei ihm, aber die Rettungssanitäter hatten ihre Bahre gar nicht erst aus dem Wagen geholt. Die Neonstangen unter der Decke gaben genug Licht, dass er ohne Scheinwerfer arbeiten konnte.

Er holte die Suzie von der Ladefläche und steckte sie zum Schutz vor dem Nieselregen in einen aufgerissenen Müllsack. Ein Zivilwagen der Kripo stoppte hinter ihm. Gonzo verzichtete auf einen Weißabgleich und setzte die Suzie sofort an, damit er Hauptkommissar Behrendt beim Aussteigen erwischte. Behrendt starrte im Vorbeigehen ins Objektiv. Erst als er an Gonzo vorüber war, packte er ihn an der Schulter. »Treib es nicht zu toll, Gonschorek.«

Gonzo nahm die Suzie herunter. »Alles klar mit der Ludomil-Sache?«

Behrendt verkniff sich ein Grinsen. Sein Kollege kam aus dem Wagen geschossen. Der Regen war in wildes Geprassel übergegangen und hatte den Beamten halb durchgeweicht, als er endlich unter der Brücke ankam. Er war ein kleiner, schneidiger Typ in Jeans und Lederjacke, und nach dem Ausdruck in seinem Blick einer von den knallharten. »Platzverweis?«, fragte er Behrendt, als er neben Gonzo im Trockenen stand.

»Neu?«, erkundigte sich Gonzo, während er die erste Tatortsicherung am Auge behielt und überlegte, ob es Zufall sein konnte, dass es ausgerechnet jetzt den Alten im Rollstuhl erwischt hatte. Er wandte sich an Behrendt. »Erklären Sie ihrem Pinscher erstmal, was das Recht auf freie Berichterstattung ist.«

Der Notarzt kam triefnass herüber und gab Behrendt die Hand. »Ihr könnt übernehmen. Schädelbruch durch Fremdeinwirkung. Wahrscheinlich seine Krücken.«

»Der Autofahrer?«

Der Arzt schüttelte den Kopf. »Der hat ihn nur gefunden.«

Behrendt nickte seinem Pinscher zu. »Machen Sie das mal, Klausewitz.«

Der Pinscher zog nach einem missmutigen Blick auf den Platzregen ab und fing an, die Schutzpolizisten herumzukommandieren. Unter den Uniformierten erkannte Gonzo Hauptmeister Kriwett von der Nachtschicht der Nordwache. Weil Behrendt mit dem Notarzt zu tun hatte, wollte er ihn nicht länger stören und pirschte sich mit der Suzie im Anschlag an der Dachkante der Durchfahrt entlang bis kurz hinter die Absperrung. Der Alte lag halb auf dem Bürgersteig und halb in einer Pfütze auf der Fahrbahn. Die Krücke auf der Fahrbahn war verbogen und voller Blut. Klausewitz marschierte mit hochgeschlagenem Kragen zwischen dem Toten und den Krücken hin und her. Gonzo verfolgte ihn mit einem kurzen Schwenk. Hinter ihm übergab sich der Autofahrer.

Klausewitz sagte den Unformierten, dass sie die Fahrbahn sperren und den Verkehr über die Gegenfahrbahn leiten sollten. Gonzo hörte, wie Kriwett meinte, dass das doch ein bisschen zuviel Aufwand wäre und nahm automatisch die Suzie hoch. Klausewitz brüllte etwas von Befehlen, die ausgeführt, Vorschriften, die eingehalten und Meldungen, die verdammt noch mal gemacht zu werden hätten. Kriwett zuckte nur mit den Schultern und kümmerte sich um die Absperrung.

Mittlerweile waren auch zwei Zeitungsfotografen eingelaufen und blitzten. Der Leichenwagen der Pathologie kam; die Angestellten in ihren grauen Kitteln luden ihren Metallsarg aus und fluchten über das Sauwetter. Zuletzt kam der Kleinbus von der Spurensicherung. Gonzo drehte schnell, wie die drei Spezialisten ihre Nummerntäfelchen neben dem Toten und dem Rollstuhl ausgestellten und ihre Fotos schossen. So was wurde in den Redaktionen immer gern genommen, weil die Bilder aussahen wie aus einem echten Fernsehkrimi.

Nach gut einer halben Stunde hatte er die Geschichte im Kasten und trotz aller Bemühungen, im Trockenen zu bleiben, klamme Klamotten. Er lud die Suzie wieder in den Kombi.

Behrendt konferierte mit Klausewitz, dem Notarzt und dem Leiter der Spurensicherung. Als er sah, wie Gonzo hinters Steuer kletterte, kam er herüber. »Bild dir nur nicht ein, dass du jetzt einen Freifahrschein bei mir hast!«

»Nicht doch was Neues mit Ludomil?«, fragte Gonzo. »Wie man hört, soll er ja jetzt sogar ein Alibi haben.«

Behrendt schnaufte.

»Oder haben Sie den Fall nicht mehr?«

Behrendt schlug mit der flachen Hand aufs Autodach. »Übertreib es nicht, ja? Sonst lass ich mir von dem Opa mit seiner Gaspistole unterschreiben, dass du ihn angestiftet hast!«

»Alles klar.« Gonzo hob die Hände. »Ludomil soll was mit der Russenmafia zu tun gehabt haben?«

»Wer sagt das?« Behrendt kniff die Augen zusammen. »Der Fuzzy von der Illustrierten?«

Gonzo ließ die Scheinwerfer aufleuchten. »Kann sein.«

»Die fahren zusammen mit der Verteidigung schon die ganze Zeit auf der Schiene«, sagte Behrendt. »Bloß Pech, dass es da bloß einen Amerikaner gibt, mit dem er rumgedealt hat. Irgendein Typ, der in New York Risikokapital auftreibt und nach hier verschiebt. Mit den Russen hat Ludomil nichts am Hut.«

»Eigentlich komisch«, sagte Gonzo. »Bei dem Namen!«

»Das musst du gerade sagen, Gonschorek.« Behrendt grinste dünn. »Und jetzt verzieh dich.«

Gonzo ließ den Motor an. Dann lehnte er sich doch noch einmal aus dem Fenster. »Was ist eigentlich mit dem Jungen, den sie hier überfahren haben? Ermittelt ihr da noch?«

»Wieso?«

»Scheint hier eine gefährliche Stelle zu sein.«

»Bist du jetzt bei der Kripo oder was?«

»Ich mein ja nur«, sagte Gonzo und rollte vom Bürgersteig. Im Rückspiegel sah er noch, wie die Leichenträger den toten Alten in ihre Blechwanne legten, dann musste er abbiegen.

Zehn Minuten später war er am Zeitungshaus an der Friedrichstraße und schreckte den Pförtner im Glaskasten mit der Hupe hoch. Auf den Parkplätzen der Fernsehleute stand seltsamerweise Herberts Mittelklassewagen neben Reutters Kampfmobil. Gonzo sah auf die Uhr. Kurz nach eins. Die Kaltlichtlampen leuchteten den Innenhof bis zum letzten Winkel aus, Regenschleier hingen zwischen den Gebäuden. Gonzo hetzte hinüber zum Eingang. Im Foyer prallte er erst einmal zurück, weil ihm von den drei Dutzend Bildschirmen der Monitorwand eine zusammengepuzzelte Büffelherde entgegenstürmte. In der Endlosschleife wogten die Tiere einen Hügel herunter. Vier der Bildschirme waren ausgefallen und stanzten schwarze Löcher in die Stampede.

Unten in der Redaktion hockte Reutter mit Herbert und dem Jungredakteur zusammen. Die drei sahen sich auf einem Monitor die Bilder an, die Gonzo am Vormittag vor dem Kaufhauscenter gedreht hatte.

Kannengiesser hatte die Story mit einer Unmenge von Weißlichtschnitten aufgepeppt. Schätzungsweise alle drei Sekunden zuckte ein Klonk durchs Bild. »Grauenhafte Gewalt gegen Kinder«, tönte Kannengiessers Stimme von der Tonspur. »Terrormethoden gegen obdachlose Jugendliche. Ein Todesopfer hat es bereits gegeben. Und die Polizei verschließt die Augen. Spielt sie mit? Wie weit reichen die Verbindungen der Todeskommandos aus dem Merkur-Center? Deckt die Geschäftsleitung die Mörder? Oder ist sie sogar der Auftraggeber? Ein Zeuge, der ungenannt bleiben will, bestätigt unsere Recherchen ...«

Gonzo unterdrückte ein Schaudern und klopfte an den Türrahmen. »Ich will nicht groß stören ...«

Neben dem Schnittplatz schoss Reutters Rottweiler in die Höhe und knurrte Gonzo an. Herbert und Reutter drehten sich langsam herum. Der Jungredakteur war blass und hielt sich an seiner Zigarette fest. Herbert stoppte Kannengiessers Bericht. »Gut, dass du kommst.«

»Sogar sehr gut.« Reutters dünnes Lächeln verhieß allerdings das Gegenteil.

Gonzo legte die Bänder mit dem toten Alten und den Bildern vom Automarkt auf einen Schreibtisch. »Was ist los?«

Der Jungredakteur drückte hastig seine Zigarette aus. Er rutschte fickerig wie ein Junghahn vor seiner ersten Glucke auf seinem Hocker herum.«

Reutters Köter verzog sich wieder hinter den Schreibtisch.

»Mordkommandos im Kaufhaus, ja?«, bellte Herbert. »Todesschwadrone im Ruhrgebiet!« Sein Zeigefinger tippte auf das Standbild von Henry auf dem Monitor. »Für wie blöd haltet ihr mich eigentlich?«

Gonzo hob die Hände. »Mal langsam.«

»Mal langsam, sagst du?« Herberts Stimme zitterte. Er zeigte auf den Jungredakteur. »Ihr wartet eiskalt ab, bis dieses Küken hier Chef vom Dienst ist, damit ihr ihm dieses faule Ei unterschieben könnt, und du kommst hier an und sagst: Mal langsam? Jetzt sag ich dir mal was: das ist Betrug.«

»Zeig‘s ihm«, sagte Reutter nur.

»Komm her!« Gonzo schlich auf weichen Knien zu den Monitoren. Herbert startete ein anderes Band. Kannengiessers Geschichte über die sadomasochistischen Satanisten. Nackte Rituale, verrissene Schwenks, maskierte Gestalten, und dann auf einmal ein Kerl von hinten im Anschnitt vor irgendeiner rituellen Gruppensex-Szenerie. »Sex und Satan sind unsere

Götter«, nuschelte der Typ ins Mikro. Herbert stellte den Ton ab. Gonzo brauchte auch nicht mehr zu hören. Der Satanist war ganz klar Henry.

»Und jetzt sag nicht, dass du nichts davon gewusst hast«, sagte Reutter leise.

Gonzo schluckte. »Das war Kannengiessers Ding.«

»Kannengiesser!«, brüllte Herbert. »Schieb es jetzt nicht auf Kannengiesser!« Er zerrte einen Abrechnungszettel aus einer Ablage und hielt ihn Gonzo hin. Kannengiessers Kalkulation für die Kaufhausgeschichte. »Informationshonorar«, las Gonzo in einer Spalte: »Recherche und Vermittlung Gesprächspartner Wachmann: Heinrich Gonschorek, 800 DM.«

»Damit hängst du drin!« Reutter stach mit dem Zeigefinger gegen Gonzos Brust. »Ich hätte dich für schlauer gehalten. Aber da war wohl die Gier wieder größer als der Verstand, was?«

Nach und nach kriegte Gonzo dann heraus, was am Nachmittag passiert war. Herberts Jungredakteur hatte zum ersten oder zweiten Mal in seinem Leben den Chef vom Dienst für das Regionalmagazin machen dürfen, als Kannengiesser mit der Kaufhaussache aufgetaucht war. Der Junge hatte die ganz große Geschichte gewittert und den Beitrag nicht nur freigegeben, sondern auch auf die Angebotsliste für das Hauptprogramm gesetzt.

»Deswegen ist das Ding nicht nur bei uns gelaufen, sondern auch im Krawallmagazin nach den Nachrichten.« Herberts Stimme kippte über. »Zwei Stunden später haben die in der Sender-Zentrale eine Klageandrohung und eine Unterlassungsverfügung und eine Schadenersatzforderung von der Kaufhauszentrale auf dem Tisch gehabt. Und wir hier eine Vorladung zur Staatsanwaltschaft.«

»Den Informanten hat Kannengiesser besorgt«, murmelte Gonzo, obwohl er wusste, dass es wenig Zweck hatte. Er zerrte sein Handy heraus. »Das klären wir jetzt sofort.« Er wollte Kannengiesser Nummer eintippen.

»Kannengiesser ist auf Tauchstation gegangen«, sagte Herbert. »Spar dir die Mühe.«

»Also«, sagte Reutter. »Das war's jetzt wohl für dich, mein Freund. Du hast uns zweimal verarscht. Die Sache mit dem Opa bei der Ludomil-Geschichte war auch nicht astrein. Du bist raus. Endgültig.«

Gonzo schwankte. Dann raffte er sich wieder auf. »Ich klär das!«

»Bullenscheiße!«, zischte Reutter.

»Du hast uns gelinkt!«

»Wenn das Kaufhaus klagt, drücken die mindestens einen Widerruf durch. Ich krieg einen Tritt in den Arsch und wenn's ganz dicke kommt, ziehen sie noch die Sponsoren-Zusage für die Weihnachtsshow zurück.« Herbert zeigte auf den Jungredakteur. »Aber vorher sorg ich dafür, dass dieses Weichei noch nicht mal mehr bei der letzten Talkshow einen Job krieg.«

Der Jungredakteur fing tatsächlich an zu heulen. »Herr Kannengiesser hat ausdrücklich gesagt, dass alles mit Ihnen abgesprochen ist!«, schniefte er. »Telefonisch alles geklärt, und da wollte ich nicht noch extra ...«

»Und das glaubst du einfach so?«, donnerte Herbert. »Was hat er noch gesagt? Dass die Freimaurer Kennedy erschossen haben? Dass Hitler in einer Eishöhle am Südpol lebt? Dass die Erde eine Scheibe ist?«

Gonzo starrte auf die Monitore und malte sich aus, was er mit Kannengiesser alles machen würde, sobald er ihn in die Finger bekam. Wenn die Geschichte an ihm klebenblieb, konnte er die nächsten Jahre Hochzeitsvideos auf Bestellung drehen. Er atmete tief durch, aber der Stein auf seiner Brust ging nicht weg.

»Wer sagt euch denn, dass an der Geschichte wirklich nichts dran ist?« Sein Blick glitt über die beiden Kassetten auf dem Schreibtisch. »Gerade vorhin hat es in der Durchfahrt unterm Kaufhaus wieder einen Toten gegeben. Sie haben den Alten im Rollstuhl totgeschlagen. Der, der die Feier im Rathaus gestört hat.«

In Herberts Augen glommen ein Funken Nachsicht und ein Schimmer von Interesse. Reutter sagte nur: »Na und?«

Gonzo warf Herbert das Band zu. »Sieh's dir an!«

Herbert knallte die Kassette in einen Recorder und ließ sie durchlaufen. »Und was willst du damit beweisen?«

»Zwei Tote in zwei Wochen«, sagte Gonzo. »Beide an der gleichen Stelle. Zufall?« Er hörte sich schon fast wie Kannengiesser an.

Herbert sah Reutter an. Der starrte unbeweglich auf die Bilder von dem zerbeulten Rollstuhl. »Das heißt gar nichts.«

»Ich bring euch Kannengiesser. Ich klär das. Ehrenwort.«

»Ehrenwort!«, kicherte Reutter. »Da bist du ja in der richtigen Gesellschaft.«

»Bis Montag will die Zentrale eine Stellungnahme«, sagte Herbert. »Punkt fünfzehn Uhr.«

Gonzo registrierte, dass er wie ein Tier schwitzte. Das Hemd klebte ihm am Körper. »Okay.«

Gonzo zeigte auf den Bildschirm mit dem toten Alten. »Was ist damit? Nimmst du das?«

»Solange die Sache nicht geklärt ist, nehme ich einen feuchten Händedruck von dir.«

»Aber die Automarktgeschichte …«

Der Jungredakteur zuckte zusammen.

»Die ist sowieso gestorben. Keine Gesprächspartner von den Bullen und von der Stadt, vergiss es.«

»Das war aber ein Auftrag!«

»Vergiss es!«, brüllte Herbert. »Ehe ich mich vergesse. Die Geschichte ist sowieso gestorben. Die haben bei den Bullen und der Stadt Wind gekriegt und die Schotten dicht gemacht. Kein Gesprächspartner, noch nicht mal eine Stellungnahme.«

»Okay, okay!« Gonzo trat den Rückzug an. »Dann kauf ich mir jetzt Kannengiesser. Wollt ihr ihn tot oder lebendig?«

Er war schon an der Tür, als Reutter sagte: »Stop mal!«

»Noch was?« Gonzo starrte ihn an. Reutter fletschte die Zähne, und wie auf Kommando kam der Rottweiler hinterm Schreibtisch hervor. »Ich will dabei sein, wenn du die Sache umgräbst! Jede Sekunde, damit du uns nicht wieder irgendwelche Scheiße auf den Teppich kippst.«

»Dann komm mit!« Gonzo stapfte durch den Flur davon und musste sich beherrschen, nicht die Glastür zum Treppenhaus einzutreten. Als er sich umdrehte, sah er Reutter mit seinem Hund hinter ihm herkommen. Im Fahrstuhl glotzte der Köter Gonzo dauernd an und schlabberte mit der Zunge. Reutter sagte nichts.

Draußen nebelten feine Wasserschleier die Wagen ein. Gonzo steuerte die Pforte an. Reutters Cowboystiefel knarrten. »Wo willst du hin?«

Die hundert Meter bis zur Ente schafften sie in Rekordzeit. Gonzo stemmte die Tür auf und sah sich um. Am Tresen knobelten ein paar Lokalreporter um Zehnmarkscheine. Judas hockte an seinem Tisch neben dem Klo und Grabowski war schon beim Aufräumen.

»Da hast du ja einen Riesenbock geschossen«, meinte er, als Gonzo sich vor der Theke aufbaute. Reutter Köter taperte an den Tischen entlang. »Der Hund bleibt draußen!«

Reutter starrte ihn an. »Der Hund bleibt hier. Dauert nicht lange.«

Der Hund knurrte und legte sich vor die Theke.

»Kannengiesser?«, fragte Gonzo. »Wo ist er?«

Grabowski zuckte mit den Schultern. »Gegen acht war er kurz hier und hat sich wieder auf seinen Pegel gebracht. Dann ist er weg.«

»Er wollte noch jemand treffen«, nuschelte Judas von seinem Tisch. Gonzo drehte sich um.

»Wen? Wo?«

Judas hob die Schultern. Gonzo ging zu ihm hinüber. Judas starrte ihn aus wässrigen Augen an und trank sein Bier aus. Sein Schlangenarmband rutschte über den dünnen Arm. »Du weißt doch was.«

»Naja«, sagte Judas.

Hinter Gonzo knarrten Reutters Stiefel.

Judas starrte auf sein leeres Glas und zuckte mit den Schultern. Gonzo schnappte sich das Glas. »Grabowski!«

»Hier ist gleich Schicht!«

»Eins noch, ja?«

Grabowski ließ sich Zeit, weil ein gutes Pils sieben Minuten brauchte, Feierabend hin oder her. »Setz dich doch!«, sagte Judas zu Gonzo, während Grabowski zapfte. »Hab ich dir schon die Geschichte von dem Alten erzählt, dem die Volkshochschule gehört?«

Gonzo blinzelte. Auf dem Stuhl neben Judas lag eine Plastiktüte, die ihm bekannt vorkam. »War er hier?«

Judas lächelte sein »Ich weiß mehr als ihr alle«-Lächeln. »Das ist die Sache, wegen der sie im Rathaus durchdrehen«, sagte er zu niemand bestimmtem und legte seine Hand auf die Plastiktüte. »Bis jetzt waren's ja bloß Gerüchte. Aber jetzt hab ich Originalakten, Dokumente, verstehst du? Da können Sie nichts mehr unter den Tisch kehren.«

Reutter ließ sich von Grabowski zwei Mineralwasser geben, eins für sich und eins für seinen Hund. »Das dauert ja wohl noch etwas hier.«

»Diese Deppen in der Verwaltung!« Judas kicherte. »Damals, als sie die Hollestraße neu bebauen wollten, haben sie's mit den Grundstücken nicht so genau genommen. Nummer 75 war auf irgendjemand eingetragen, den sie nicht gefunden haben. Oder sie haben nicht richtig gesucht. Außerdem stimmt da irgendwas mit den Hausnummern nicht, nach Holle 3 kommt 7 und dann sofort 75, naja, ist auch egal. Jedenfalls kommt da jetzt vor einem Jahr dieser Alte in seinem Rollstuhl direkt aus Dunkeldeutschland und erhebt Ansprüche auf die 75.«

Durch Gonzos Gehirn kreuzte der Gedanke, dass er entweder eine Geschichte hatte sausen lassen, als er den Alten mit seinem Kram zu Judas geschickt hatte, oder dass Judas mittlerweile genauso schräg drauf war wie der Opa. »Schmollwinkel?«, fragte er. »Alfried Schmollwinkel?«

Judas hob die Hand. Sein Schlangenarmband rutschte unter die Manschette. »Exakt. Seinem Onkel hat das Grundstück gehört. Der ist 1962 oder so gestorben und Schmollwinkel hat alles geerbt. Bloß hat der da in Dresden gewohnt und die Ossis hatten gerade ihre Mauer gebaut und haben keinen mehr rausgelassen. Und wie das mit dem deutsch-deutschen Rechtsverkehr gewesen ist, damals, das kannst du dir ja denken. Also haben sie von der Stadt das Grundstück dann später einfach für ihre neue VHS übernommen. Ging ja auch alles glatt, bis der Alte dann vor ein paar Jahren mit seinen Unterlagen rübergemacht hat. Da war natürlich Hänger im Schacht bei der Verwaltung, weil sei beim Enteignen irgendwas verkehrt gemacht hatten. Also haben sie erst mal versucht, ihn mit einer Abfindung ruhigzustellen. Hat er sich aber nicht drauf eingelassen. Jetzt will er klagen. Und alles kommt raus!« Er kicherte wieder. »Alles! Gerade jetzt, wo sie das Haus weiterverscheuern wollen für den neuen Puff.«

»Bullenscheiße!« Reutter kippte sein Wasser. Grabowski war endlich mit dem Pils fertig und brachte es Judas. »Das ist das letzte für heute, klar?«

»Klar!« Judas leckte sich die Lippen und setzte das Glas an.

Gonzo drehte sich zu Reutter um. »Er meint den Alten, den sie vorhin am Rathaus erschlagen haben.«

Judas spitzte die Ohren. »Isser tot?«

Gonzo nickte.

»Das ist kein Zufall«, orakelte Judas. »Bestimmt nicht.«

»Kannengiesser!«, erinnerte Reutter ihn.

»Kannengiesser, ja!« Judas schmatzte mit den Lippen. »Wollte runter nach Borbeck und irgendwas am Automarkt erledigen. Seine Karre macht‘s ja nicht mehr lange.«

Gonzo stöhnte. »Genauer geht‘s nicht?«

»Bin ich ein verdammtes Auskunftsbüro?«, nörgelte Judas. »Er hat dieses Mädel dabei gehabt. Die vom Lokalfunk.«

»Jacqueline?«

»Was war mit dem Alten? Das war doch Mord, oder?«

»Sieht so aus.« Gonzo stand auf. »Jedenfalls war die Kripo da.«

Judas leerte sein Glas und griff sich die Plastiktüte. »Das ist alles garantiert kein Zufall. Aber mir glaubt ja wieder keiner!«

14

Draußen war inzwischen aus dem Schauer ein richtiger Regen geworden. Obwohl er sich sofort an die Hauswand drückte, klebten Gonzo schon nach zwei Sekunden die Haare an der Stirn.

»Vergiss Kannengiesser!«, sagte Reutter. Sein Hund turnte unbekümmert durch den Regen. »Wenn wir Glück haben, erwischen wir ihn morgen in seiner Bude.«

Gonzo schüttelte den Kopf. »Jetzt!«

Reutter holte sein Handy aus der Gürteltasche, rief eine Nummer aus dem Speicher auf und lauschte. »Anrufbeantworter!«

»Trotzdem!«

»Dir geht aber richtig die Muffe, was?«

Mit Reutter und seinem Köter im Schlepptau stiefelte Gonzo zum Pressehaus zurück. Als er endlich auf dem Parkplatz den Kombi aufschloss, waren seine Sachen tropfnass. Die Müdigkeit saß ihm in den Knochen. Er schwang sich in den Wagen und wollte die Tür zuziehen, als Reutter neben ihm mit der Zunge schnalzte. Der Rottweiler hetzte durch den Regen heran. »Killer fährt bei dir mit!«

Als ob er es verstanden hatte, kroch der nasse Köter über Gonzos Knie auf den Beifahrersitz. Reutter grinste. »Damit du mir nicht abhaust!«

»Du spinnst wohl!«

Der Köter knurrte, und im ganzen Wagen müffelte es auf einmal penetrant nach nassem Fell. Reutter enterte sein Kampfmobil und bretterte gleich darauf hinter Gonzo an der Pforte vorbei. Gonzo riskierte einen Blick auf den Beifahrersitz. Der Köter starrte mit gespitzten Ohren auf die Fahrbahn.

»Lass dich nicht alleine erwischen«, sagte Gonzo zu ihm. »Dann mach ich Katzenfutter aus dir!«

Der Hund drehte den Kopf und sah Gonzo abwartend an. Gonzo fröstelte, aber das lag an den nassen Klamotten. Der Hund winselte und legte seinen Kopf auf Gonzos Schoß. Im Rückspiegel tanzten die Scheinwerfer von Reutters Wagen.

Kannengiesser hatte sein Wohnbüro in Huttrop, gleich am Rand der Innenstadt. Das Licht der Straßenlaternen zerfaserte in den dreckigen Schlieren der Scheibenwischer. Gonzo bog hinterm Bahnhof auf die Hollestraße ab. Links erhob sich der dunkle Klotz der Volkshochschule. Beste Innenstadtlage. Wenn der Alte wirklich Ansprüche gehabt hatte, wäre er Millionär gewesen. Neben ihm stank der Hund zum Gotterbarmen. Die Ampel an der Kreuzung vorm Straßenbahndepot sprang auf Gelb. Gonzo trat aufs Gas. Der Köter zuckte hoch und knurrte. Gonzo stieg auf die Bremse und kam mitten auf dem Zebrastreifen zum Stehen. Hinter dem Kombi tippte Reutter auf die Lichthupe. Der Hund legte sich wieder hin. Sein Fell dampfte.

Am Wasserturm ging Gonzo vom Gas und suchte nach der richtigen Seitenstraße. Kannengiessers Bude war in einer alten Tankstelle, sein Wagen stand unter dem Vordach neben den stillgelegten Zapfsäulen. Gonzo kurvte um den roten Kleinwagen in der Zufahrt und fuhr bis vors Kassenhaus. Durch die heruntergezogenen Rollos schimmerte Licht.

Der Köter sprang hinter Gonzo aus dem Wagen. Reutter bremste sein Kampfmobil zwei Zentimeter hinter Gonzos Stoßstange und kletterte heraus. Gonzo war schon an der Tür und hämmerte gegen das Glas. »Mach sofort auf!«

Zuerst tat sich gar nichts, dann rappelte etwas in der ehemaligen Werkstatt neben dem Kassenhaus. Reutter ließ den Blick über das nächtliche Idyll aus verrotteten Zapfsäulen, verdreckten Schildern mit zehn Jahre alten Benzinpreisen und einem Grünstreifen voller Unkraut schweifen. »Gefällt mir!«, stellte er fest. »Hat was.«

Die Tür ging auf. Kannengiesser hatte eine dicke Beule auf der Stirn und presste sich ein nasses Handtuch aufs rechte Auge. Seine Lippen war aufgeplatzt, und als er »Hallo!«, nuschelte, konnte man auch sehen, dass ihm ein Zahn fehlte. »Im Moment passt es gar nicht!«

Reutter drückte dir Tür auf. Der Rottweiler trabte sofort in die Bude. Drinnen hatte Kannengiesser sich mit ein paar Billigmöbeln aus dem Bürodiscount seine Arbeitsecke aufgebaut. Die alte Kassentheke trennte die Küchenzeile vom Raum, die Tür zur Werkstatt mit Kannengiessers Schlafzimmer war nur angelehnt. Auf den abgestoßenen Blechregalen stapelten sich jetzt statt Motoröl und Gefrierschutzmittel Berge von Papier und Videokassetten. Den Aufklebern nach zu urteilen war Kannengiesser hochgradiger Fan der Serie Akte X.

»Hört mal zu!« Kannengiesser nahm die Kompresse vom Auge. Das Veilchen würde ihm für ein paar Tage erhalten bleiben. »Diese Kaufhausgeschichte …«

»Genau!« Gonzo fragte sich, warum es in dem Loch ganz schwach nach Maiglöckchen roch. »Wie komm ich als Rechercheur auf deine Abrechnung? Sag‘s mir!«

Reutter lehnte sich neben der Tür an die Scheibe und kreuzte die Arme über der Brust. Kannengiessers Blick wanderte hin und her. Dann schaffte er trotz der verbeulten Lippe ein Grinsen.

»Das war Informantenschutz«, nuschelte er. »Mit dem Zeugen war absolute Anonymität vereinbart. Da kann ich doch nicht seinen Namen auf die Abrechnung schreiben.«

»Bullenscheiße!«, sagte Reutter. Langsam ging er Gonzo damit auf die Nerven. »Ihr habt das Ding zusammen gefingert. Dein Zeuge ist so falsch wie eine Jungfrau im Puff.«

Kannengiesser holte Luft.

»Sie haben den Satanistenfilm!«, sagte Gonzo.

Kannengiesser atmete wieder aus. Dann tippte er sich an sein Veilchen. »Und was ist das? Das war ein Rollkommando vom Kaufhauswachdienst. Drei Mann!«

Reutter musterte Kannengiessers Gesicht. »Ach ja?«

»Ich soll meine Nase nicht in ihre Angelegenheiten stecken. Die Sache ist heiß. Dafür leg ich meine Hand ins Feuer.«

»Dann verbrenn dich bloß nicht!« Reutter drehte eine Runde durch den Raum und kratzte sich am Hinterkopf. »Trotzdem war dein Zeuge getürkt.«

»Nicht wirklich«, beteuerte Kannengiesser.

»Bloß Satire, ja?«, wollte Gonzo wissen.

»Quatsch. Ich hab den Zeugen. Bloß will der nicht vor die Kamera. Nicht mal anonym. Da hab ich Henry geholt, dass er das nachspricht, was er ausgesagt hat. Hab bloß vergessen, den Untertitel drunterzumachen.«

Gonzo schüttelte den Kopf. »Davon hast du mir nichts gesagt!«

Kannengiessers Blick wanderte von Gonzo zu Reutter. »Hab ich vergessen. Lag wohl am Stress. Tut mir leid.«

Reutter kam zu ihnen zurück. »Wollt ihr beide mich verarschen?«

»Auf keinen Fall!« Kannengiessers fing an, aus dem Mund zu bluten. Er tupfte sich das Kinn mit der Kompresse ab. Reutters Hund baute sich vor ihm auf und behielt die Blutspur im Auge. »Ist alles irgendwie beschissen gelaufen.«

Reutter bewegte stumm die Lippen. Kannengiesser erzählte etwas von einem Anruf, mit dem ihn die drei Wachmänner zu einem Treff im Stadtwald gelockt hätten. »Angeblich wollten sie auspacken«, sagte er. »Aber kaum war ich aus dem Wagen, da haben sie mich schon in die Mangel genommen.«

»Hatten sie Uniformen an?«, fragte Reutter.

Kannengiessers Blick flackerte. »Nicht direkt. Dunkle Trainingsanzüge. Aber mit diesem Sticker vom Kaufhaus an der Brust.«

»Stadtwald, ja?«

»Ja.«

»Nicht Stadthafen?«, fragte Reutter. »Judas hat was von Stadthafen gesagt.«

»Wollte ich ja auch, aber dann ist dieser Anruf gekommen.«

Reutter starrte ihn an. »Montag, Punkt drei tanzt du in der Redaktion an. Und zwar mit allen Unterlagen, die du zu dem Fall hast.« Er sah zu Gonzo. »Noch was?«

Gonzo schüttelte den Kopf.

Reutter war schon an der Tür. Er schenkte ihnen noch einen Blick auf sein Terminator-Gebiss. »Hasta la vista!« Der Hund schlich hinter Reutter nach draußen. Die Tür klappte zu. Gonzo massierte sich den Nacken. Die Müdigkeit hing ihm in den Augen. Kannengiesser atmete auf. Endlich dröhnte der Motor von Reutters Kampfmobil los und entfernte sich. »Okay«, sagte Gonzo. »Wo ist sie?«

»Wer?«

»Ihr Wagen steht draußen!« Gonzo stieß die Tür zum Schlafzimmer auf. Jacqueline hockte auf dem Bett. Auf dem Nachttisch spendete ein Michelin-Männchen Licht und über der Spielwiese hing ein gigantischer Ankleidespiegel. Jacqueline wurde tatsächlich rot. »Wir haben an einer Geschichte gearbeitet«.«

»Klar«, sagte Gonzo. »Kannengiesser ist ein Mann, der voller Geschichten steckt.«

Jacqueline stand auf. Ihre Jeans waren dreckig und das Sweatshirt über der Brust auch. Ihr Lackmäntelchen baumelte zerrissen über Kannengiessers Hahnentrittjackett an dem stummen Diener. Sie kam nach vorne ins Büro und nahm Kannengiesser seine Kompresse aus der Hand. An der Spüle ließ sie kaltes Wasser darüber laufen.

»Was ist passiert?«, fragte Gonzo.

Kannengiesser zuckte mit den Schultern. »Berufsunfall!«

»Ludomil«, sprudelte Jacqueline los. »Er hat Verbindungen zur Russenmafia. Wir haben uns am Automarkt ein bisschen umgehört.« Sie drückte Kannengiesser die frische Kompresse aufs Auge.

»Also keine Wachmänner«, sagte Gonzo.

Kannengiesser schüttelte den Kopf. »Da unten gibt‘s einen Typen, der alles kontrolliert. Stan, der Mörder. Sagt dir das was?«

Gonzo sagte nichts.

»Irgendwie hat der nicht ganz verstanden, was wir von ihm wollten«, meinte Kannengiesser selbstkritisch.

»Vielleicht hast du die falschen Fragen gestellt.«

Kannengiesser zuckte mit Achseln. »Ich wollt bloß wissen, wie so einer wie er, zu einem Autohaus im Berolina-Center kommt.«

»Ich hab nämlich die Pläne gesehen«, plapperte Jacqueline weiter. »Als ich für‘s Radio bei Treger war. Die Hälfte der Läden hat er schon vermietet. Und das Autohaus geht an einen Stanislaus Stopowski aus Moskau.«

Gonzo runzelte die Stirn. »Stanislaus Stopowski?«

»Für seine Freunde einfach Stan, der Mörder«, sagte Kannengiesser.

Gonzo sah Jacqueline an. Sie hatte wieder dieses Jagdfieber im Blick. »Woher weißt du das?«

»Hat mir Mike erzählt«, erklärte Jacqueline stolz und erzählte, wie toll sie mit dem Edelschreiber von der Illustrierten auskam. Sogar in seinem Porsche hatte er sie mitgenommen. »Die haben extra Rechercheure für diesen Kleinkram. Riesiges Computerarchiv, Auslandsbüros, Informanten, Experten, alles.«

Kannengiessers Augen leuchteten auf. »Tja, da wird man nachdenklich, nicht wahr? Ein Alexander Stopowski aus New York ist Tregers Hauptfinanzier, ein anderer Stopowski kriegt ein Autohaus. Und ein paar von den Finanzgeschichten zwischen Treger und dem amerikanischen Stopowski sind von unserem Hans-Hagen Ludomil aus Holsterhausen abgewickelt worden. Zufall? Also wenn du mich fragst …«

Und eine Firma Stopowski Invest wollte die Volkshochschule kaufen und ein Bordell daraus machen. Gonzo fragte sich langsam, ob Kannengiessers Paranoia ansteckend war. Er schüttelte den Kopf. »Das hast du dir doch genauso zusammengesponnen wie die Mordkommandos.« Er schnappte sich Kannengiesser am blutverschmierten Hemdkragen. »Selbst wenn das alles stimmt, ist mir das scheißegal. Ich will aus der Mordkommando-Geschichte raus. Und wenn ich da nicht blütenweiß rauskomme, dreh ich dir den Hals um.«

»Mach dir keine Sorgen«, beteuerte er. »Notfalls nehm ich das auf meine Kappe.«

»Lass ihn«, sagte Jacqueline.

»Du hältst die Klappe.«

»Er sagt doch, dass er alles regelt!«

Gonzo stieß Kannengiesser auf seinen Stuhl zurück und starrte Jacqueline an. »Werd erst mal trocken hinter den Ohren.«

»Arschloch!«

»Spinnt ihr beide jetzt total?«, schnaufte Kannengiesser.

Gonzo stemmte die Fäuste in die Hüften. »Wir haben uns verstanden?«

Kannengiesser nickte, und Gonzo stapfte zur Tür. Seine Augen brannten vor Müdigkeit. Die Luft draußen war frisch und kühl, der Regen hatte zum Glück aufgehört. Zufall? fragte er sich. Die Straße glänzte feucht im Licht der Laternen. Er warf noch einen Blick auf Jacqueline, wie sie sich um Kannengiesser kümmerte. »Der Beginn einer wunderbaren Freundschaft, was?«

»Nur kein falscher Neid.« Kannengiesser kniff das gesunde Auge zu.

15

Toby hockte auf dem Beifahrersitz und trommelte mit den Fingern ein wirres Solo aufs Armaturenbrett. Er roch nach Shampoo und Seife. Gonzo steuerte den Kombi über die sonntagsleere Straße in Richtung Innenstadt. Auf dem Parkplatz vorm Einkaufszentrum jagten ein paar Kids auf ihren Inlinern herum, am Karlsplatz verschafften sich die Trinker mit Dosenbier und Doornkaat aus Portionsflaschen den nötigen Tran, um den Familiennachmittag durchzustehen. Ein paar Omas und Opas kamen aus der Kirche. Über Nacht hatte NILES in rot und grün den Container mit dem Dritte-Welt-Laden verschönt.

»Öde«, sagte Toby.

Gonzo sagte nichts. Nach einer halben Stunde Kampf ums Badezimmer hatte er zehn Minuten für einen Erziehungsversuch in Sachen häuslichem Umgang geopfert. Er bezweifelte zwar, dass Toby die Finger von seinem Schreibtisch und der Videotechnik lassen würde, aber er war froh, dass sie wenigstens darüber gesprochen hatten.

»Rechts«, sagte Toby am Viehofer Platz.

Gonzo fuhr links zum Rathaus und dem Merkur-Center hoch. »Ich bin nicht dein Chauffeur.«

Toby wollte ins Multiplexkino am Berliner Platz und sich irgendetwas mit Schwarzenegger oder Tom Cruise ansehen. Die zwölf Mark Eintritt hatte er sich schon von Gonzo geschnorrt.

»Was willst du überhaupt hier?«, maulte er, als Gonzo den Kombi in der Durchfahrt auf eine Bushaltestelle manövrierte und vor dem blausilbernen SKUNK auf den Kacheln zum Stehen brachte. Auf der anderen Straßenseite lehnten ein paar Halbwüchsige aus Rekas Bande an den Absperrgittern und rauchten. »Und wie komm ich jetzt zum, Kino?«

»Versuchs mal mit Laufen!« Gonzo langte hinüber und machte die Beifahrertür auf. »Augen geradeaus und immer einen Fuß vor den anderen.«

Toby murmelte etwas von »Wahnsinnig komisch!«

»Um zehn bist du zuhause!«, rief Gonzo ihm nach.

Toby zuckte nur mit den Schultern und tänzelte die abgestellte Rolltreppe zum Center empor. Gonzo kletterte aus dem Wagen und begutachtete die Stelle, an der letzte Nacht der Alte gelegen hatte.

Ein paar Glaskrümel blitzten zwischen den Kreidemarkierungen. Die Kids lehnten drüben am Absperrgitter, tuschelten, und sahen immer wieder zu ihm herüber. Dann verschwanden sie in der Garagenzufahrt. Gonzo fragte sich, was der Alte hier um Mitternacht noch verloren hatte und machte, dass er zum Kombi zurückkam, weil der Bus aus Gladbeck in seine Bucht wollte.

Er fuhr los und schreckte an der Einfahrt zum Rathausparkplatz den Pförtner in seinem Glaskasten aus seinem Nickerchen auf. Ein paar Meter weiter schlug er sich nach rechts auf die Zufahrt zum Parkhaus des Kaufhauses. Daneben machte er auf dem Platz »Nur für die Geschäftsleitung« ein halbes Dutzend Wagen aus. Der cremefarbene Bentley wirkte zwischen den unauffälligen Edelkarossen wie ein exotischer Schmetterling. In den strengen Geruch von Reutters nassem Hund, der den Wiederverkaufswert des Wagens wahrscheinlich um mindestens 500 Mark senken würde, mischte sich ein Duft von Weihrauch. Gonzo rieb sich die Nase, während er auf dem Parkplatz eine Runde drehte, um sich das Wenden zu ersparen. Hinter dem Schild hielt eine Kamera die Zufahrt von der Schützenbahn und den Platz im Blick. Im Vorbeifahren sah er noch, dass der Golf neben dem Bentley mit einem Speziallenkrad für Behinderte aufgerüstet war. An der Windschutzscheibe klebte eine Parkplakette des Merkur-Center.

Er fuhr vom Parkplatz herunter und aus der anderen Richtung wieder in die Passage unterm Rathaus ein. Die Reifen holperten über den Bordstein. Gonzo bremste und kurbelte die Scheibe herunter. Die Jungs an der Absperrung schnippten ihre Zigaretten auf die Fahrbahn. Ihre Baseballschläger lehnten am Gitter.

»Reka«, rief Gonzo. »Ist sie da?«

Die Kinder reagierten nicht, und erst jetzt sah Gonzo, dass zwei der fünf Jungen eigentlich Mädchen waren. Sie hatten kurze Haare und steckten in weiten Sweatshirts mit den Aufdrucken amerikanischer Eliteuniversitäten. »Warum?«, fragte ein hageres Mädchen schließlich. Sie war einigermaßen hübsch, hatte volle Lippen, dunkle Augen und einen ordentlichen Busen unter der University of Yale. Sie kam herübergeschlendert, stellte sich vor Gonzos Wagentür in Positur und stützte sich auf ihren Baseballschläger. »Ich mach es dir genauso gut.«

»Reka«, beharrte Gonzo.

»Ist weg!«, sagte die Hagere. »Was willst du?«

Gonzo zeigte auf die Straße. »Der Alte ist tot.«

Sie nickte. Die anderen tuschelten hinter ihr.

»Was ist mit den Wachmännern aus dem Kaufhaus?«, fragte er. »Sie hat gesagt, sie wollen euch umbringen?«

»Ja.«

»Und das stimmt?«

»Stimmt ganz sicher, bringen uns für Geld um. Miros haben sie auch umgebracht.« Sie zeigte auf die Fahrbahn. »Auch an der Stelle. Haben ihn geprügelt und getreten, bis er tot war.«

Gonzo schüttelte den Kopf. »Falsch.«

»Nein, ist wahr.«

»Er ist überfahren worden. Von einem Auto.«

»Haben Sie dann hinterher gemacht.«

»Und dann haben sie Geld dafür gekriegt?«

Sie nickte und streckte die Hand aus. »Gib mir Geld, dann ich erzähle alles.«

»Wer hat Barschel in die Badewanne gelegt?«, fragte Gonzo. »Auch die Wachmänner?«

Sie nickte. »Für Geld.«

»Und Kennedy haben sie auch erschossen, ja?«

»Fahren nur Leute mit Auto über. Können nicht schießen, weil nur Gaspistole.«

Gonzo schüttelte den Kopf. »So geht das nicht.«

»Geht was nicht?«

»Ich muss wissen, was hier wirklich passiert ist, verstehst du?«

Das hagere Mädchen zögerte. »Alter Mann war betrunken, gestern«, meinte sie dann. »Ist immer hin und hergefahren und hat laut gesungen.«

»Und?«

»Hat uns versprochen, dass er uns baut Haus für uns alleine, wenn er bekommt sein Geld.«

Gonzo entschied, dass sich das Aussteigen doch lohnte. Er fingerte zwei Fünfer aus der Jackentasche und warf der Hageren einen zu. Der Heiermann verschwand blitzschnell in ihrer Jeans.

Gonzo griff sich den Jungen, der am nächsten stand. »Hast du das auch gehört?«

Er schüttelte den Kopf. »War oben an Bahnhof.«

»Und die anderen hier?«

»Weiß nicht!«

Gonzo hielt den Fünfer hoch, doch der Junge blieb seiner Auskunft. Gonzo ließ das Geldstück zurück in die Jacke gleiten.

Die Hagere wollte weggehen, aber Gonzo hielt sie am Ärmel fest. Die anderen Jungen rückten näher. Ein Klappmesser blitzte auf.

»Seine Tüten«, fragte Gonzo trotzdem. »Wo sind seine Tüten?«

»Weiß nicht!« Die Hagere machte sich los, und Gonzo verzog sich zu seinem Kombi, solange der Junge mit dem Klappmesser sich damit nur den Dreck unter den Fingernägeln herauskratzte. Er schloss gerade die Tür auf, als der Bentley in die Durchfahrt rollte. Die Kids verschwanden schlagartig. Am Steuer saß die Frau, die ihm schon damals beim Festakt im Rathaus aufgefallen war. Statt vorbeizuziehen stellte sie sich mit ihrer Nobelkarosse schräg vor ihn und kam auf ihren handgearbeiteten Pumps heran. Die weiße Bluse unter der Jacke ihres hellgrauen Businesskostüms war hochgeschlossen, eine azurblaue Brosche schimmerte am Revers. Sie betrachtete die Schrift an den Seitenteilen des Kombis. »Gonschorek Videoproduktion! Soso.«

Gonzo konnte den Blick nicht von ihrem klassischen Profil mit den hohen Wangenknochen und dem schmalen Kinn nehmen. Ihr Lippenstift saß perfekt. Der Hauch eines androgynen Parfüms wehte durch die Sonntagsluft. »Kennen wir uns?«

»Noch nicht.« Ihre Lippen kräuselten sich. »Und wahrscheinlich wollen Sie mich auch gar nicht kennenlernen. Diana Zander, Kanzlei Gottlich und Zander.« Eine Visitenkarte schnappte aus ihrem Lederetui und landete unter Gonzos Scheibenwischer. »Sie haben den Lokaltermin Ludomil gestört, hat mir mein Kollege erzählt. Und Sie haben an dem verleumderischen Fernsehbeitrag über das Merkur-Center mitgewirkt.«

»Stimmt. Ich will Sie gar nicht kennenlernen.«

Gonzo pflückte ihre Karte von der Windschutzscheibe und wollte die Autotür aufmachen. Sie hielt sie fest. »Sie sind einer von diesen Schlaumeiern, ja?«

Für ihre Figur war sie ziemlich kräftig. Wahrscheinlich spannte sie sich regelmäßig in einem von diesen piekfeinen Fitnessclubs in Rüttenscheid ins Eisen. Oder sie erwürgte jeden Tag mit bloßen Händen einen Schlaumeier wie ihn. »Wer hat Sie für diese miese Aktion bezahlt?«

Gonzo zerrte an der Tür. Sie spannte die Muskeln. »Sie haben zwei Möglichkeiten, Herr Gonschorek! Entweder Sie liefern uns Ihre Hintermänner oder Sie und Ihr Kollege kriegen eine Schadensersatzklage an den Hals, die sich gewaschen hat.«

Weil die Sache mit der Autotür sowieso keinen Zweck hatte, ließ Gonzo die Arme sinken. »Übernimmt das Kaufhaus auch die Bestattungskosten für den toten Alten letzte Nacht?«, fragte er. »Genau wie bei dem toten Jungen vor einer Woche?« Er betete, dass Kannengiesser sich die Geschichte nicht auch aus den Fingern gesaugt hatte.

Endlich ließ sie die Autotür los. »Das sieht Ihnen ähnlich – aus einem Akt der Mitmenschlichkeit eine von Ihren kranken Theorien zu konstruieren.«

»Woher wissen Sie eigentlich, dass der Alte tot ist?«, fragte Gonzo.

»Unser Wachdienst hat ein Auge auf die Durchfahrt.«

»Ach, auf einmal?«

»Was wollen Sie damit sagen?«

»Bei dem toten Jungen war's ja wohl nicht so.«

»Wollen Sie dem Wachdienst vorschreiben, was er zu tun und was er zu lassen hat?«

Gonzo sah sie an. Ihr Kostüm musste soviel gekostet haben, wie er im Monat verdiente. Sie lächelte schmal. Gonzo lief ein kühler Schauer über den Rücken. Aus dem Wagen wehte ihm die Mischung aus Hund und Weihrauch entgegen. Pech und Schwefel wäre passender gewesen, fand er.

Die Zander rümpfte die Nase trat einen Schritt zurück. »Wir hören sicher noch voneinander, Herr Gonschorek!«

»Rufen Sie mich nicht an, ich rufe Sie an!« Gonzo machte, dass er in den Wagen kam. Sicherheitshalber wartete er, bis sie mit ihrem Bentley in Richtung Viehofer Platz davongerauscht war, ehe er selber losfuhr. Im Rückspiegel sah er Rekas Clique wieder an den Absperrgittern auftauchen.

Er hielt sich links und landete nach einer Viertelstunde im Gewerbegebiet am Stadthafen. Der Automarkt löste sich auf, überall wurden Wagen auf Transporter verladen und noch ein paar schnelle Kofferraum-Geschäfte mit Zigaretten und raubgepressten CDs gemacht. Die beiden Sicherheitsleute an dem Firmengelände verhandelten mit einer von den Huren. Am Ende der Straße stand ein Transparent in einem Vorgarten: Polen raus!

Gonzo fuhr ein bisschen hin und her, bis er die Ecke mit dem Autohändler wiederfand, bei dem Stan seinen Caravan stehen hatte. Am Tor lehnten zwei von seinen Lederjacken. Als er ausstieg, kamen sie mit locker schwingenden Armen auf ihn zu. Gonzo blieb stehen. »Hat Stan vielleicht fünf Minuten Zeit?«

»Wer fragt das?«

»Gonschorek.«

Der größere der beiden nickte seinem Kollegen zu. Der zog sein Funkgerät aus der Jackentasche. Von dem, was er sagte, verstand Gonzo nur seinen Namen. Dann packte der Kleine das Walkie Talkie wieder ein und nickte. »Fünf Minuten.«

Vor dem Wohnwagen musste er sich von einer weiteren Lederjacke abtasten lassen. Drinnen hockte Stan hinter seinem Tisch, als hätte er sich seit Gonzos letztem Besuch keinen Zentimeter fortbewegt. Vor sich hatte er einen Grundriss ausgebreitet, in dem er mit gelbem Leuchtmarker herummalte. Er legte den Stift weg. »Gonschorek, mein Freund! Hast du mit deinem Film Erfolg gehabt?«

Gonzo zuckte mit den Achseln. »Nicht wirklich.« Er setzte sich. »Gestern war ein Mann hier. Mit einem Mädel.«

Stan legte die Stirn in Falten. »Hier kommen viele Leute her.«

Gonzo versuchte die Beschriftung auf Stans Grundriss zu lesen. Grundstück Hollestraße 75, Volkshochschule. »Der Mann hat jetzt ein blaues Auge und es fehlt ihm ein Zahn.«

»Mag sein, dass meine Landsleute ihn nicht richtig verstanden haben.« Stans Blick spiegelte echtes Bedauern. »Mag sein, dass sie sich beleidigt gefühlt haben.«

Gonzo drehte sich um und betrachtete die Aufrisszeichnung des Autohauses an der Wohnwagenwand. Wenn er die grob eingezeichneten Straßenzüge richtig deutete, sollte der Bau auf dem alten Bordellgelände stehen. »Du hast da große Pläne!«

Stan lehnte sich zurück. »Wer hat das nicht?«

»Und das hier?« Er tippte auf den Plan der Volkshochschule.

»Eine Investition.«

»Für große Investitionen braucht man großes Geld.«

»Geld!« Stan machte eine wegwerfende Handbewegung. »Sind Freunde nicht viel wichtiger?«

»Mag sein.« Gonzo überlegte. »Oder eine Familie, nicht wahr? Zum Beispiel einen Bruder in Amerika?«

Stan faltete den VHS-Plan zusammen, holte die Wodkaflasche aus dem Bordkühlschrank und goss Gonzo knapp fünfzig Gramm ein. Sich selbst genehmigte er das Doppelte. Sie tranken. Stan leckte sich die Lippen. »Nun?«

Gonzo sah auf den Bauplan. »Welche Wagen willst du da verkaufen?«

»Deutsche natürlich«, sagte Stan. »Deutsche Autos sind die besten.«

»Hast du schon immer mit Autos gehandelt?«

»Aber nein.« Stan lächelte. »In diesen Zeiten muss man flexibel sein. Besonders in meinem Land. Bevor alles aus den Fugen geraten ist, war ich bei der U-Bahn in Moskau.«

Gonzo musterte den Plan für das Autohaus. »Und da hast du dir nebenbei was zusammengespart?«

Stan lehnte sich zurück. »Manchmal, wenn Delegationen gekommen sind, aus der DDR oder von euch, dann habe ich sie geführt, weil ich eure Sprache kann. Dabei habe ich viel erfahren über euch. Dass hier jeder sein Glück machen kann, wenn er arbeitet. Nicht wie bei uns, wo es nur auf das Parteibuch ankommt.«

»Da haben sie dir aber ganz gehörig einen Bären aufgebunden«, meinte Gonzo.

»Glaubst du nicht daran, dass du dein Glück machen kannst, wenn du nur willst?«

Gonzo dachte nach. Dann sagte er: »Vielleicht habe ich nicht die richtigen Freunde. Oder mir fehlt ein Bruder in Amerika.«

Stan hob die Schultern.

»Was meinst du«, sagte Gonzo. »Würde Arnold Treger mir ungefähr 500 Quadratmeter im Berolina-Center für meine Firma vermieten?«

»Schwer zu sagen«, meinte Stan.

»Oder würde die Stadt mir die Volkshochschule verkaufen, damit ich ein Bordell aufmachen kann?«

»Du müsstest der Stadt ein Angebot machen.«

Gonzo seufzte. »Aber wenn ich Stopowski heißen würde, wäre es leichter, ja?« Er behielt Stan im Auge. Der Russe ließ sich Zeit.

»Solche Gerüchte sind gefährlich«, sagte er dann. »Denk an den Mann, dem jetzt ein Zahn fehlt.«

Gonzo grübelte eine Weile. »Wonach hat er gefragt? Nach Ludomil? Oder nach deinem Bruder in Amerika?«

Stan machte eine nichtssagende Handbewegung. »Was sollte daran schlimm sein, wenn ich hier ein bisschen darauf achte, dass das Geld, das mein Bruder in das Berolina-Center investiert, hier auch richtig eingesetzt wird?«

In Gonzos Gedanken ging einiges durcheinander. Er erinnerte sich daran, was Behrendt gesagt hatte. »Ludomil hat das zwischen deinem Bruder und Treger vermittelt, ja? Hat er dabei irgendwas falsch gemacht? Oder warum hat jemand seine Frau und seine Kinder umgebracht?«

Stan lächelte. »Nicht alles, was passiert, muss etwas miteinander zu tun haben.«

Gonzo stand auf. »Ich muss gehen.«

Stan drückte ihm die Hand. Gonzo hatte das Gefühl, mit den Fingern in einen Schraubstock geraten zu sein. An der Wohnwagentür drehte er sich noch einmal um. »Wenn du Reka siehst, die Kleine aus Rumänien, ich würd sie gerne mal wiedersehen.«

Stan kam zu ihm und legte ihm die Hand auf die Schulter. »Pass auf dich auf, Gonschorek. Es ist eine gefährlich Welt, in der wir leben.« Er schob Gonzo aus dem Wohnwagen und blieb auf der obersten Stufe des Treppchens stehen, bis Gonzo den Platz verlassen hatte.

16

Im Kombi hatte der Weihrauchgeruch inzwischen über den Hundegestank gesiegt. Gonzo ließ sich zwischen Familienkutschen mit Kind und Kegel auf den Rücksitzen und Transferfahrten, mit denen die Omas und Opas ins Altenheim zurückgebracht wurden, aus der Stadt heraus in Richtung Mülheim treiben. Im Polizeifunk liefen die ersten Bestellungen der Reviere fürs Abendbrot durch. Bantzok von der Nordwache orderte von Bongard und Hoffmeister auf dem Wagen 14/4 zweimal Gyrospitamitallesohnezwiebel und einmal Currywurstpommesmayoextrascharf. In Katernberg brannte schon wieder die Garage, und die Rettungswagen mussten wegen der üblichen hilflosen Personen und plötzlichen Bewusstlosigkeiten raus. Auf der Frequenz der EVAG gab es kurz Hektik, weil an der Volkshochschule ein Autofahrer aus Versehen auf der für den Omnibusverkehr ausgebauten

Bahntrasse in den U-Bahn-Schacht eingefahren und mit einer gebrochenen Achse liegengeblieben war.

Gonzo schnappte sich das Handy vom Beifahrersitz und drückte die Nummer von Lutz und Wilbert. »Nehmt ihr was von mir, wenn ich was bringe? Ihr müsstet es halt rausgeben, ohne dass mein Name fällt.«

Lutz druckste ein bisschen herum. »Wir müssten Sonderkonditionen ausmachen.« Was bedeutete, dass sie ihm nicht mal die Hälfte der üblichen Sätze zahlen wollten. »Außerdem strukturieren wir die Agentur gerade um. Weniger Aktuelles, mehr Auftragsarbeit. Industriesachen und so, verstehst du? Wir denken, damit kommen wir am besten durch.«

Gonzo sagte sich, dass Typen wie Lutz und Wilbert immer und überall durchkommen würden und unterbrach die Verbindung. Gerade als er das Handy zurücklegen wollte, zirpte es.

»Unterwegs?«, fragte sie.

Gonzo ging vom Gas und sagte heiser: »Kann sein.«

»Noch lange?« Spontan entzündet sich bei ihm an Lindas Stimme eine Phantasie aus schwitzenden Körpern, spitzen Schreien und angenehmer Erschöpfung.

»Kommt drauf an.«

»Wir könnten uns ein bisschen unterhalten.«

Er räusperte sich. Die Leitung rauschte.

»Hallo?«, schnurrte sie.

»Klar.« Gonzo fuhr rechts ran auf einen Behindertenparkplatz. »Worüber?«

»Schlag was vor.«

»Die Sitzung vom Kaufhausmanagement vorhin? Da warst du doch dabei.«

»Langweilig«, sagte sie. »Schlag was anderes vor.«

Gonzo starrte durch die Windschutzscheibe. »Ich muss erst noch ein bisschen Geld verdienen.«

»Ich habe doch gesagt, dass ich einen Auftrag für dich habe. Wir könnten über die Einzelheiten reden, ganz gemütlich, hinterher.«

»Okay«, sagte Gonzo.

»Bis nachher dann«, sagte sie. »Lass dir ruhig Zeit.«

»Soll ich was mitbringen?«, fragte er. »Die Ketten oder meine Gummimaske?«

Ihr Lachen kribbelte ihm das Rückenmark herunter. »Nicht nötig. Babyöl reicht, wenn du willst.« Sie unterbrach die Verbindung

Gonzo brauchte glatte zehn Minuten, bis er wieder halbwegs in die Realität zurückfand. Er kurvte ein bisschen in der Nähe der A 40 herum und wartete vergeblich auf einen Unfall. Als er auf der Autobahn zurückfuhr, machte er SKUNK auf der Schallschutzmauer aus. Er hatte gerade die Ausfahrt Frohnhausen hinter sich gelassen, als der Scanner auf die Feuerwehrfrequenz sprang. Ein Löschzug war unterwegs zur Margaretenstraße. Er schnappte außer »Alfred Krupp Schule« noch die Anforderung für den Umwelt-Einsatzwagen auf. Mit durchgetretenem Gas setzte er sich auf die rechte Spur, raste mit kriminellen 80 über die Ausfahrt an der Hobeisenbrücke aus dem Steinkanal heraus und landete oben auf der Martin Luther-Straße beim Abbiegen um ein Haar vor einer Straßenbahn, die sich den Berg in Richtung Holsterhausen hinaufquälte.

Bis zur Kreuzung Frohnhauser Straße waren es nur ein paar Sekunden. An der Straßenbahnhaltestelle gegenüber der Schule standen schon ein paar Gaffer. Über dem Schuldach wehten schwarze Rauchschwaden ins Abendgrau.

Im Vorbeifahren sah Gonzo die Wagen des Löschzuges in der Margaretenstraße vor dem Schulportal mit den goldenen Buchstaben stehen. Er drehte eine Runde um den Park an der Kirche, schlug sich an der Ecke mit dem Comicladen mit dem überlebensgroßen Superman neben der Tür nach links und holperte über Stolperschwellen durch die verkehrsberuhigte Zone am Gemeindeamt vorbei bis er vorn wieder auf den Ausläufer der Margaretenstraße kam. Neben den Altpapiercontainern an der Friedhofsmauer stellte er den Kombi ab.

Er sprang aus dem Wagen, riss die Heckklappe auf, holte die Suzie heraus und pirschte sich über die Straße zur Schule vor. An der Eckkneipe, in der sie früher die Freistunden bei Krefelder und Cola mit Schuss totgeschlagen hatten, stand ein ganzer Trupp Kegler mit Biergläsern in der Hand und brüllte den Feuerwehrleuten gute Ratschläge zu.

Die Rauchwolke kam aus einem Fenster in der ersten Etage. Während Gonzo die Suzie ansetzte und die ersten Sekunden drehte, versuchte er sich daran zu erinnern, welche Räume damals dort oben gewesen waren. Die hohen Fenster links mussten zur Aula gehören, in der die Laienspielschar jedes Jahr etwas aufgeführt hatte. Ein Schuljahr über ihm war die Dreigroschenoper drangewesen. Als er dann endlich in die Oberstufe gekommen war, hatte ihnen der Deutschlehrer ein satirisches Musical über die Karriere der SPD-Bonzen aufs Auge gedrückt, das zwei Alt-Schüler geschrieben hatten. Neben der Aula gab es mindestens zwei Klassenräume, in denen sie damals Maske und Garderobe eingerichtet hatten.

Die Rauchschwaden trieben über die Dächer weg. Da aus den Fenstern keine richtigen Flammen loderten, war das Licht absolut mies. Gonzo setzte die Suzie ab und rempelte sich bis zur Feuerwehrabsperrung durch. Es stank nach Kunststoff und verbrannter Teerpappe.

Der Kegelclub feuerte die Wehrmänner an, als sie die Hydranten in der Fahrbahn aufhebelten und ihre Schläuche durchs Hauptportal verlegten, neben dem sich blausilbern SKUNK verewigt hatte. Der Einsatzleiter plärrte durch sein Megaphon, dass die Anwohner gefälligst ihre Fenster geschlossen halten sollten, weil vielleicht gesundheitsgefährdende Dämpfe freiwürden. An der Einmündung zu Margaretenstraße trudelten zwei Streifenwagen ein. Die Uniformierten halfen den Wehrleuten die Schaulustigen zurückzudrängen.

Gonzo schob sich zwischen Gerätewagen und Löschfahrzeug durch und nickte ein paar bekannten Gesichtern unter den Feuerwehrleuten zu. Er drehte gerade eine weitere dicke Qualmwolke, die aus dem Fenster quoll, als sich ihm der Einsatzleiter ins Bild schob und die Hand aufs Objektiv legen wollte. Gonzo nahm die Suzie herunter. »Nicht anfassen!«

»Ich fass dich gleich ganz woanders an.« Der Einsatzleiter war höchstens fünfundzwanzig und so, wie seine Augen funkelten, musste das hier sein erster großer Auftritt sein.

»Hör zu!« Gonzo behielt die oberen Etagen im Auge, weil er die Hoffnung auf ein paar ordentliche Flammen immer noch nicht aufgegeben hatte. »Ich tu euch nichts und ihr tut mir nichts, alles klar?«

Der Junge zögerte. Erst als ihm einer seiner Männer im Vorbeilaufen sagte: »Der ist harmlos!«, drehte er sich wortlos um und stapfte zu seinem Wagen zurück. Aus dem Schülereingang neben der Hausmeisterwohnung kamen zwei Wehrmänner armwedelnd herangetrabt. Der Einsatzleiter geriet in Hektik. Gonzo schnappte auf, dass es oben wohl mehrere Brandherde gab und das Feuer auch nach hinten ausbrannte.

Der Kunststoffgestank wurde stärker, vielleicht war endlich mal das Chemielabor in Flammen aufgegangen, wie sie es sich fast neun Jahre lang gewünscht hatten, weil die ganze Klasse bei dem fetten Rieskötter niemals auf einen grünen Zweig gekommen war.

Ein zweiter Löschzug sirente von Holsterhausen herunter. Gonzo trabte nach links zur Turnhalle und dem Sportplatz. Früher hatte er den Erdwall mit dem kleinen Zaun mit zwei, drei Sprüngen geschafft. Jetzt kroch er mit der Suzie auf der Schulter mühsam durchs Dickicht und blieb mitten auf dem Zaun auch noch mit der Hose hängen. Ein Ende des Maschendrahtes rammte sich haarscharf an seinem wertvollsten Teil vorbei in die Hose. Stoff riss, ein kühler Luftzug wehte ihm zwischen die Beine. Er stolperte durch den Schulgarten, wo er vor ein paar Jahrtausenden mit Biolehrer Schweighofer Kräuterbeete angelegt hatte.

Er überquerte den Sportplatz, rannte an der Außenkante der Sprunggrube durch die rote Asche und verschenkte wertvolle Sekunden, um sich wieder alles in die Hose zu packen, was beim Laufen herausgerutscht war. Hinter dem Denkmal für die gefallenen Kruppschüler mit der Raucherecke war wie früher alles mit Kippen übersät. In Brusthöhe klebte auf einem Kaugummi ein Kondom. Als er hinter dem Denkmal hervorkam, rangierten sich die Wagen des zweiten Löschzuges gerade auf dem Schulhof in ihre Positionen. Das Metallgittertor zur Frohnhauser Straße stand offen, die Kette hing herunter. Einer der Wehrmänner verstaute seinen Seitenschneider im Gerätewagen.

In der ersten Etage waren ein paar Scheiben geborsten. Qualmfäden wirbelten an der Fassade empor, und dann schlugen endlich wunderbar grellgelbe Flammen aus den Fensterhöhlen. Gonzo lehnte sich ans Denkmal und nahm die Suzie hoch. Die Lohe wurde kräftiger, züngelte an der Wand hoch, aber ehe sie auf die nächste Etage überschlagen konnte, raubte ihnen der Wasserschirm aus dem ersten C-Rohr die Kraft. Die Flammen zerfaserten und zogen sich in die Fenster zurück. Gonzo pirschte sich weiter vor und drehte ein paar Schnittbilder von den Wehrmännern mit ihrer Spritze.

Den Jungen mit dem Camcorder sah er erst, als er die Szene für eine Totale abschwenkte. Der Bursche stand am Geländer beim Fahrradkeller und ließ das Objektiv von unten nach über die Fassade gleiten.

»Alles auf Band, Kollege?« Der Junge zuckte zusammen und wollte losrennen. Gonzo konnte ihn gerade noch an der Kapuze seines Sweatshirts schnappen. Er war um die 16 und steckte in angeschmuddelten Markenklamotten und Sneakers. Seine Haare hatte er zu einem Pferdeschwanz zusammengebunden. Er starrte auf Gonzos Suzie. »Fernsehen? Echt? Für welchen Sender?«

»Und du? Privatvideo?«

Die hektischen roten Flecke im Gesicht des Burschen wurden eine Spur hektischer. »Ich wohn da drüben! Ich hab alles mitgekriegt. Die Explosion, den Löschzug, alles.« Er zog sich einen Schritt zurück.

»Alle Achtung, Kollege!« Der Camcorder war ein halbwegs ordentliches Modell, und wenn der Bursche eine einigermaßen ruhige Hand gehabt hatte, waren seine Bilder bestimmt irgendwie zu gebrauchen. »Ich hab den Einsatz vorne. Wenn wir zusammenlegen, hast du das perfekte Video für die Abifeier.«

Der Bursche starrte zwischen Gonzos Beine. Auf dem Schulhof sprang die zweite Motorpumpe an. Gonzo schob sich wieder alles in die Hose zurück und versuchte es mit vertrauensbildenden Maßnahmen: »He, ich kenn die Schule. Ist der alte Hahn immer noch Direx?«

Der Bursche wirbelte herum und turnte zwischen die Büsche, ehe Gonzo ihn packen konnte. Er warf noch einen Blick auf die Schulfassade. Die Flammen waren gelöscht, nichts mehr zu holen. Er trabte durch das Tor auf die Straße zurück und verscheuchte ein paar Gaffer, die sich an der Straßenbahnhaltestelle drängten.

An der Kreuzung war kein Durchkommen mehr, denn inzwischen war die ganze Nachbarschaft auf den Beinen und diskutierte hinter der Absperrung die Qualität des Feuerwehreinsatzes.

Gonzo sah den Burschen noch auf der anderen Seite auf dem Friedhof verschwinden. Selbst wenn er dreißig Jahre jünger gewesen wäre, hätte er ihn nicht mehr gekriegt.

Als er zu seinem Kombi kam, stand ein Streifenwagen quer davor. Zwei Uniformierte lehnten an der Tür und hörten sich den Polizeifunkverkehr aus Gonzos Scanner durchs offene Fenster an. Er brachte seine Hose provisorisch in Ordnung und öffnete die Ladeklappe. »Alles klar?«

Routinemeldungen plärrten aus dem Scanner. Gonzo verfluchte sich, dass er das Ding vorhin nicht ausgestellt hatte.

»Sie haben sicher eine Genehmigung dafür?« Der Beamte an der Fahrertür trat ein Stück zurück.

»Ich versteh das auch nicht«, sagte Gonzo. »Das ist bloß ein Autoradio. Der Typ in der Werkstatt muss da irgendwas falsch eingebaut haben.«

Der Bulle ließ Gonzo einsteigen. Sein Kollege patrouillierte einmal um den Kombi herum. Gonzo machte den Scanner aus und wollte den Motor anlassen.

»Das ist ein Verstoß gegen das Fernmeldeanlagengesetz!«, sagte der Bulle.

»Ich lass das morgen sofort in Ordnung bringen.«

»Regeln wir das besser gleich!«, schlug der Bulle vor.

Gonzo unterdrückte den Impuls, dem Typen in sein Babygesicht zu schlagen. Für den Scanner hatte er fast einen Tausender hingelegt. »Also, jetzt hört mal ...«

»Aussteigen!« Der Kollege platzierte sich hinter dem Babygesicht und hielt die Hand am Holster. Gonzo kletterte aus dem Wagen. »Fahrzeugpapiere, Führerschein, Ausweis.« Er starrte an Gonzo hinunter. »Da haben wir ja auch noch eine Erregung öffentlichen Ärgernisses.«

Gonzo bekam die volle Routine mit Halter- und Personalüberprüfung, dann zerrte das Babygesicht den Scanner aus der Halterung. Die Drähte rissen ab, und während Gonzo dem Babygesicht die Quittung unterschrieb, hörte er, wie der andere vom Streifenwagen seine Wache anfunkte. »Wir haben ihn«, sagte er. »Schickt schon mal ein Fax, dass wir uns die Prämie verdient haben.«

Das Babygesicht drückte ihm seine Papiere in die Hand. »Gute Fahrt noch!«

Auf dem Parkplatz vor der Agentur vermisste Gonzo das Cabrio, mit dem Lutz vor vier Monaten noch so angegeben hatte. Stattdessen stand ein gebrauchter Mini Cooper neben Wilberts Fahrrad. Gonzo nahm das Band mit dem Brand und stiefelte los. Kühle Herbstluft fuhr ihm durch das Loch in der Hose zwischen die Beine. Vor der Tür, hinter der angeblich Media consulting betrieben wurde, sammelte sich ein Haufen Laub. Nebenan, in dem Verlag für Heimatliteratur, hing ein Plakat für das neueste Buch im Fenster – »Blutige Unschuld«. Angeblich »Die Geschichte eines Mädchen im Revier: hart, kompromisslos, realistisch.«

Oben in ihrer Agentur hatte sich Lutz an seinem Billigschreibtisch in seiner Steuererklärung vergraben. Neben der Tür stand der aufgeblasene

Pinguin aus dem Agenturlogo und ließ mangels Luftdruck den Schnabel hängen. Unter der Decke hingen ein paar Monitore, und auf den Arbeitsplätzen bei den Schnitteinheiten türmten sich Presseinfos, Videodemos, Promotiontrailer und anderer Nachrichtenmüll. Wilbert hatte sein Peter Frankenfeld-Jackett über die Lehne des Freischwingers gehängt und sah sich gerade etwas auf einem Monitor an. Als er Gonzos zerrissene Hose sah, verzog er die Mundwinkel. »Machst du jetzt auf dreckiger alter Mann?«

»Feuer.« Gonzo und knallte ihm das Band auf den Tisch und gab ihm die Einzelheiten.

Lutz nickte. »Wissen wir schon.«

»Und haben wir schon!« Wilbert und schob eine Camcorder-Kassette in einen Recorder. Die Bildqualität war leidlich, die Schwenks ein bisschen zu langsam. Die Fassade der Schule, zersplitternde Fenster. Ein paar Männer, die aus dem Portal stürzten und in die Wagen am Straßenrand sprangen. Hektisches Rangieren, bis sie aus der Margaretenstraße heraus waren. Dann die Flammen, die oben aus dem Fenstern schlugen. Wilbert stoppte das Band. »Tja, wer zu spät kommt ...«

»Dieses kleine Arschloch!«

»Journalistischer Nachwuchs!«, korrigierte Wilbert. »Er hat uns in den letzten Monaten immer wieder genervt, dass er für uns arbeiten will. Dann hat er auch mal ganz gutes Material über Graffitisprayer angeschleppt.« Er legte Gonzos Band ein. »Und jetzt sehen wir uns mal an, was du hast.«

Das Band gefiel ihm einigermaßen, so dass er am Ende meinte: »Wir nehmen was von ihm und was von dir. Gibt zusammen eine runde Geschichte.«

Gonzo langte zu einem Regler, spielte das Band des Jungen zurück und drückte auf Wiedergabe. Die Kamera schwenkte über die Wagen vor der Schule. Am Ende der Reihe machte er Steinboeks Offroader aus. Im nächsten Bild flogen oben die Fenster durch eine Explosion heraus. Gonzo stoppte das Band. »Euch ist hoffentlich klar, was da abgegangen ist?«

Wilbert zuckte mit den Schultern. »Der Junge sagt, er sei zufällig dagewesen.«

»Zufällig drei Minuten vor der Explosion?«

Lutz kam herüber und baute sich neben Wilbert auf. »Zerbrich dir nicht unseren Kopf.«

»Das ist ein Fall für die Kripo«, sagte Gonzo.

»Sicher«, meinte Wilbert. »Ich hab's eben kurz bei der Feuerwehr nachrecherchiert. Scheint eine Brandstiftung gewesen sein. Zwei, drei Reservekanister Benzin und ein paar Kerzen vor der Aula.«

Gonzo starrte immer noch auf den Bildschirm und versuchte, in Gedanken ein paar Mosaiksteinchen zusammenzupuzzeln. Er fuhr das Band wieder an. Als er genau hinsah, machte er unter den Männern, die aus dem Schulportal stürzten, Arnold Treger aus. Auch die anderen weckten ein paar dunkle Erinnerungen. Die Wagen, die an der Kamera vorbeirauschten, hatten teilweise städtische Kennzeichen. »Komisch!«, sagte er.

»Stimmt.« Wilbert fuhr das Band zurück und ging auf halbe Geschwindigkeit. Die Männer stürzten wieder aus dem Schulausgang. »Alles Bonzen!« Er und tippte auf einen fetten Anfangsfünfziger. »Theo Przybilka, der Gewerkschaftschef.« Das Band lief weiter. Steinboek kam ins Bild, dann Treger. Hinter dem Baulöwen ein hagerer Mann mit Seehundschnauzbart. »Udo Ehlers, Baudezernent«, stellte Wilbert fest. Hinter Brettschneider stürmte ein untersetzter Brillenträger zu seiner Limousine.

»Den kenn ich!«, sagte Gonzo. »Gisbert Wachtendonk, Amt für Wirtschaftsförderung.« In seinem Kopf regte sich eine ganz düstere Erinnerung.

»Und der letzte ist Hammesfahr vom Umweltamt«, sagte Wilbert. »Die rechte Hand vom Dezernenten.«

Gonzo rieb sich das Ohrläppchen. »Wachtendonk war damals eine oder zwei Klassen über mir«, murmelte er. »Ich hab Fotos von ihm gemacht, das weiß ich noch.« Damals hatte er seinen Kunstlehrer bequatscht, dass er das alte Fotolabor neben den Klos benutzen durfte. Er starrte auf den Monitor. »Was haben die denn da getrieben?«

»Der Junge sagt, die wären im Förderverein« Wilbert griff nach einem Folienschreiber und beschriftete eine Kassette mit KRUPP und dem Tagesdatum. »Ehemalige Schüler, Eltern und so weiter. Sammeln Geld für die Schulbücherei und finanzieren die Laienspielschar.«

Gonzo spielte die Szene nochmal durch. »Kann ich eine Kopie von dem Band haben?«

»Natürlich nicht.«

»Ich kann wegen der Brandstiftung auch die Bullen anrufen.«

Lutz nickte Wilbert zu und der legte eine Leerkassette ein, um das Band zu kopieren. »Bei den Bullen hast du übrigens einiges gutzumachen«, meinte Wilbert, während das Band lief. »Da steht eine Prämie auf deinen Funkscanner, hab ich gehört.«

»Weiß ich«, sagte Gonzo. »Wer steckt dahinter?«

»Sicher nicht dein Fanclub.«

Gonzo zog das kopierte Band aus dem Recorder. Dann hob er seine Kassette mit den Bildern vom Feuer hoch. »Wieviel?«

Wilbert schwatzte etwas von Rezession und Nach-der-Decke-strecken und rückte schließlich ein paar Hunderter heraus, die er aus eine Kassette im Chefbüro holte. Gonzo steckte die Scheine ein und trabte wieder nach draußen.

Im Kombi roch es komischerweise nach gar nichts. Er drückte die Drähte des Scanners in das Loch zurück, kramte Lindas Visitenkarte heraus und studierte die Adresse. Ganz in der Nähe, gleich hinter dem Kruppschen Krankenhaus. Er starrte an sich herunter. Vielleicht konnte sie ihm ein paar Jeans borgen. Er fuhr los und fand ein paar Straßen weiter sogar noch eine Tankstelle, an der sie neben Pampers und Nuckel auch Babyöl verkauften.

17

Im Lokalradio interviewte irgendein Dampfplauderer den Typen, der die »Blutige Unschuld« geschrieben hatte, und Gonzo holte sich die fünfte Tasse aus der Kaffeemaschine. Auf dem Weg zum Bistrotisch am Fenster machte er einen Bogen um Betty, die am Schreibtisch nachdenklich an ihrem tropenholzfreien Bleistift nagte. Er setzte sich und starrte nach drüben. Die Meckifrau hatte die Vorhänge zugezogen.

»Das ist alles nicht wahr.« Betty klopfte mit dem Bleistift gegen die Schneidezähne. »Sagen Sie, dass es nicht wahr ist!«

Gonzo hob die Schultern. »Tja!« Im Loft roch es nach Farbverdünner. Neben der Tür stand ein lebensgroßer Terminator aus Pappe und zielte mit seinem Supergewehr auf Gonzos Geburtstags-Oscar.

»Einen Sohn«, sagte Betty. »Ich glaub‘s nicht!«

»Du machst wohl nie Fehler, was?«

Außer der Geschichte mit Toby, die er schon deshalb hatte zugeben müssen, weil seine Klamotten überall im Loft herumlagen, hatte er ihr noch die ganze Geschichte mit Kannengiesser und dem toten Alten erzählt. Aber komischerweise schien sie sich gar nicht so sehr dafür zu interessieren. Stattdessen wollte sie alles über Toby wissen. »Und Sie hatten wirklich keine Ahnung?«

Gonzo zuckte mit den Schultern. Draußen im Hof häuften sich die Pappelblätter auf dem Kombi, den er im Morgengrauen ziemlich übermüdet einfach schräg vor die Müllcontainer gestellt hatte. Eine fahlweiße Sonne stand über dem Vorderhaus. »Er muss aber nochmal dagewesen sein!« Er zeigte auf den Terminator.

»Man lässt doch so einen Jungen nicht einfach das ganze Wochenende alleine!«

»Der nervt einfach nur », sagte Gonzo, obwohl er in Gedanken schon zum hundertsten Mal die Frage herumwälzte, wo Toby stecken konnte. Wenn ihm etwas passiert war, würde Renate ihm die Haut bei lebendigem Leib abziehen.

»Und Sie, wo waren Sie denn eigentlich die ganze Nacht?«

Gonzo hatte die Frage kommen sehen. »Geht dich nichts an.«

»Ach!«

Gonzo stand auf und stellte das Fenster auf Kippe.

»Hier riecht‘s nach Babyöl«, stellte Betty fest.

»Blödsinn!«, sagte Gonzo. »Das bildest du dir ein.«

Sie kicherte.

»Da gibt‘s nichts zu lachen!« Er drehte sich zum Fenster und sah, wie drüben die Vorhänge aufgezogen worden. Die Meckifrau war an den Brustwarzen gepierct. Hinter ihr tauchte ein dunkler Ziegenbart auf und zerrte sie auf die Matratze zurück. Gonzo blinzelte, bis er in dem Nahkampf, der sich da entwickelte, Tobys Gesicht erkannte. Der Junge war kräftiger, als er bis jetzt vermutet hatte, hatte einen ordentlichen Bizeps und Haare auf dem Hintern. Zwischendrin schob die Meckifrau eine CD in die Anlage neben der Matratze. Zarah Leander behauptete Der Wind hat mir ein Lied erzählt.

Gonzo sah zur Seite, hielt sich an seinem Kaffeebecher fest, sah dann doch wieder hin und dachte an Linda. Hinter ihm sprang das Fax an. »Wer ist Linda Grotewohl?«, wollte Betty wissen

Gonzo fuhr herum. Sie hielt das Fax hoch. »Merkur-Center, Sicherheitsdienst? Was haben Sie mit denen zu tun?«

Gonzo spurtete hinüber und nahm ihr das Fax weg. Aber es war nur die Bestätigung für die Sache, die sie letzte Nacht noch kurz besprochen hatten, nachdem ihnen das Babyöl ausgegangen war.

»Neue Arbeitsgebiete. Im Nachrichtengeschäft läuft im Moment sowieso nicht mehr so viel!« Gonzo steckte das Fax ein und ging wieder zum Fenster. Betty kam hinter ihm her, und zusammen sahen sie zu, wie drüben der Wind sein Lied erzählte. »Toby?«, fragte sie schließlich.

Gonzo zuckte lässig mit den Achseln. »Eigentlich Tobias!«

»Das macht der aber auch nicht zum ersten Mal!«, meinte sie noch, ehe sie zum Schreibtisch zurückging. »Wie konnten Sie bloß so blöd sein, sich mit diesem Kannengiesser einzulassen?«

»Du weißt wirklich alles besser, ja?«

»Haben Sie nicht meine Semesterarbeit über Nachrichtenjournalismus im Fernsehen gelesen?«

Gonzo erinnerte sich düster an einen Packen Papier, den sie gegen Ende des Sommersemesters während der Arbeitszeit an seinem Computer erzeugt hatte. »Sicher.«

»Haben Sie nicht«, stellte sie fest. »Darin hab ich nämlich gerade Kannengiessers Geschichte über die sadomasochistischen Satanisten aus Wattenscheid als Beispiel für unseriöse Berichterstattung analysiert.«

»Er sagt, das war eine Satire.«

»Klar«, meinte sie. »Was soll er sonst sagen?«

»Du bist ein Klugscheißer.«

»Das sagen Sie immer, wenn Sie nicht weiterwissen.«

Gonzo drehte sich um. Das bunte Plastikteil an Bettys Ohr baumelte im Rhythmus ihrer Knabberbewegungen, mit denen sie den Bleistift traktierte. »Zwei Tote unterm Kaufhaus-Center«, murmelte sie.

»Reiner Zufall«, sagte Gonzo. »Solls geben. Die einzige Sache, die im Moment wirklich abgeht, ist die Ludomil-Geschichte und die Kiste mit der Russen-Mafia. Alexander Stopowski in New York ist der Bruder von Stan, dem König vom Automarkt. Arnold Treger hat sich das Geld für sein Berolina-Center von dem amerikanischen Stopowski besorgt. Für das Center muss das Bordell in der Stahlstraße dran glauben. Für den neuen Puff will die Stadt die Volkshochschule an eine Stopowski Invest-Gesellschaft verkaufen.« Er erzählte von seiner Stippvisite bei Stan, dem Mörder. Dass er die andere Hälfte der Geschichte von Susann und Rita erfahren hatte, ließ er vorsichtshalber weg.

»Und Sie interessiert überhaupt nicht, wie das jetzt wirklich zusammenhängt?«

Gonzo sah aus dem Fenster. »Da hat sich dieser Typ von der Illustrierten dahintergeklemmt, da schnüffelt Jacqueline rum, da graben Herbert und noch ein paar andere bestimmt auch noch was aus und vielleicht findet sogar so ein blindes Huhn wie Kannengiesser mal ein Korn Und wenn die was haben, rufen sie mich an und ich mach die Bilder dazu.«

»So einfach können Sie sich das nicht machen.« Sie tippte auf Gonzos Computer. »Wenn Sie einen vernünftigen Internet-Anschluss hätten, würde ich wahrscheinlich ziemlich schnell was rauskriegen über diese Stopowskis und Treger. Wir leben schließlich in einer Informationsgesellschaft.«

»Du an deiner Uni vielleicht«, sagte Gonzo. »Ich bin zu alt für sowas. Aber tu dir keinen Zwang an.«

Sie sah ihn an, den Bleistift gegen die Zähne gedrückt. »Sie nehmen mich nicht ernst. Sie denken, ich pack das nicht.«

Unten im Hof kam Toby aus dem Vorderhaus kam und schlappte herüber. Das Hemd hing ihm aus der Hose, die Turnschuhe hatte er in der Hand.

»Hi!«, sagte er, als er mit seinem Schlüssel hereinkam, den Gonzo ihm gestern noch in die Hand gedrückt hatte. Sein Blick klebte schlagartig an Betty fest. »Hey!«

»Freut mich«, sagte Betty.

»Sie lügt«, sagte Gonzo. »Hast du nicht einen Job?«

»Erst ab Mittag!« Toby verschwand im Bad. Gonzo stürmte hinterher. Toby war schon in der Dusche verschwunden und maulte wieder herum, dass es keine Badewanne gab.

»Dieses Mädel«, fing Gonzo an.

»Sieht scharf aus!« Toby regulierte die Wassertemperatur. »Assistentin oder was? Bumst du sie? Willst du die heiraten? Wird das meine Zweitmutter?«

Gonzo riss die Blende zur Seite und stand schlagartig im brühendheißen Wasser. An Tobys Hals baumelte seine Lifesaver-Plakette, weiter unten schimmerten drei gigantische Knutschflecke. Gonzo machte die Tür wieder zu und schnappte sich ein Handtuch. »Das geht dich gar nichts an. Ich meine die von gegenüber.«

»Mecki!«, tönte Toby. »Das hat sich irgendwie ergeben. Als ich aussem Kino gekommen bin, hat sie grad ne gute Platte gespielt, und da bin ich hoch zu ihr.«

»Hoch zu ihr, einfach so.« Gonzo stellte sich vor, was passieren würde, wenn Toby mit Bodo aneinandergeriet. Er schüttelte den Kopf und sagte sich, dass das nicht sein Problem war. Sein Blick fiel auf das Kästchen mit seinen Kondomen. Mindestens ein halbes Dutzend fehlte. Er musste grinsen. Aus seiner zerfetzten alten Jeans, die er vor ein paar Stunden zur Dreckwäsche geworfen hatte, fingerte er Grabowskis Rechnung. Toby turnte als schemenhafte Gestalt mit eingeschäumtem Kopf hinter der Milchglasscheibe herum. »Kannst du mich gleich fahren? Sonst komm ich zu spät und Liebethon schmeißt mich raus.«

»Na sicher«, murmelte Gonzo auf dem Weg zur Tür. »Ich fahr dich, ich fütter dich und ich wisch dir den Hintern ab.«

Im Loft hatte Betty sich einen Packen Kassetten geschnappt und sah sie am Schnittplatz durch, um sie zu archivieren. Gonzo legte Grabowskis Rechnung in den Eingangskorb und gab sich der Illusion hin, dass Betty die Sache schon irgendwie regeln würde. Dann räumte er eine Weile die Karl May-Bücher herum, bis er für sie einen Platz auf dem alten Tresor fand. Toby kam in Gonzos Bademantel aus der Dusche und zog sich in seiner Ecke an. Betty pfiff anerkennend, als er in seinen Slip stieg. Toby grinste und schlich zu ihr hinüber. »Wassen das?« Er beugte sich über ihre Schulter und sah auf den Monitor, über den gerade die Bilder des Schuljungen flimmerten. »Geil. Wann warn das?«

»Letzte Nacht«, sagte Gonzo. Und zu Betty: »Das ist nichts für's Archiv. Ist nicht mein Band.«

Betty wollte die Kassette aus dem Recorder holen, aber Toby hielt ihre Hand fest. Für Gonzo sah das ganze nach einer extrem billigen Anmache aus. »Zeig's nochmal ganz!«

Seufzend spulte Betty das Band zurück. »Wahnsinn!«, sagte Toby, als die ersten Bilder der Explosion abliefen und die Männer aus dem Portal stürzten. »Wusste gar nicht, dass die sich auch in den Ferien treffen.«

Gonzo hob den Kopf. »Wer?«

»Die Nasen vom Förderverein.« Mit traumwandlerischer Sicherheit fand Toby den Regler für die Einzelbildschaltung. »Hängen bei jedem Schulfest rum und schwingen große Reden.«

»Erklärt mir einer mal, worum es geht?«, fragte Betty.

»Genau!« Toby tippte auf den Bildschirm. »Przybilka, Wachtendonk, Ehlers und Hammesfahr. Bloß den großen kenn ich nicht.« Er meinte Arnold Treger. Dann zeigte er auf Steinboek. »Und der mit der Angeberkarre gehört auch nicht dazu. Wüsste ich sonst.«

»Woher?« Gonzo war hinter Toby getreten.

Toby drehte sich um. »Rat mal, wer Mittelstufensprecher ist?«

Gonzo kratzte sich am Kopf. »Przybilka, Wachtendonk, Ehlers und Hammesfahr?«

»Hammesfahr hält jedes Jahr bei den Umweltprojektwochen einen Vortrag.« Er schnüffelte sich an Betty heran. »Was ist das denn für ein Parfüm?«

»Original Stinktier!«

Gonzo grub in den Erinnerungen an seine Schulzeit herum. Weil sie eine Jungenschule gewesen waren, hatten sie von der Laienspielschar einmal im Jahr eine Delegation drei Straßen weiter zur Bertha Krupp-Schule geschickt und nach Mädels für die Frauenrollen gesucht. Gonzo hatte auf den Proben und den Aufführungen immer ein paar Filme verknipst, die Bilder auf schuleigenem Papier im Labor abgezogen und dann für zwei Mark das Stück verhökert. Manchmal war er auch eins bei der Zeitung losgeworden. Im gleichen Moment fiel ihm auch ein, was ihm seit gestern durch den Kopf spukte. »Moment mal!« Er schob den alten Lederpuff vor den Kleiderschrank und holte seinen Pappkarton mit den alten Bildern und Zeitungsausschnitten herunter. Der Einfachheit halber kippte er alles auf den Boden und wühlte sich durch angegilbte Abzüge, Kontaktbögen und knisternde Transparentpapiertaschen mit Rollfilmnegativen.

»Geil!« Toby hatte das Bild von Gonzos ersten Schultag auf der Alfred Krupp herausgefischt und zeigte es Betty. Die beiden kicherten.

Gonzo grub sich weiter zu den Zeitungsausschnitten und fand eine ordentlich zusammengefaltete Seite. Das Papier war brüchig, der Bericht noch in Blei gesetzt. »Laienspielschar der AKS: Erfolg mit Mackie Messer!« Unter dem Bild neben dem Bericht stand: »Foto: Heinrich Gonschorek.«

»Ich hab doch gewusst, dass ich die Bande kenne!« Auf dem Bild grinsten vier Jungs vor einem Plakat für die Schulaufführung der Dreigroschenoper. Sie waren alle zwei Klassen über ihm gewesen, und Gonzo erinnerte sich noch genau daran, wie er ihnen damals gesagt hatte, dass jeder mit dem

Finger auf seinen Namen auf dem Plakat zeigen sollte. Theo Przybilka, noch nicht so dick, wie er es dann später bei der Gewerkschaft geworden war. Udo Ehlers, das dürre Hemd. Benedikt Hammesfahr, schon mit Nickelbrille und Hippiehaaren. Und als Mackie Messer Gisbert Wachtendonk, mit Fliege, Monokel und weißer Weste.

»Kann ich den mal haben?« Toby wollte ihm den Ausschnitt aus der Hand nehmen. Gonzo klopfte ihm auf die Finger. »Wenigstens ne Kopie, für die nächste Abizeitung«, quengelte Toby. »Die anderen vom Förderverein lachen sich schlapp, wenn sie das sehen. Da gehören noch mehr dazu, so um die zwanzig Torfnasen. Vorsitzender ist so ein Arzt aus Rüttenscheid und sein Stellvertreter ein Anwalt.«

Betty legte die Stirn in Falten. »Aber gestern waren nur die vier zusammen mit Treger und Steinboek in der Schule«, sagte sie. »Das kann dann doch gar nichts mit dem Förderverein zu tun gehabt haben.«

Toby zuckte mit den Schultern. »Der Förderverein trifft sich eh nur einmal im Jahr. Immer am letzten Tag vor den Weihnachtsferien.« Er langte schon wieder nach dem Ausschnitt.

»Finger weg!« Gonzo faltete die Seite zusammen und steckte sie ein.

Toby sah auf die Uhr. »Oh Scheiße, ich komm zu spät!« Er sah zu Gonzo. »Es sei denn, du fährst mich!«

»Ich bin nicht dein Chauffeur. Nimm die Straßenbahn.«

»Das reicht nicht.«

Gonzo starrte Toby an. Toby starrte zurück. Betty kicherte. Gonzo erinnerte sich an irgendeine Talkshow über Erziehungsprobleme und sagte: »Okay, aber dann wäschst du mir morgen den Wagen!«

Weil Toby nichts dazu sagte, nahm er an, dass er mit dem Handel einverstanden war. Er holte sich Lindas Fax vom Schreibtisch, schnappte sich die Suzie, holte alle Akkus aus dem Ladegerät und sagte Betty, dass er den ganzen Nachmittag zu tun hatte.

»Und wo, wenn ich fragen darf?«

»Darfst du nicht! Mach dich nützlich. Recherchier im Internet oder was.« Gonzo drückte Toby die Akkus in die Hand. »Und Abmarsch!«

Toby trabte vor ihm die Treppe hinunter und pfiff unten im Hof zu Meckis Fenster hinauf. Das Mädchen ließ sich nicht blicken. »Weiber!«, schnaufte Toby, als er sich neben Gonzo in den Kombi fallen ließ.

18

Gonzo fand das Gleisdreieck auch ohne Lindas Wegbeschreibung auf dem Fax, weil er schon an der Stadtgrenze den weißgrünen Hubschrauber über dem Bahndamm flattern sah, der die Schrebergärten am Erlengrund durchschnitt. Auf der anderen Seite, hinter den drei Tunneln, schwang sich eine Hochspannungsleitung über die Wiesen.

Gonzo schlängelte sich durch die einspurige Unterführung. An verwilderten Abhängen vorbei ging es weiter zu einer Stahlbetonröhre, über die die Trasse lief, auf der im Krieg die Kruppschen Kanonen an die Westfront gerollt waren. Hinter einer Kurve staute sich der Verkehr an der Polizeisperre. Neben den Streifenwagen standen ein paar unauffällige Limousinen, zwei Kleintransporter mit dem Logo des Merkur-Centers und Lindas umgerüsteter Golf. Gonzo hielt dem Kellenträger ihr Fax vor die Nase. »Ich bin bestellt.«

Trotzdem wollten die Polizisten erst einmal seinen Wagen durchsuchen. Erst als zwei von Lindas Wachleuten herüberkamen und ihnen sagten, dass er zu ihnen gehörte, ließen sie ihn durch. »Immer geradeaus und dann links.«

Auf dem Parkplatz lungerten ein halbes Dutzend Polizisten in Kampfanzügen herum. Waffen wurden kontrolliert, Panzerwesten angezogen und Springerstiefel geschnürt. Lindas Wachmänner turnten im modischen Military-Look aus Rangerwesten und Markenturnschuhen durch die Gegend. Gonzo lud die Suzie aus, checkte die Akkus, legte ein Band ein und stiefelte zu der Wagenburg aus Einsatzfahrzeugen, Rüstwagen und Kleinbussen. Ein Pulk von Lindas Männern stand bei ein paar aufgebockten Motocross-Maschinen. Am Rand des Feldlagers machte Gonzo den Bulli von Hassenkamps Videodokumentationstrupp aus. Die Tür war zur Seite geschoben, drinnen machten der Hauptkommissar und zwei seiner Männer ihre Kameras fertig. Gonzo setzte die Suzie an: »Bitte lächeln!«

»Hör auf mit dem Blödsinn!« Hassenkamp schwang sich aus dem Wagen und schob Gonzo zu einem Kastenwagen, in dem sie den Leitstand eingerichtet hatten. »Rein da, Befehle entgegennehmen!«

Im Leitstand quäkten Funkgeräte; zwei Uniformierte schoben auf dem Messtischblatt des Gleisdreiecks bunte Plastikmarkierungen hin und her, und am Kommandotisch saßen Linda Grotewohl und ein Polizeidirektor im grünen Uniformpullover. Sie stand auf und drängte sich an den Ordonnanzen vorbei zu ihm. »Das wurde aber auch höchste Zeit.« Genau wie ihre Leute hatte sie Turnschuhe an, zu ihren Jeans trug sie einen dunklen Pullover mit gekürzten Ärmeln und darüber eine Rangerweste. Ihre Hand strich über Gonzo Brust. »Noch gut nach Haus gekommen?«

»Worum geht's denn jetzt hier genau?«

Ein Funkspruch kam durch. »Noch zehn Minuten!« Einer der Polizisten notierte etwas in seinem Einsatztagebuch.

Linda zog Gonzo nach draußen und zeigte zum Bahndamm. »Du gehst da oben hin. Da kommt gleich der Interregio Köln-Düsseldorf-Dortmund durch. Die Sache steigt hier am Gleisdreieck. Lass die Kamera laufen, sobald der Zug auftaucht, wie brauchen alles, was da passiert. Türen, die aufgehen, Personen, die rauskommen, einfach alles.«

Gonzos Blick streifte Lindas Wachmänner und die herumwuselnden Polizisten. Außer dem SEK war mindestens noch eine Einsatzhundertschaft da. »Und das ist wirklich nur eine Übung?«

Linda nickte. »Ausgangslage ist eine räuberische Erpressung durch eine herumwuselnden kriminelle Gruppe. Drohung mit Bombenattentaten auf Kaufhäuser. Zwei Anschläge mit Sachschaden bereits ausgeführt.

»Und was verlangt euer Erpresser? Rein planspielmäßig gesehen?«

»Zehn Millionen Mark in Industriediamanten. Die Steine sollten kurzfristig im Zug deponiert werden. Einer der Erpresser hat sie an sich genommen und muss jetzt den fahrenden Zug verlassen und sich absetzen. Übungsaufgabe: Weiträumige Absicherung der Übergabe, Beobachtung der Zielperson und Entwicklung von Strategien zur Festsetzung von Zielperson und eventuell auftauchenden Mittätern.«

»Und?«, fragte Gonzo. »Kriegt ihr ihn oder nicht?«

»Mal gewinnen wir Cowboys und mal die Indianer.« Im Hintergrund heulten die Motoren von hochgezüchteten Motocross-Maschinen auf und entfernten sich. Linda schob sich ein bisschen näher an ihn heran. »Nach der Abschlussbesprechung bin ich im Center. Kannst ja vorbeischauen, wenn du Lust hast!«

Gonzo sah sich um. Weder Lindas Männer noch die Polizisten kümmerten sich um sie. Trotzdem schob er sie um die Ecke des Wagens, ehe er sie küsste. Ihre Zunge war so, wie er sie in Erinnerung hatte, klein und wendig. »Mal sehen«, sagte er.

Sie lächelte sphinxmäßig. »Das sagt ihr Kerle immer.« Mit der Hand klopfte sie ihm auf die Schulter. »Los, ab zum Einsatz.«

Der Zug kündigte sich durch ein leises Sirren in den Gleisen an. Gonzo nahm die Suzie auf die Schulter und fokussierte den Schienenstrang. Der Hubschrauber stand hundert Meter östlich über einem Stoppelfeld. Am Fuß des Bahndammes huschten Uniformen und Kampfanzüge hinter Büsche. Es wurde still.

Der Zug musste in der langen Kurve vor dem Dreieck die Geschwindigkeit verringern; er kroch um die Biegung und dröhnte an Gonzo vorbei. Er hatte die Kamera auf der Schulter und ließ die Wagen an sich vorbeiziehen. Beim letzten passierte es dann. Zuerst hörte er einen leisen Knall, dann vergrößerte sich der Abstand zwischen dem Zug und dem letzten Wagen.

Gonzo schwenkte über die leeren Fenster. Kein Mensch zu sehen. Er behielt die hintere Tür im Bild, während der Wagen für einen Moment stillstand und schließlich auf der Steigung zurückzurollen begann. Unten am Bahndamm brüllte jemand einen Befehl. Der Waggon gewann an Geschwindigkeit. Gonzo lehnte sich an einen Oberleitungsmast, drehte den Zoom auf und hoffte, dass seine Akkus nicht schlappmachten, ehe der Wagen aus seinem Blickfeld verschwunden war. Funken stoben vom hinteren Radgestell. Der Wagen wurde langsamer, obwohl er auf dem abschüssigen Gleisstück an Geschwindigkeit hätte gewinnen müssen. Gonzo lief der Schweiß über die Braue ins Auge. Er blinzelte den Tropfen weg. War da etwas gewesen? Am rechten Bildrand huschte etwas Orangefarbenes über das Gleis und tauchte hinter dem Bahndamm ab. Gonzo behielt starr den Eisenbahnwaggon im Okular und hoffte, dass später beim Lehrvideo wenigstens der Kommentator erklären konnte, was schiefgegangen war.

Auf der Stirnglatze des Kriminaldirektors pulsten zwei Adern. Die Ordonnanzen hatten den Funk leiser gestellt und beschäftigen sich intensiv mit ihren Plastikklötzchen. Linda hatte die Stirn gerunzelt. Alle hatten schlechte Laune.

»Sauhaufen«, bellte der Kriminaldirektor seine Truppe an. Gonzo stand neben der Tür, schob seine Reservekassette in die Suzie, tauschte die Akkus aus und war froh, dass er Zivilist war. Hassenkamp hockte mit den anderen am Lagetisch und ließ das Donnerwetter mit eingezogenen Schultern über sich ergehen. »Eine absolute Chaostruppe.«

Der Kriminaldirektor hatte die Aktion abgebrochen, nachdem der leere Eisenbahnwagen schließlich in der Kurve vom SEK gestoppt und mit viel Bäng-Bäng, Blendgranaten und Nebelkerzen gestürmt worden war.

»Die Zielperson hat offensichtlich den Waggon vorher verlassen. Und zwar hier!« Der Leiter SEK malte ein dickes Kreuz auf seine Lagekarte. Linda schob Gonzos Videoband in den Recorder neben der Tür. Im Schnelldurchgang flimmerten die Bilder über den kleinen Monitor auf dem Lagetisch.

»Hier.« Sie stoppte das Band. »An der hinteren Tür.«

»Sag ich doch!« Der SEK-Chef tippte auf sein Kreuz auf dem Messtischblatt. »Dazu hat er die Geschwindigkeit des ablaufenden Waggons mit der Handbremse verringert. Dass er den Wagen abkoppeln könnte, hatten wir irgendwie... operativ nicht berücksichtigt.«

»Vergessen habt ihr es!« Die Stirnglatze des Kriminaldirektors rötete sich. »Deshalb hat er die Fliege gemacht und wir sind die Lachnummer!«

»Sagen wir: Sie haben wichtige Erfahrungen gesammelt«, meinte Linda.

Das Funkgerät hinten im Leitstand quäkte. Gonzo hörte etwas von einer Zielperson und einem Kontakt, der wieder hergestellt war. Der Kriminaldirektor schnappte sich seine Kopfhörer presste sie ans Ohr. Zugleich verstärkte sich das Flattern des Hubschraubers. Die Maschine kam in einem weiten Bogen näher und senkte sich hinter den Bäumen des schmalen Waldstreifens herunter. Im Leitstand machte sich Hektik breit.

»Ab!« Der Kriminaldirektor gab Hassenkamp einen kurzen Wink. »Mit dem Hubschrauber!« Hassenkamp sprang aus dem Wagen.

»Gonzo!« Lindas Stimme ließ ihn hochfahren. »Du fliegst mit!«

Er unterdrückte den Panikimpuls. Immerhin bezahlte sie ihm den doppelten Tagessatz; also konnte sie ihn auch herumkommandieren. Mit der Suzie in der Hand hetzte er hinter Hassenkamp durchs Unterholz. Unter den schwingenden Rotorblättern zog er den Kopf ein und warf sich hinter Hassenkamp ins Cockpit. Ehe er richtig begriff, auf was er sich eingelassen hatte, zog der Pilot den Hubschrauber auch schon in einer steilen Kurve in die Höhe. Hassenkamp stülpte sich seinen Kopfhörer über und reichte Gonzo einen nach hinten.

»Hast du noch Saft in den Akkus?«, hörte Gonzo den Hauptkommissar verzerrt. Er kontrollierte die Anzeige und zeigte Hassenkamp den erhobenen Daumen.

Der Pilot drückte die Maschine bis auf zehn Meter herunter, so dass der Winddruck des Rotors die kahlen Büsche in der Kleingartenanlage unter ihnen zu Boden presste. Hassenkamp hatte seine Mühle schon vorm Auge und drehte schräg durch das Plexiglas. Gonzo setzte die Suzie an und versuchte, trotz der Sonnenreflexe ein einigermaßen klares Bild zu kriegen. Hinter der Schrebergartenanlage tauchte ein eingezäuntes Areal mit einem Parcour aus Kletterwänden, Sprungschikanen, Dornenhecken und Wassergräben auf. Mitten auf dem Gelände sah Gonzo dann den Mann in dem orangenfarbenen Overall auf dem Boden liegen, umringt von vier Kaufhauswachmännern, die ihn mit ihren Schlagstöcken in Schach hielten, während ein fünfter über ihm kniete und ihm Handschellen anlegte. Am Rand des Geländes lagen neben dem Schild »Schäferhundverein Erlengrund von 1968« die Motocross-Maschinen der Wachmänner auf dem Boden.

Der Pilot legte den Hubschrauber auf die Seite, Gonzos Magen tat das gleiche. Die Maschine steuerte zum Landeplatz zurück. Gonzo hielt sich an der Suzie fest und verbrachte die Zeit bis zur Landung damit, sich an ein paar Gebete zu erinnern.

Am Landeplatz brauchte er ein paar Minuten, bis er sich wieder an den festen Boden unter den Füßen gewöhnt hatte. Hinter ihm stieg der Hubschrauber wieder auf und wirbelte trockene Blätter und Staub in die Höhe. Ein Geländewagen mit vier SEK-Männern bretterte über die Wiese in Richtung des Schäferhundclubs.

»Das war‘s!« Hassenkamp grinste Gonzo an. »Probleme mit dem Magen?«

Gonzo versuchte ein behutsames Kopfschütteln. Die Übelkeit hielt sich in Grenzen. Hassenkamp schleppte seine Mühle zum Bulli, wechselte Akkus und Kassette aus und checkte die Elektronik. Gonzo lehnte neben der Tür und wartete, bis sich sein Magen vollends wieder beruhigt hatte und Hassenkamps Kollegen sich zum Pinkeln in den Toilettenwagen verzogen.

»Wer hat eigentlich bei euch eine Prämie auf meinen Funkscanner ausgesetzt?«, fragte er.

Hassenkamp packte seine Kamera in die Halterung und kletterte aus dem Bulli. »Keine Ahnung, wovon du redest.«

»Behrendt?«

»Nein.« Hassenkamp zog die Wagentür zu. »Denk mal an den Automarkt.«

Gonzo dachte an den Automarkt. »Euer Chef?«

Hassenkamp lachte. »Der hätte dir den Wagen stillgelegt und dafür gesorgt, dass sie dir den Führerschein wegnehmen.«

Gonzo dachte nochmal an den Automarkt.

»Steinboek.«

Hassenkamp hob den Daumen. »Ein Fass Pils für das Revier, in dem sie dir das Ding ausbauen. Die von der Stadt waren gerade froh, dass ein paar Wochen lang nichts mehr über den Markt in den Medien war. Und ausgerechnet du willst mit deinem Freund Herbert alles wieder aufkochen.«

Gonzo nickte nur und grübelte auf dem Weg zum Leitstand, wie Steinboek Wind davon bekommen hatte, was Herbert zu dem Thema geplant hatte. Vor dem Leitstand stand der Kriminaldirektor mit Linda und seinen Leuten zusammen und gab eine Runde Dosenbier aus.

»Gute Arbeit«, knurrte der Kriminaldirektor und stieß mit Linda an.

Sie verbeugte sich knapp. Ihre Bierdose hatten sie auf dem Dach eines Wagens abgestellt. Einer ihrer Bodyguards schoss herbei und reichte ihr einen Knickstrohhalm aus einem silbernen Etui. »Ich werde es meinen Männern ausrichten.« Sie sah Gonzo an. »Alles auf Band?«

Er knackte den Verschluss seiner Bierdose. »Alles perfekt.«

Der erste Schluck gefiel seinem Magen nicht. Er stellte die Dose neben Lindas aufs Wagendach, holte das Band aus der Suzie und gab es ihr. »Was ist da oben auf den Gleisen schiefgegangen?«

»Die Zielperson muss in Duisburg schon im Zug gewesen sein«, sagte Linda. »Den Sprengsatz, mit dem er den letzten Wagen abgekoppelt hat, müssen sie irgendwann letzte Nacht im Bahndepot an der Kupplung angebracht haben. Die Zielperson brauchte ihn nur über eine Funkfernzündung auszulösen, nachdem sie die deponierten Diamanten an sich genommen hatte.«

»Der Typ in dem Overall?«

Sie nickte. »Ja. Das ist ein Kollege von der Sondereinheit. Alles hübsch ausgeknobelt, das muss man denen schon lassen. Aber ich habe sowas geahnt und meine Männer mit den Motorrädern weiträumig Streife fahren lassen.«

Von hinten rollte ein grünweißer Kleintransporter mit Wiesbadener Polizeikennzeichen auf das Gelände. Die Türen sprangen aus und vier Zivilbeamte kletterten aus dem Wagen. Der Kriminaldirektor prostete ihnen mit seiner Bierdose zu. Keiner der Wiesbadener reagierte. »Alles Kotzbrocken!«

Gonzo schielte zu der Clique hinüber. Ein schlanker Fünfziger im Kaschmirjackett überm Rollkragenpullover schien der Chef zu sein. Er hatte Silberschläfen, einen Schnauzbart und traurige Augen. Sein Gesicht kam Gonzo ziemlich bekannt vor. »Sag mal, ist das nicht …«

»Ist er«, meinte Linda. »Der Entenjäger von Berlin. Seit er diesen Bastler geschnappt hat, ist er die Treppe raufgefallen. Leiter der Sonderkommission, als sie den Industrieerben und Karl May-Forscher gekidnappt hatten. Führt jetzt diese Sonderausbildungsgruppe auf Länderebene und hat sich das Actiongame hier ausgedacht.« Sie stieß Gonzo mit der Hüfte an. »Apropos Actiongame – ich hätte da ein paar hübsche Ideen für uns beide!«

Sie ließ ihn stehen, ehe ihm eine passende Antwort einfiel und ging ihren Motocrossfahrern entgegen, die im Pulk eintrudelten. Einer hatte den Mann in dem orangefarbenen Overall auf dem Rücksitz und lieferte ihn bei den Wiesbadenern ab.

Hassenkamp kam von seinem Wagen herüber und drückte einem der Männer des Kriminaldirektors zwei Videobänder in die Hand. Der junge Typ schleppte sie zum Leitstand und gab sie seinem Kollegen zum Archivieren.

»Nicht mit ü«, blaffte der Kriminaldirektor, als er die Aufkleber sah. »Odysseus, mit Ypsilon, wie … wie …«

»Übergabe«, schlug Gonzo vor. »Oder überflüssig.« Dann machte er, dass er davonkam.

19

Natürlich war der Parkplatz im Innenhof des Zeitungshauses wieder voll, so dass Gonzo nach einer Runde wieder am Pförtner vorbei musste, um sich auf der Straße etwas zu suchen. Als er dann zehn Minuten später zu Fuß an der Pforte vorbeitrabte, rollte ein Konvoi von drei Wagen heraus.

Die Monitorwand im Eingangsbereich zum Fernsehkomplex lief jetzt einwandfrei und zeigte einen gigantischen Technicolor-Sonnenuntergang über der Prärie. Neben der Installation stand ein Display mit Anmeldekarten für einen Kabelanschluss. Dahinter schlief Reutters Rottweiler.

Gonzo fuhr sich mit den Fingern unter den Hemdkragen, als er im Lift nach unten fuhr. Der Nadelfilz auf dem Gang zu Herberts Redaktion verschluckte das Geräusch seiner Schritte. Hinten hatten Herbert und Reutter Kannengiesser im Gebet. Sein Seidenhemd hatte schon hässliche Schweißflecke unter den Ärmeln und am Rücken. Wahrscheinlich war es nur eine Frage der Zeit, bis Gonzo genauso aussah.

»Zehn Minuten zu spät!«, sagte Herbert.

»Hast du was anderes erwartet?« Reutter zeigte auf den Stuhl neben Kannengiesser. »Setz dich!«

Gonzo setzte sich. Herbert sortierte den Packen Papiere vor sich. Gonzo erkannte den Briefkopf der Kanzlei Gottlich und Zander, anderthalb Meter Fax von der Senderzentrale und eine Gesprächsnotiz der Geschäftsleitung. Neben ihm stank Kannengiesser nach frischem Schweiß und altem Melissengeist. So, wie seine Hände zitterten, musste er innerhalb der nächsten halben Stunde zum Nachfüllen. Sein Veilchen schillerte in allen Regenbogenfarben.

Herbert sah von seinen Papieren hoch »Also?«

Gonzo riskierte einen Blick zu Kannengiesser. Der nickte nur.

»Er hat mich reingelegt«, sagte Gonzo. »Ich hatte keine Ahnung.«

»Er hat recht.« Kannengiesser zischte beim Sprechen durch die Zahnlücke. »Ich hab ihn aus Versehen auf die Abrechnung geschrieben.«

Gonzo ballte die Fäuste. »Aus Versehen, ja?«

»Na ja«, meinte Kannengiesser. »In der Eile …«

Reutter fixierte Gonzo. »Trotzdem. Du hast gewusst, dass sein Zeuge nicht echt war!«

»Ich hab die Bilder gedreht, die er wollte! Ich hab mich auf dieses verdammte Reporterarschloch verlassen.«

»Schluss jetzt!«, donnerte Herbert. »Wir sind hier nicht im Kindergarten. Der Sender hat sich offiziell beim Kaufhaus entschuldigt. Morgen senden wir einen Widerruf. Der Junge, der das hier verbockt hat, macht die nächsten zehn Jahre den Wetterbericht; ich kriege eine Abmahnung und

Kannengiesser eine Schadenersatzklage. Für dich lassen wir uns auch noch was einfallen, Gonzo.«

Gonzo rückte ein Stück von Kannengiesser weg. »Er hat mich reingerissen.«

»Dummheit gehört auch bestraft«, sagte Reutter.

»Außerdem kommt Kannengiesser auf die Liste.« Herbert schob seine Papiere zusammen. Die Liste gab es offiziell nicht und wurde senderübergreifend herumgereicht, damit man wusste, wen man beschäftigen konnte und wen nicht.

»Er hat doch gesagt, dass er es alleine verbockt hat«, beharrte Gonzo. »Ich hab immer ordentliche Arbeit abgeliefert. Ich hab mir da draußen für eure Quote den Arsch aufgerissen.«

»Ende der Diskussion!«, erklärte Herbert.

Reutter zeigte zur Tür. »Und Abmarsch. Alle beide.«

Gonzo fand, dass er genug vor den beiden herumgekrochen war und ging. Kannengiesser trabte hinter ihm her. Im Lift rang er sich ein knappes »Tut mir leid!« ab.

»Halt bloß die Schnauze!«

»Denen zeig ich's nochmal«, versprach Kannengiesser. »Die werden mir die Füße küssen. Ablecken werden sie sie mir. Kriechen werden sie!«

»Alles okay, solange du mich dabei raushältst?« Die Lifttür summte zur Seite. Der Rottweiler hinter dem Display klappte interessiert ein Auge auf. Als er Kannengiesser sah, kam er knurrend hoch. Die Leine spannte sich, das Display schwankte. Der Köter starrte Kannengiesser an. Kannengiesser starrte zurück. Der Hund bleckte die Zähne.

»Platz!«, brüllte Kannengiesser.

Aber der Hund schien irgendetwas nicht richtig mitgekriegt zu haben, denn er setzte zum Sprung an, riss das Display um und hätte Kannengiesser bestimmt erwischt, wenn er nicht in letzter Sekunde hinter Gonzo aus dem Foyer gekommen wäre. Drinnen sprang der Hund kläffend an der Glastür hoch.

»Ich brauch erstmal was zu trinken«, sagte Kannengiesser. »Kommst du mit? In der Ente läuft eine Fete vom Lokalradio?«

Gonzo war schon auf dem Weg zum Wagen. »Kein Bedarf.«

»He, Gonzo!« Kannengiesser dackelte hinter ihm her. »Das war alles Pech. Nicht sauer sein!« Er grinste zahnlückig.

Gonzo unterdrückte den Impuls, ihm rein aus Gründen der Symmetrie ein zweites Veilchen zu verpassen und kletterte in den Kombi. Kannengiesser trabte vor ihm durch die Pforte und steuerte die Ente an. Im Vorbeifahren machte Gonzo in der Seitenstraße neben der Kneipe Steinboeks Superauto, Jacquelines roten Kleinwagen und den Porsche des Illustriertenfuzzys aus.

Dunstschleier lagen über der Straße, der Asphalt glänzte feucht. Gonzo stellte die Heizung an, obwohl er wusste, dass das für die nächste Viertelstunde nichts bringen würde. Statt warmer Luft schienen Schwaden von Weihrauch aus den Lüftungsschlitzen zu kriechen. Auf der Rasenfläche des Kreisverkehrs hinterm Bahnhof bauten städtische Arbeiter schon die Halterung für den Weihnachtsbaum auf. Vom Willy Brandt-Platz leuchteten über dem Eingang zur Einkaufstraße die Eröffnungsbilder der Lichtwochen herüber: Karl May und seine Welt.

Er schlängelte sich im Spätnachmittagsverkehr unter der Brücke durch auf die Schützenbahn und überlegte, ob er versuchen sollte, einen Platz im Parkhaus des Merkur-Centers zu bekommen oder er es besser gleich irgendwo in einer Seitenstraße probierte. Als er dann unter dem Center war, entschied er sich doch für das Parkhaus und erwischte sogar noch einen freien Frauenparkplatz am Eingang.

Obwohl von Rekas Kindern nichts zu sehen war, packte er das Handy vom Beifahrersitz ins Handschuhfach, ehe er losstiefelte. Im Lift versprach ein gewisser Harry in schwarzen Krakeln, dass er den dicksten hatte, und auf alle Fälle hatte er den dicksten Edding, den Gonzo je gesehen hatte. Oben im Kaufhaus lullte ihn sofort die Duftwolke aus der Parfumabteilung ein. Gonzo wich dem Sprühnebel einer Propagandistin aus, die ihn unbedingt mit ihrem »exklusiven Eau de toilette für den gepflegten Herrn« bekannt machen wollte und steuerte den Wachmann bei den Sicherheitssperren an. »Zur Chefin. Wie komm ich da hin?«

Nach einer Weile Funkverkehr über sein Walkie Talkie erklärte ihm schließlich den Weg. Es ging durch die Personaltür ins Treppenhaus, dann im tristen Schalbeton vier Stockwerke in die Höhe und oben gut 50 Meter durch einen Neongang. Linda stand an der Tür zum Sicherheitsbereich. »Hallo Fremder!«

Gonzo kratzte etwas im Hals. »Ich dachte, ich schau mal vorbei.«

»Gute Idee.« Sie kam ganz nah an ihn heran. Ihre Lippen waren weich und versprachen eine ganze Menge. Gonzo linste über ihre Schulter in ihre

Sicherheitszentrale, während sie sich küssten. Links waren Büros, rechts der Überwachungsraum. Zwei von ihren Männern behielten auf ihren Monitoren die Kundschaft im Auge. »Orwells kleiner Hobbykeller?«

»Komm doch rein!« Die abgedimmten Hologenstrahler verbreiteten Schummerlicht. Die beiden Überwacher kümmerten sich nicht um Gonzo, als Linda ihn an ihnen vorbei zu ihrem überdimensionalen Metallschreibtisch lotste. Über eine Kontrolleinheit in Schulterhöhe konnte sie sich die Kamerabilder auf ihren persönlichen Großmonitor legen. Gonzo versank im Gästeledersessel.

»Was zu trinken?« Sie schwang mit ihrem Sessel herum.

»Kakao«, sagte Gonzo. »Mit Sahne.«

»Axel!« Einer der Überwacher schoss in die Höhe. »Bist du so nett? Für mich einen Kaffee.«

Der junge Typ trollte sich in die Teeküche. Linda schaltete ein paar Kameras auf ihrem Monitor durch, bis sie in der Damenoberbekleidung landete. Verkäuferinnen standen an der Kasse, Kunden liefen zwischen Sonderangebotsware und Qualitätskonfektion herum. Ein Typ im hellen Trenchcoat lehnte am Eingang zu den Probierkabinen. Eine untersetzte Mutti wühlte sich durch einen Berg Sweatshirts.

»Und?«, fragte sie. »Wie läuft das Geschäft?« Der Trenchcoat tigerte vor den Umkleidekabinen auf und ab.

»Und selbst?«

Linda wiegte bedächtig den Kopf. Axel servierte mit einer Verbeugung Kaffee und Kakao. Gonzo wickelte die Zuckerstücke aus dem Papier und versenkte sie im Milchschaum. Auf dem Monitor verdrückte sich der Trenchcoat in eine Kabine. Linda schaltete auf eine andere Kamera. In seinem Kabuff hatte der Trench einen Camcorder unter dem Mantel hervorgeholt und kletterte auf den Hocker. In der Nachbarkabine probierte eine Frau Blusen an. Gonzo beugte sich vor.

»Der Spanner«, sagte Linda zu den Überwachern. »Habt ihr ihn?«

»Aye, Mam!« Axel gab über Funk eine Einsatzmeldung für eine »Aphrodite« durch. Inzwischen hatte der Spanner sich mit seiner Kamera über die Abtrennung geschoben und filmte die Frau beim Umziehen. Im nächsten Augenblick drängte sich die Mutti vom Sweatshirt-Tisch in die Kabine des Spanners und hatte ihn zwei Sekunden später im Polizeigriff. Nochmal zehn Sekunden später kamen zwei Uniformierte und holten den Trenchcoat ab.

Linda lehnte sich zufrieden zurück. »Hinter dem sind wir seit drei Wochen her.«

Gonzo nippte an seinem Kakao. Linda schaltete sich zur Schallplattenabteilung durch. Gonzo betrachtete die Schulmädchen, die sich durch die Top Ten gruben und fragte sich, wie wenig sie unter ihren knallengen Streifenhosen wohl anhatten. »Habt ihr vom Center was gegen mich vor?«

Linda behielt die Teenager im Auge. »Wenn es nach der Zander ginge, würdest du kein Bein mehr auf den Boden kriegen. Ich hab getan, was ich konnte.«

Gonzo sah sie an. »Danke!« Sie lächelte.

»Trotzdem: ist an Kannengiessers Geschichte was dran?«

»Null.«

»Ehrenwort?«

»Klar.«

»Steinboek sagt, du regst dich über die Kinder in der Durchfahrt auf.«

»Die sind seit gestern weg. Weiß der Teufel wohin. Die haben die Kunden belästigt und für die vom Automarkt geklaut.«

»Trotzdem habt ihr dem überfahrenen Jungen das Begräbnis bezahlt?«

»Der Konzern will seine Ruhe. Keine negative Publicity.«

»Ihr habt nicht zufälligerweise eine Kamera in der Durchfahrt?«

»Nein.«

Gonzo dachte an die Runde, die er am Sonntag über den Geschäftsleitungsparkplatz gedreht hatte. »Bei dem Jungen habt ihr die Polizei natürlich im Rahmen eurer Sicherheitspartnerschaft bei ihren Ermittlungen unterstützt?«

»Nein.« Sie kippte ihren Sessel zurück. »Die Kooperation ist Chefsache der Zentrale. Läuft nur mit dem LKA und dem BKA.«

»Ach?«

Die Schulmädchen auf dem Monitor drehten der Kamera den Rücken zu. Soweit Gonzo sah, klappten sie eine Box nach der anderen auf. Er fragte sich, wie sie es schafften, so schnell die Klarsichtfolie aufzureißen. »Ich habe hier fast 30 Leute in zwei Schichten«, sagte Linda. »Was hier im Jahr geklaut wird, geht in die Hunderttausende. Ich habe jeden Tag im Durchschnitt sieben Ladendiebe und jeden Monat drei Angestellte, die klauen. Da hab ich was Besseres zu tun, als bei den Bullen im Präsidium groß um Kooperation zu betteln.«

Gonzo verfolgte, wie die Schulmädchen mit den Silberlingen aus den Hüllen hantierten. Axel gab einen Einsatzbefehl für einen »Hermes« durch. Linda schaltete auf eine Kamera am Ausgang der CD-Abteilung.

»Wo hast du das eigentlich gelernt?«, fragte Gonzo.

»Drüben«, sagte sie. »In Berlin.«

Gonzo musterte sie mit einem schrägen Blick. »Polizei?«

»So ähnlich. Hat dein Freund Steinboek nicht schon seine schmutzige Wäsche gewaschen?«

»Der ist nicht mein Freund.« Am Ausgang der CD-Abteilung hielt ein schlacksiger Typ mit Baseballkappe und Metallica-T-Shirt die Schulmädchen auf. Kurzes stummes Geplänkel, ein Uniformierter kam dazu, und dann ging es im Gänsemarsch ab. »Unten haben wir einen Raum für die Befragungen«, sagte Linda. »Ohne Fenster, sicherheitshalber.«

Der Kakao wärmte Gonzos Magen. Er wurde ein bisschen schläfrig und fragte sich, ob er später wohl mal einen Job in Lindas Zentrale bekommen könnte, wenn er zu alt war, um dauernd nachts aufs den Straßen herumzugurken. Vielleicht konnte er sich um die Kameras und die Videoanlage kümmern und kriegte einen Schreibtisch direkt neben ihrem.

»Die Russen unten in Borbeck«, sagte er dann. »Stan den Mörder, kennst du den?«

Lindas Lippen wurden zu einem schmalen Strich. »Über den hab ich schon damals in Berlin eine Akte gehabt.«

»Kommt er nicht aus Moskau?«

»Wir hatten Freunde in Moskau.« Gonzo sagte nichts. Nach einer Weile fuhr sie fort: »Ich hab dann noch gehört, dass Stan und sein Bruder nach der Wende ganz groß abgesahnt haben. Militärisches Material aus Karlshorst nach Afrika und in die Unterwelt, Fernseher und Autos an die Offiziere.«

»Stans Bruder …« Gonzo rieb sich den Nacken. »Alexander Stopowski aus New York?«

Sie nickte. »Alexander. Macht jetzt auf seriös. Vertritt russische Investoren auf dem internationalen Finanzmarkt. In Tregers Berolina-Center steckt er mit mehr als 40 Prozent drin. Stan hat hier vor Ort ein Auge darauf, dass alles glatt läuft. Hast du mit dem was am Laufen?«

»So ähnlich«, meinte Gonzo, während er sein Bild von Stan als kleinem Autoschieber revidierte. Dann kratzte er sich am Kopf. »Stopowski Invest«, sagte er dann. »Schon mal gehört?«

»Was sollen die machen?«

»Der Stadt die Volkshochschule abkaufen und ein Bordell reinsetzen.«

»Stopowski Invest.« Sie rollte mit ihrem Stuhl vom Monitor zum Computer. Die Ablage für die Maus lag hoch genug, damit sie sie erreichen konnte. Auf dem Bildschirm erschienen kryptische Menüs erschienen. Schließlich blinkte eine Meldung: Online.

»Internet«, sagte Linda, als sie seinen skeptischen Blick bemerkte. »Kann ich nur empfehlen.«

»Nicht mehr in meinem Alter.«

Sie lachte, öffnete eine Verbindung zu einer Datenbank, tippte ihr Passwort ein und setzte »Stopowski Invest« in die Suchmaske. »Eine GmbH«, erklärte sie, als sich der Ergebnisbildschirm aufbaute. »Gesellschafter Stanislaus Stopowski und Hans-Hagen Ludomil. Gründungskapital eine Million. Geschäftszweck: Erwerb und Betrieb von Unterhaltungsgastronomie.«

Gonzo ging zu ihr und beugte sich über ihre Schulter. Sie roch nach einem herben Parfüm. Seine Wange streifte ihre.

»Rasier dich mal!«

»Änderungen im Handelsregister«, las er. »Hans-Hagen Ludomil ist als Gesellschafter ausgeschieden.« Er sah sich das Datum des Gesellschafterbeschlusses an und rechnete. »Das war eine Woche bevor sie seine Familie umgebracht haben.«

»Ist das wichtig?«

»Kann sein.« Gonzo ging zurück und trank seinen Kakao aus. »In der Durchfahrt habt ihr keine Kamera, sagst du?«

»Die Durchfahrt gehört der Stadt.«

»Aber der Parkplatz für die Geschäftsleitung gehört euch?«

»Was willst du eigentlich?«

»Da oben habt ihr eine Kamera«, sagte Gonzo. »Wie lange hebt ihr die Bilder auf?«

»Zwei Wochen.«

Gonzo kramte in seinem Gedächtnis und sagte ihr das Datum von Hoffmeisters Bericht über den überfahrenen Jungen. »Zwischen Mitternacht und Viertel vor eins. Die Bilder würden mich interessieren.«

»Warum?«

»Nur so.«

Sie sah ihn an.

Er grinste.

»Axel, ich brauche mal ein Band aus dem Archiv.« Sie gab ihm die Daten. Axel wuselte an einem Stahlschrank herum und beförderte schließlich eine Kassette in einen Recorder.

Auf Lindas Bildschirm erschien der Blick der Parkplatzkamera. Gonzo beugte sich vor. Die Aufnahmen waren im Zeitraffer gemacht, um Bandmaterial zu sparen. Autos zuckten vorbei. Wie Gonzo gehofft hatte, erfasste die Kamera nicht nur den Parkplatz, sondern auch die äußere Spur der Schützenbahn hinunter zur Durchfahrt. Es waren nicht mehr viele Wagen unterwegs. Die eingeblendete Uhrzeit stand auf 0.40 Uhr, als ein Taxi vorbeirauschte.

»Mal zurück«, sagte Gonzo.

Linda nickte Axel zu.

»Und ganz langsam vorwärts!«

Die Bilder sprangen im Sekundentakt. Ein Kleintransporter. Ein älterer Typ auf einem Motorroller. Dann ein Mittelklassewagen. »Einzelbilder?« Gonzo klebte fast am Monitor. Axel drückte ein paar Knöpfe. Der Wagen war kürzer im Bild als die anderen Fahrzeuge. Der Fahrer war ganz klar mehr als die erlaubten 50 gefahren. Von ihm selbst war wegen der Kameraposition nichts zu erkennen, das Nummernschild war nur ein grauer Fleck. Aber in dem Augenblick, in dem der Wagen durch die Lichtinsel eine Laterne brauste, machte Gonzo gut ein halbes Dutzend Aufkleber am Heck aus. Lesen konnte er nichts. Als nächster Wagen tauchte das Taxi auf. Zehn Minuten später der erste Streifenwagen, dann der Notarzt und der Krankenwagen. Gonzo lehnte sich zurück.

»Kannengiesser sagt, deiner Männer aus dieser Nachtschicht wären dann sofort auf ein Seminar nach Thüringen gegangen?«

»In Thüringen gibt's keine Seminare,« sagte Linda. »Die bewachen da jetzt zur Strafe unsere Zentrallager Ost. Bis auf einen. Nicht wahr, Axel?«

Axel strahlte.

»Axel hat der Schlendrian nicht gefallen, der in den Nachtschichten eingerissen war. Er hat sich mir anvertraut.« Ihr Sessel schwang herum. »Und er hat eine Woche Sonderurlaub dafür bekommen. Wo warst du da, Axel?«

»Zuhause, in Hamminkeln.«

Linda lächelte und schwang zurück. »Noch Fragen, Gonzo?«

»Nein. Danke.« Er stand auf. »Ich muss weiter.«

»Sehen wir uns noch?«

Gonzos Blick streifte Axels Kollegen. Er machte gerade Jagd auf eine Rentnerin, die im Supermarkt die Sonderangebotslachsforellen unter ihren Mantel klemmte und funkte die Sache an einen »Orpheus« durch. Linda war aufgestanden. Sie schob sich an ihn. »Kennst du Neuneinhalb Wochen? Besorg ein paar Erdbeeren und Honig. Eiswürfel hab ich im Kühlschrank!«

20

In der Ente hing der Rauch in dicken Schwaden unter der Decke. Aus der Musikbox beschwor Coolio das Gangsta‘s Paradise, und über der Theke prangte eine Transparent mit dem Logo des Lokalfunks. Die Jungs und Mädels aus dem Studio im Hinterhof des Zeitungskomplexes bekämpfen den Frust über den Verlust ihrer Kernzielgruppe an die Popwelle aus Köln mit bunten Cocktails. Ihr Chef war ein angegrauter Mittvierziger in Cordjackett und Leinenjeans, den sie in Düsseldorf ausgemustert hatten. Er verbreitete mit dem Edelschreiber von der Illustrierten an der Theke Gelassenheit.

»Hi!« Gonzo erkannte unter Make-up und Glitzersternchen im Haar Jacqueline. Sie hängte sich bei ihm ein, damit alle sahen, wie toll sie mit ihm auskam, aber auch, um einigermaßen sicher zur Theke zu kommen. Dem Geruch nach bestand das hellblaue Zeug unter dem neckischen Papierschirmchen in ihrem Glas fast nur aus Alkohol. »M-Mike«, sagte sie. »Mike und ich machen eine Fernsehgeschichte. Du kannst mitmachen. Willst du?«

»Lieber nicht«, sagte Gonzo.

Sie schob Gonzo an den älteren Herrschaften vorbei zum Tresen. Herbert hatte keinen Blick für Gonzo. Steinboek grinste bloß und die beiden Lokalchefs tuschelten. An den Stehtischen fachsimpelten die Fotografen aus den Lokalteilen bei Guinness und Corona über digitale Bildverarbeitung und checkten zwischendurch die Model-Qualitäten der Radiomoderatorinnen ab. Von Kannengiesser war nichts zu sehen. Dafür entdeckte er auf einmal Betty neben der Musikbox. Sie hob ihr Sektglas und prostete ihm zu. »Moment mal!«

Jacqueline zog einen Flunsch, als er sich losmachte. Er schnappte sich das Bier, das Grabowski eigentlich dem Lokalfunkchef hingestellt hatte und kämpfte sich an gackernden Moderatoren, nervösen Jungredakteuren und traurigen Redaktionssekretärinnen vorbei zur Musikbox durch. »Was machst du denn hier?«, brüllte er gegen Coolio an.

Betty zuckte mit den Achseln. »Ich bin eingeladen!«

»Von wem?«

»Von mir!« Jacqueline schwankte an ihm vorbei und lehnte sich neben Betty an die Wand. Ihr Blick wurde von mindestens einem Promille verschleiert. »Wir arbeiten zusammen.«

»Ihr macht was?«

Betty legte Jacqueline die Hand auf die Schulter. »Sie können wirklich nicht sagen, dass ich Sie nicht gefragt habe! Sie haben ja nicht gewollt.«

Gonzos Blick irrte zwischen den beiden hin und her, während die Platten wechselten. Die Toten Hosen feierten Zehn kleine Jägermeister ab.

»Brockmann und Kowalczik, Journalistenbüro!« Jacqueline hob ihr Glas. »Prost!«

Gonzo schüttelte den Kopf. »Das geht doch nicht gut. Ihr könnt euch nicht ausstehen.«

»Das macht nichts«, sagte Betty. »Das ist doch genauso wie bei Ihnen und mir!«

»Nein, das ist ganz was anderes!« Er schleppte Betty in eine ruhigere Ecke. »Das ist nicht dein Ernst. Mit dieser Ziege!«

Sie musterte ihn einen Moment ganz ruhig. »Sie brauchen sich keine Sorgen zu machen«, sagte sie dann. »Die Sache mit ihrem Freund Wahnfried, damals im Sommer, das bleibt unter uns.«

»Na, da bin ich aber beruhigt!«

»Ich versteh nicht, warum Sie sich auf einmal so aufregen.«

»Ich …«

»Ja?«

»Ich …«

Sie sah ihn an.

Gonzo schüttelte den Kopf. »Vergiss es!«

»Das ist wieder mal typisch! Eifersüchtig, oder was?«

Gonzo leerte sein Bier in einem Zug und schlug sich wieder zur Theke durch. »Noch eins?«, fragte Grabowski.

»Wodka«, sagte Gonzo. »Vierfach!«

»Probleme mit deiner Assistentin?«

»Halt die Schnauze.«

Grabowski stellte ihm den Wodka hin. »Hat Judas dich erreicht?«

»Ich hab nichts mit Judas zu tun. Ich such Kannengiesser.«

»Der ist schon wieder weg. Hat eine geschlagene Stunde mit Judas zusammengesessen. Mir wär fast der Underberg ausgegangen, so hat der geschluckt.«

Gonzo starrte auf die Meute in der Kneipe. »Und dann?«

»Ist er weg. Was erledigen.« Grabowski zog sein Augenlied herunter. »Judas wollte dich anrufen. Hast du dein Handy abgestellt?«

»Blödsinn.« Gonzo erinnerte sich, dass er den Apparat im Handschuhfach deponiert hatte. »Was hat er denn von mir gewollt?«

Grabowski zog die Schultern zog. »Mir sagt ja nie einer was. Jedenfalls hat er sich dann eine Taxe bestellt.«

»Judas? Eine Taxe? «

»Hat er zuletzt vor vier Jahren gemacht, als er den Fünfer im Lotto hatte.«

Gonzo starrte auf den Wodka. Eine Wolke herbes Aftershave hüllte ihn ein. Steinboek knallte Zigaretten, Dunhill-Feuerzeug und Autoschlüssel auf den Tresen. »Alles klar, mein Freund?«

Gonzo würdigte den Pressesprecher keines Blickes. An der Musikbox etablierten Betty und Jacqueline informelle Kontakte mit Herberts ehemaligem Jungredakteur. Die Belegschaft der Vormittagssendung räumte Tische und Stühle zur Seite, weil man unbedingt den Macarena tanzen wollte. Grabowski wienerte mit langen Ohren die Theke. Steinboek spielte mit seinem Autoschlüssel. »Hab gehört, dass du mit deinem Scanner Pech gehabt hast?«

»Alles kein Problem!«

Steinboek hob die Augenbrauen. »Ach?«

»Jedenfalls nicht im Vergleich zu deinen Problemen.«

Steinboek orderte einen frischen Whisky Soda und ließ den Autoschlüssel kreisen. »Da bin ich aber neugierig.«

Gonzo zupfte den Bund von Steinboeks Zeigefinger. »Was hast du gesagt, wieviel Stück von der Luxuskarre gibt‘s in Europa?«

»Zehn Stück. Höchstens.«

Gonzo schob den Wodka zur Seite. »Einer davon hat am Sonntag vor der Alfred Krupp-Schule gestanden.«

Steinboeks Hand zuckte vor und umklammerte den Schlüsselbund. »Keine Ahnung, wovon du redest.«

Gonzo holte den alten Zeitungsausschnitt mit der Ankündigung der Dreigroschenoper heraus und faltete ihn auf der Theke auseinander. Steinboek nahm den Ausschnitt mit spitzen Fingern. Grabowski wienerte sich mit seinem Lappen heran. Steinboek überflog den Artikel und zerriss ihn.

»Gleich nebenan haben sie ein Archiv«, sagte Gonzo. »Und in der Stadtbücherei sammeln sie auch alte Zeitungen. Also?«

Die Macarena-Tänzer schwitzten sich durch die erste Strophe. Steinboek klimperte mit seinem Autoschlüssel. »Das ist überhaupt kein Geheimnis!«

»Klar«, meinte Gonzo. »Baudezernent, Gewerkschaftsboss, Wirtschaftsförderer, Stadtpressesprecher und Treger vom Berolina-Center. Kann ich einen Tipp abgeben? Kleine Koordinationsgruppe für das Berolina-Center? Abkürzung von Verwaltungswegen durch informelle Gespräche?«

»Exakt.« Steinboek nickte.

»Und ihr geht sonntags in die Schule, weil ihr zu der Zeit keinen Sitzungssaal im Rathaus kriegt.«

»So ähnlich.«

»Alles klar!«, sagte Gonzo. »Und wenn Tregers Firma jetzt irgendwann mal die Villa vom Baudezernenten renoviert oder dir eine Garage für deinen Luxusschlitten ans Haus baut, dann hat das absolut nichts mit diesen Sitzungen zu tun.«

»Absolut nichts«, sagte Steinboek. »Weil es sowas nicht geben wird. Und wenn es sowas gibt, dann ist das ein ordentlicher Auftrag an einen örtlichen Unternehmer.«

»Dann ist ja alles klar.«

»So eine Sache wie das Berolina-Center kann nur mit konsequenter Abstimmung aller Beteiligten durchgezogen werden.« Steinboek kippte seinen Whisky auf ex und ließ die Eiswürfeln im Glas kreisen. »In Oberhausen haben sie das genauso gemacht.«

»Auch das Bordell verlegt?« Gonzo suchte nach einer Reaktion in Steinboeks Blick. Er konnte keine entdecken. »Meint ihr, die Huren fühlen sich wohl in der Volkshochschule?«

Steinboek zupfte an seiner Fliege. »Das Haus ist optimal. Tiefgarage, großes Forum als Kontakthof, kleines Kino für private Filme, nette Zimmer. Müssen bloß überall noch Bäder eingebaut werden.«

»Alles ganz wunderbar«, meinte Gonzo. »Mit dem Verkauf saniert ihr den Haushalt. Wieviel bringt der Klotz?«

»Kein Kommentar.«

»Mit der Nutzungsgenehmigung hat Stopowski Invest keine Probleme gehabt, nehme ich mal an.«

Steinboek seufzte. »Du hast ganz klar zu viel mit Kannengiesser und Judas rumgehangen. Das ist ein ganz normaler Verwaltungsvorgang, und wenn es dich beruhigt: es besteht bestes Einvernehmen, dass die Verlegung des Puffs sinnvoll ist.«

»Das Problem ist ja wohl nur, dass ihr die Volkshochschule vielleicht gar nicht verkaufen könnt, weil sie euch gar nicht gehört, sondern dem Alten in seinem Rollstuhl. Blöd gelaufen, was?«

»Hör zu!« Steinboeks Finger stach in Richtung von Gonzos Brust. »Du kannst rumstänkern so viel du willst, damit machst du die Sache nicht kaputt.«

Eine der Macarena-Journalistinnen fing an, sich auszuziehen. Die alten Herren applaudierten frenetisch und Steinboek hatte auf einmal keine Lust mehr, sich weiter mit Gonzo zu unterhalten. Gonzo schob Grabowski seinen Wodka hin. »Für dich.«

Grabowski stellte das Glas unter die Theke. »Für nachher. Du hast die Geburtstagsrechnung noch nicht bezahlt.«

»Stell dich bloß nicht so an.«

Ein kühler Hauch wehte durch die Kneipe, als das L + W Media Team hereinkam. Lutz, in Nadelstreifen, mit viel Gel im Haar und schickem Ohrring, war sofort der Liebling der Nackttänzerin. Wilbert nickte Gonzo zu und schlug sich erst einmal zur Musikbox durch, um den King mit Are you lonesome tonight zu drücken. Die Radioleute maulten herum, was das denn sollte, aber Steinboek sagte nur laut und vernehmlich »Yeah« und machte Anstalten, auf die Theke zu klettern.

Gonzo hatte die Nase voll und verdrückte sich nach hinten zum Münztelefon. Als er wieder nach vorn kam, waren der King und Steinboek gerade fertig mit ihrer Nachtarie. Ehe Wilbert Geld nachwerfen konnte, hatten die

Radioleute schon ihre Markstücke in die Box gesteckt und die Spice Girls gedrückt.

Jacqueline kam ihm entgegengeschwankt. Betty war bei ihr und zeigte ihr den Weg zum Damenklo. »Die L-Ludomil-Geschichte!« Jacqueline lehnte sich an Gonzo. »Da ist Dynamit drin. Der hat mit dem Russen vom Automarkt e-ein neues Bordell aufziehen wollen, in der Volkshochschule, weißt du das?«

»Weiß ich.«

Jacqueline starrte ihn aus großen Augen an. Betty versuchte, sie mit sanftem Druck zum Klo zu bringen. Jacqueline machte sich los. »Lass mich!«

»Sie macht sich nur Sorgen um dich«, sagte Gonzo. »So ist sie nun mal. Außerdem kann sie Besoffene nicht ausstehen.«

Bettys Augen funkelten. »Sie müssen es ja wissen!«

»Ich weiß genug«, meinte Gonzo. »Mehr als genug!«

»Mike!«, brüllte Jacqueline durch die Kneipe. »Hier, er weiß das alles schon von Ludomil!«

Der Kopf der Edelfeder ruckte herum. Innerhalb von drei Sekunden war er bei ihnen. Sein Eau de toilette war das gleiche, dem Gonzo vorhin im Kaufhaus nur knapp entgangen war. »Hast du ihm was erzählt?«, zischte er Jacqueline an.

»K-kein Wort!«

»Stopowski Invest«, sagte Gonzo bloß. Die Mundwinkel der Edelfeder zuckten. »Stan der Mörder und Hans-Hagen Ludomil. Dann wird Ludomil auf einmal aus der Firma rausgekegelt. Kurz darauf bringt man seine Familie um. War er da schon bei euch? Hat er auspacken wollen? Dass die Stadt hier der Russenmafia das Bordellgeschäft zuschiebt?«

»Ich sag doch, er weiß es!« Jacqueline lehnte sich an Mikes Brust. Die Edelfeder schob sie zu Betty weiter, und die zog mit ihr ab zum Klo. Dann fragte er: »Gonschorek, richtig?«

Gonzo nickte. »Also, warum habt ihr euch so in die Ludomil-Geschichte reingehängt? Der Mord kann's ja nicht gewesen sein. Sowas passiert jeden Tag.«

An der Musikbox gab es ein kurzes Gerangel, aus dem Wilbert siegreich hervorging. Der King durfte Teddybear singen. Mike holte seinen Tabaksbeutel heraus und stopfte sich langsam eine Pfeife. »Wenn du's nicht weißt, warum soll ich dir's dann erzählen?«

»Weil ich was weiß, was du nicht weißt.«

»Ist das so?«

»Die Volkshochschule«, sagte Gonzo. »Die Stadt kann sie nicht verkaufen, weil sie ihr gar nicht gehört.«

»Dafür gibt's Beweise?«

»Kann ich besorgen.« Er musste nur die Papiere von Judas besorgen, aber das durfte keine Schwierigkeit sein, weil Judas ihn ja sowieso suchte.

»Wenn du was hast, können wir uns ja mal unterhalten.« Die Edelfeder zündete sich die Pfeife an. »Aber erst dann.«

Gonzo pilgerte zur Theke zurück. Steinboek stand schon wieder auf dem Tresen und schwor im Duett mit dem King, dass er ein Teddybear sein wollte. Als sie beide fertig waren, applaudierten sogar die Radioleute. Grabowski half Steinboek herunter. Der Pressesprecher hatte rote Wangen und atmete schwer. »Der King ist der Größte.«

»Er lebt!«, bestätigte Gonzo.

»Unbedingt.« Steinboek orderte neuen Whisky.

»Eine Frage«, sagte Gonzo.

»Klar doch.«

»Wer hat euch die Sache mit dem Automarkt gesteckt?«

Steinboek beschäftigte sich mit seinem Glas. Aus den Augenwinkeln sah Gonzo, wie die Edelfeder sich zu den alten Herren setzte. Herberts Hand schoss in die Höhe. »Grabowski, Champagner!«

Steinboek kicherte. Auf der Tanzfläche hatte die Nackttänzerin Lutz schon bis auf Boxershorts und Socken ausgezogen. Die Fotografen warteten mit schussbereiten Kameras die weitere Entwicklung ab. Grabowski balancierte den Champagner im Kühler samt Gläsern zu den alten Herren und wurde mit großem Hallo begrüßt. Gonzo machte sich auf den Weg zu den Klos. Während er pinkelte hörte er von drüben lautes Würgen.

Nach dem Händewaschen pirschte er sich auf dem Gang Damentoilette vor und drückte die Tür auf. Vor der letzten Kabine stand Betty, drinnen hing Jacqueline über dem Becken. Betty drückte auf die Spülung. »Raus!«

»Probleme?«

Jacqueline kam hoch. Ihr Makeup war verlaufen und ihr Blick schief. »Hallo Gonzo!« Betty lehnte sie vorsichtig gegen die Holzwand. Jacqueline atmete schwer.

»Ludomil«, sagte Gonzo. »Wieso gibt dein Mike sich mit dem ab?«

»Das geht Sie gar nichts an!« Betty holte ein Papiertaschentuch aus ihrer Handtasche und wischte Jacqueline den Mund ab.

»Super Geschichte!«, sagte die.

»Klar«, sagte Gonzo. Betty funkelte ihn an. »Aber welche?«

»Geldw-wäsche!« Jacqueline hob das Kinn.

»Halt den Mund«, sagte Betty.

»Russenmafia«, sagte Jacqueline.

»Hatten wir schon«, sagte Gonzo.

»Nicht dieses Klein-Klein hier mit dem Einkaufszentrum«, nuschelte Jacqueline. »Ludomil gibt uns Informationen über die großen Sachen. Er ist ein Informant, verstehst du?«

»Es reicht«, zischte Betty.

»Du hältst die Klappe.« Und zu Jacqueline: »Ludomil gibt euch also Informationen, wie die Russenmafia Geld wäscht? Ist das alles?«

Sie versuchte zu nicken. Prompt wurde ihr wieder schlecht. »Informationen sind wichtig. Ludomil hat uns die Infos über Stopowski und Treger verdealt. Aber das war nur der Anfang, verstehst du?.«

»Verstehe«, sagte Gonzo sicherheitshalber.

»Alles für ne große Serie.« Jacqueline bekam einen Schluckauf. »Schmutziges Geld oder so. W-weltweit. Wie die Kohle von den Russen über die USA hier in die Wirtschaft fließt. Alte Ost-Seilschaften. Parteivermögen. Drogengeld …«

»Habt ihr gewusst, dass Ludomil sich mit dem anderen Stopowski hier das Puff-Geschäft unter den Nagel reißen wollte?«

»Nee«, murmelte Jacqueline. »Damit is Ludomil erst rausgekommen, als sie ihn aus der Stopowski Invest rausgedrückt hatten. D-da hatte der Stan ihn nur mit reingenommen, weil sie einen Deutschen für die Verhandlung mit der Stadt gebraucht haben.«

Bettys Blick wanderte zwischen Gonzo und Jacqueline hin und her. Jacqueline kicherte. »D-das darf ich alles gar nicht sagen. Hat Mike mir verboten.«

»Dann halt auch die Klappe«, sagte Betty.

»Aber wir sind doch Freunde!« Jacqueline strahlte sie beide an. »Ludomil hat Stan dann gedroht, dass er die Sache mit dem Puff auffliegen lässt. War ein Fehler von ihm …«

»Deshalb haben sie seine Frau und die Kinder umgebracht.«

»G-genau. An Ludomil selber haben sie sich nicht rangetraut, weil die Finanzierung von Tregers Center ja über ihn lief. Das hätte wohl nicht gut ausgesehen ... Aber dann war das doch blöd für die, weil der Ludomil durchgedreht ist und die Leichen vergraben hat und kein Alibi hatte ... Blöd für die, aber gut für uns. Weil – die Illustrierte hat dem Ludomil den Anwalt besorgt und Ludomil hat alles ausgepackt, was er über die Russendeals hier und überhaupt weiß. A-alles, verstehst du?«

»Verstehst du jetzt?« Gonzo sah Betty an. »Deshalb haben Kollegen den Alibizeugen zurückgehalten. Freund Mike wollte erst alle Infos von Ludomil haben.«

»Ist doch nur fair«, meinte Jacqueline. Betty schüttelte den Kopf. »D-die Illustrierte holt ihn aus dem Knast, und er hält sie immer auf dem Laufenden, was die Russen machen. Ein U-U-U-Boot, verstehst du?« Sie schluckte. Gonzo trat vorsichtshalber einen Schritt zurück und überließ Betty die weiteren Wiederbelebungsversuche.

In der Kneipe hatte die Nackttänzerin sich in das Jackett von Lutz gehüllt; sie saß auf seinem Schoß und ließ sich mit Sekt abfüllen. Herberts alte Herren und die Edelfeder nahmen gerade die zweite Flasche Champagner in Angriff, und Wilbert stritt sich mit Steinboek darüber, wo der King heute heimlich lebte. Auf den Weg zur Theke machte Gonzo bei den alten Herren Station. »Irgendeine Spur von Judas?«

Achselzucken bei den Lokalchefs. Die Edelfeder zupfte eine Visitenkarte mit dem Illustriertenlogo heraus und schob sie Gonzo in die Brusttasche. »Wir sollten wegen der Sache vorhin nochmal telefonieren.«

»Aber klar.« Er blinzelte Herbert an und meinte zur Edelfeder: »Vielleicht wär das mit den Tagebüchern auch was für euch.«

Herberts Mundwinkel zuckten. »Nee, das wollten wir beide doch machen, Gonzo.«

»Welche Tagebücher?« Die Edelfeder saß auf einmal kerzengerade da.

»Krupp«, flüsterte Gonzo ihm ins Ohr. »Sein Goldschatz. In seinen Tagebüchern steht genau drin, wie sie die Kisten mit einer Fieseler Storch aus Ostpreußen raus und nach Mülheim zum Flughafen gebracht haben. Von da rüber zur Villa Hügel. Und als die Amis im April 45 an der Emscher waren, hat er sie von seinen Zwangsarbeitern in eine von seinen Zechen schaffen lassen.«

»Super-Geschichte«, assistierte Herbert. »Verkaufen wir bestimmt weltweit.«

Die Spur eines Zweifels kroch in den Blick der Edelfeder. »Wir haben da schlechte Erfahrungen mit Tagebüchern.«

»Deswegen recherchieren wir das gerade noch nach.« Herbert extemporierte ein paar Details über die Fi 156 und das Tragflügel-Ferngeschoß Fi 103. Inzwischen hatten auch die Lokalchefs lange Ohren bekommen. »Blöd ist nur, dass in den Tagebüchern nicht drinsteht, wo sie den Schatz genau versteckt haben. Aber das kriegen wir auch noch raus. Das eine Bernsteinpaneel haben wir ja schon gefunden.«

»Bernstein?« Die Edelfeder verkrallte sich an Gonzos Arm.

»Bernstein!«, nickte Gonzo.

»Bernstein!«, bestätigte Herbert. »Ich hab mich mit diesen Zwangsarbeitern beschäftigt. Mein Gewährsmann meint, dass es dieselben sind, die sie kurz vor dem alliierten Einmarsch im Montagsloch erschossen haben. Wenn das stimmt, muss die ganze Geschichte der Krupps neu geschrieben werden. Hochsensibel, das alles!«

Die Edelfeder kippte ihren Champagner in einem Zug herunter. Herbert kniff ein Auge zu. Gonzo grinste zurück und machte sich auf den Weg zum Tresen.

Steinboek legte Gonzo den Arm um die Schulter und winkte Grabowski mit seiner goldenen Kreditkarte heran. »Zahlen! Auch für meinen Freund hier!« Er lächelte Gonzo versöhnlich an. »Wenn du nicht mehr so blöde Geschichten in die Welt setzt, klappt's auch wieder mit uns vom Presseamt. Versprochen!«

Er drehte sich zu Wilbert, um noch schnell klarzumachen, welche Elvis-Scheiben er von ihm geliehen haben wollte. Grabowski war mit der Rechnung beschäftigt. Gonzo beugte sich zu ihm. »Steinboek zahlt auch meine Geburtstagsfeier.«

»Im Ernst?«

»Hast es doch selber gehört!«

Gonzo klopfte dem Pressesprecher auf die Schulter, damit der nicht so genau sah, was er unterschrieb. »Ich komm noch mit!«

21

Draußen waberte Nebel zwischen den Häusern. Gonzo konnte kaum über die Straße sehen. Der Dunst kratzte im Hals. Steinboek atmete tief durch und wirbelte unternehmungslustig mit seinen Wagenschlüsseln. Schemenhaft rollte ein VW-Bulli aus der Seitenstraße, in der sein Offroader stand.

»Wer?«, fragte Gonzo, als sie in die Nebenstraße kamen. »Wer hat unsere Automarktgeschichte verpfiffen?«

Steinboek kicherte.

»Herberts Jungredakteur, richtig?«

»Cleverer Bursche! Kriegt einen Job bei mir.«

»Vorher dreh ich ihm noch den Hals um.«

»Er hat‘s raus!« Steinboek tastete sich mit zusammengekniffenen Augen auf der Suche nach dem Wagen an den Autos entlang. »Guter …«

Er hatte seinen Offroader erreicht. Gonzo musste ihn stützten, weil er auf einmal anfing zu zittern. »Was …«

Seine Luxuskiste war auf Hohlblocksteine aufgebockt, die Reifen fehlten, ebenso der Büffelfänger, das teure Kühlergitter samt Scheinwerferbatterie, die Motorhaube, die Stoßstange und der rechte Kotflügel. Steinboek starrte stöhnend auf den Autoschlüssel in seiner Hand. »Der ... der war neu. Nagelneu!«

Gonzo zuckte mit den Achseln. »Ganz normaler Vorgang. Denk dir einfach nichts dabei.« Er lehnte Steinboek gegen die Hauswand. »Ich würde dich ja gerne noch nach Hause fahren, aber ich hab noch was zu erledigen. Nächstes Mal bestimmt, versprochen.«

Er ließ Steinboek stehen und tauchte in die Waschküche. Mehr durch Intuition als durch genaue Orientierung fand er seinen Kombi auf dem Parkplatz auf der anderen Seite. In der Mittelkonsole ragten die Anschlussdrähte des Funkscanners aus der Verblendung. Mit etwas Phantasie konnte man die Parkplatzausfahrt in den Schwaden ausmachen. Er schaltete zurück ins Standlicht, drückte die Nebelschlussleuchte und steuerte die Ausfahrt nach Gefühl an. Er schaffte es tatsächlich ohne Schrammen bis auf die Straße. Nach einer Runde ums Pressehaus rollte er fünf Minuten später an dem großen Baumateriallager am Schederhof vorbei. In einer Zufahrt blinkten zwei Scheinwerfer aus dem weißen Schleier. Gonzo bog ab und rangierte den Kombi neben einen rostigen VW-Bulli. Die Seitentür rollte auf, und

Stan der Mörder stieg aus. Hinter ihm sah Gonzo zwei seiner Lederjacken auf dem Büffelfänger des Offroaders sitzen. Der verchromte Kühlergrill lehnte an der Wand, in der Ecke lag eine verbeulte Krücke.

»Ein guter Tipp!« Stan gab Gonzo einen Umschlag mit ein paar Hundertern. »Von diesem Modell gibt es nur zehn Stück in Europa. Sehr schwer für uns in Russland, Ersatzteile dafür zu bekommen. Gut, dass du mich angerufen hast.«

Gonzo steckte den Umschlag ein. Seit seinem Anruf vom Münztelefon in der Ente bis eben war kaum eine Stunde vergangen. Stan schnippte mit den Fingern. Ein Bodyguard reichte ihm eine Plastiktüte aus dem Wagen. »Eine kleine Aufmerksamkeit.«

Gonzo warf einen Blick in die Tüte. Der Funkscanner war das neueste Modell. Die Anschlussdrähte waren abgerissen, aber Gonzo fand, dass man es mit manchen Dingen wirklich nicht so genau nehmen sollte. »Die Firma dankt.«

Stan nickte einer seiner Lederjacken zu. Der Typ kletterte aus dem Wagen, schnappte sich den Scanner und kroch in Gonzos Kombi, um das Ding einzubauen. »Gehört alles zum Service.«

»Du kommst mit deinem Autohaus bestimmt ganz groß raus!«

Stan holte eine Taschenflasche aus der Jackentasche und nahm einen Schluck. Dann hielt er sie Gonzo hin.

»Danke«, sagte Gonzo. »Im Moment nicht.«

Es war frisch, die Feuchtigkeit schlich sich unter die Lederjacke und in Hemd und Hose. Stan trug eine wattierte Jacke und hatte den Kragen hochgeschlagen. Sein Techniker fummelte im Schein der Innenbeleuchtung die Anschlussdrähte zusammen. »Es ist viel passiert in den letzten Tagen.«

Stan steckte die Flasche ein. Auf der Straße huschte ein Wagen vorüber. Stan holte etwas aus der Tasche. Im matten Mondlicht schimmerte die Schneekugel mit dem Weihnachtsmann in seinem Lederhandschuh. »Das soll ich dir geben!«

Gonzo warf noch einen Blick auf die Krücke in Stans Wagen. Er nahm die Kugel. Ein paar Flocken wirbelten rund um die Rentiere und ihren Schlitten auf. »Reka ist nicht mehr da?«

»Ich habe den Kindern gesagt, dass sich einen anderen Platz suchen sollen«, meinte Stan. »Da am Rathaus war es nicht gut für sie. Zuviel Gewalt.«

»Der Alte war ein echtes Problem, nicht wahr?« Gonzo behielt Stan im Auge. »Mit seinen Ansprüchen auf das Grundstück der Volkshochschule hätte er das ganze Geschäft mit dem neuen Bordell platzen lassen können.«

»Eigentlich nicht!«

In Gonzos Kombi knipste die Lederjacke den Scanner an und stellte den Polizeifunk ein. Als erstes hörte Gonzo, dass schon wieder eine Garage in Katernberg brannte. Der Typ kletterte aus dem Wagen und rieb sich die Hände.

Stan legte Gonzo die Hand auf die Schulter. »Viel Glück noch!« Er kletterte zu seinen Jungs in den Wagen, die Tür schnarrte zu, und der Bulli rollte auf die Straße. Gonzo setzte sich in seinen Kombi und betrachtete eine Weile die Schneekugel. Dann kramte er im Handschuhfach herum, holte das Handy heraus und fand noch einen Rest Teppichklebeband, mit dem er die Kugel wieder aufs Armaturenbrett pappte. Ehe er startete, atmete er tief durch.

Der Nebel schien noch dichter geworden zu sein. Auf der Frohnhauser Straße glommen die Straßenlampen in giftigem Orange. Schatten geisterten über den Bürgersteig und lösten sich nach zehn Metern in den weißwabernden Schwaden auf. Vor ihm schoben sich die anderen Wagen als fahlweiße Blöcke im Schritttempo über die Fahrbahn. Gedämpft bimmelte irgendwo bei der Krupp-Schule eine Straßenbahn. Gonzo orientierte sich an den Rentnerbremsleuchten im Rückfenster seines Vordermannes. Das Handy summte auf dem Beifahrersitz.

Er schnappte sich an Apparat. »Kannst du mal kommen?«, quäkte Judas. Im Hintergrund schrillte eine Straßenbahnklingel, Metallräder kreischten. Judas musste in eine Telefonzelle stehen. »Ich bin hier im Stadtgarten verabredet. Aber ich weiß nicht, da stinkt was ... Ich brauch jemand, der dabei ist. Ich hab schon Reutter angerufen, aber bei dem läuft nur sein Automat.«

»Wen willst du treffen?« Gonzo presste sich den Apparat ans Ohr und blinzelte gleichzeitig nach seinem Vordermann.

»Mach hin«, sagte Judas. Und dann: »Scheiße, meine Telefonkarte ist alle.« Es knackte und die Verbindung war tot.

Gonzo orientierte sich nach hinten und vorne und wendete. Ein Lieferwagen rauschte gefährlich nah an ihm vorbei. Er trat das Gas durch, um den Anschluss an dessen Rücklichter nicht zu verpassen. Die nächste Standortbestimmung gelang ihm am Viehofer Platz, als neben ihm ein Bus durch die Schwaden donnerte. Er scherte nach rechts aus und suchte sich einen neuen Vordermann, mit dem er es dann tatsächlich bis zur Kurfürstenstraße schaffte. Die Ampel an der Kreuzung war auf Dauerblinken geschaltet. Die Schlusslichter vor ihm schwenkten nach rechts. Gonzo folgte ihnen langsam. Als er seinem Gefühl nach in Höhe des Stadtgartens war, steuerte er vorsichtig über die nächste Bürgersteigkante, stellte den Motor ab und stieg aus. Auf der Straße starrten entnervte Autofahrer ins Chaos. Er tappte an der nächsten Ampel über die Straße. Die Wellenfassade des Opernhauses schimmerte durch mehrere Watteschichten, als er sich auf den Weg zur Straßenbahnschleife hinter dem Kulturtempel machte.

An der Haltestelle war niemand, wenn man von NILES absah, der sich an der Rückseite des Wartehäuschens verewigt hatte. Gonzo lauschte in das gedämpfte Murmeln der Stadt und bewegte sich langsam durch die Schleier in den Stadtgarten hinein. Am Wendekreis schälte sich ein fast leerer Straßenbahnzug auf der Rampe aus dem U-Bahn-Bereich heraus, drehte eine Runde und tauchte wieder in das Tunnelloch ein.

Vor ihm schwammen die trüben Lichtpunkte der Laternen zwischen den Schemen der Bäume. Ganz in der Nähe rumpelte ein Wagen über den Weg. Das Motorengeräusch erstarb, eine Tür klappte. Gonzo starrte nach vorn. Er hatte die Wahl zwischen drei Wegen und entschied sich für den mittleren. Nach ein paar Metern hatte er sich im Dunst verlaufen, machte kehrt und landete auf einem Platz mit Bänken und Steintischen.

Auf der anderen Seite blitzten Scheinwerfer. Gonzo kniff die Augen zusammen und machte hinter dem Freiluftschachfeld einen großen Wagen aus. Er ging darauf zu.

»Judas?« Zu spät fiel ihm ein, dass Judas nie einen Wagen gehabt hatte. Die Wagentür sprang auf und knallte ihm vor die Brust. Im Licht der Innenraumbeleuchtung wirkte Reutters Gesicht wie eine Totenmaske. Aus seinem Scanner quäkten Unfallmeldungen. »Was willst du denn hier?«

»Judas«, sagte Gonzo. »Er hat mich angerufen.«

»Mir hat er den ganzen Automaten vollgequatscht.« Reutter kletterte aus dem Wagen. Seine Kamera klemmte hinter dem Fahrersitz in einer Halterung an der Seitenwand. Er drückte die Tür zu. »Irgendwas mit einer Verabredung und dass er einen Zeugen braucht und natürlich alles hochbrisant und gefährlich.«

Ganz in der Nähe war ein Geräusch. Gonzo legte die Hand auf Reutters Arm. Schweigend starrten sie in den Nebel.

»Was ist mit deinem Köter?«, wisperte Gonzo.

»Zuhause«, sagte Reutter ebenso leise. »Hat Angst vor dem Nebel. Ich krieg ihn kaum zum Pissen raus.« Dann ging Reutter durch das feuchte Gras los, auf einen hellen Punkt zu, von dem Gonzo nicht sagen konnte, ob er eben schon dagewesen war oder nicht. Büsche wanderten erlkönigmäßig an ihnen vorbei; von einem Baum tropfte es ihnen nasskalt in den Nacken. Etwas streifte ihn am Kopf, eine Kastanie platzte vor seinen Füßen aus ihrer Hülle. Er bückte sich und steckte sie ein, weil die Dinger angeblich gegen Rheuma gut waren.

Tiefe Weidenzweige versperrten ihnen den Weg. Reutter wischte sie mit einer Armbewegung zur Seite. Etwas krächzte, Flügel rauschten, und ein Schatten huschte durchs Grau. Gonzo versuchte sich zu orientieren. Hinter dem Weidendickicht musste der Ententeich liegen, links von ihm die Haltestelle und vor ihm der Saalbau. Er wandte sich nach rechts, fand einen Kiesweg und ging vorsichtig weiter. Reutter kam langsam hinterher und tastete nach Gonzos Schulter. Aus dem Bimssteindunkel vor ihnen tauchte der Umriss einer Gestalt auf. Gonzo verließ den Weg, rutschte auf feuchtem Laub aus und ehe er sich fangen konnte, prallte er gegen einen nassen Sack. Neben seinem Ohr stöhnte jemand. Er hielt sich im Fallen fest und bekam Stoff und eine kalte Hand zu fassen. Reutter zog ihn zurück. Der Sack vor ihnen schaukelte leicht. »Scheiße«, sagte Reutter.

Gonzo wischte sich den Nieselregen aus den Augen und starrte in das wachsbleiche Gesicht von Judas. Er stand aufrecht an einem Pfosten mit einem Schild, auf dem der Oberbürgermeister anordnete, dass Hunde an der Leine zu führen waren. Unter seinen Achseln war ein Schal um seine Brust geschlungen und hinter dem Pfosten zusammengeschnürt. Aus dem Mund tropfte Blut. Reutter tippte Judas vorsichtig ans Kinn. Der Unterkiefer klappte herunter. Judas stöhnte. Gonzo musste würgen, als er sah, dass ihm jemand die Schneidezähne ausgeschlagen hatte.

Eine Schar Enten zog quakend, aber unsichtbar über den See. Gonzo griff Judas unter den Hemdkragen an den Hals. Der Puls war schwach. Reutter machte den Schal los. Judas sackte zu Boden. Gemeinsam drehten sie ihn so hin, dass man es mit ein bisschen guten Willen als stabile Seitenlage durchgehen lassen konnte.

Reutter schob Gonzo zur Seite und tastete Judas‘ Jacke ab. Das Hemd war an der Brust zerrissen und mit Blut vollgesogen. »Er muss was dabeigehabt haben«, murmelte Reutter. »Er hat irgendwas verkaufen wollen.«

Reutter stand auf und spähte in den Nebel. Dann holte er sein Handy aus der Ledertasche am Gürtel und drückte den Notruf. Während er der Leitstelle einen Schwerverletzten im Stadtgarten meldete, klappte Gonzo noch einmal die Judas‘ Jacke auf. Die Innentasche war ausgerissen. Er hob den Stofffetzen an. »Er scheint wirklich was dabeigehabt zu haben.«

Das Geräusch kam ganz aus der Nähe, aber wegen des Nebels konnten sie es nicht genau orten. Reutter starrte nach links, Gonzo nach rechts. Ein Motor röchelte und soff ab. Reutter bewegte sich von Gonzo weg und war in der nächsten Sekunde bloß noch als dunkle Gestalt zu erkennen. Gonzo hängte sich an ihn, stolperte über ein paar Maulwurfshügel und machte Reutter ein paar Meter weiter an einem Wagen aus. Eine Tür wurde aufgerissen. Die Innenbeleuchtung sickerte in den Nebel. Als Gonzo am Wagen ankam, kletterte Kannengiesser gerade heraus und schlug fröstelnd den Kragen seiner Hahnentrittjacke hoch. Er versuchte ein Grinsen. »Familientreffen?«

Reutter sah ihn lauernd an. »Hattest du eine Verabredung?«

Kannengiesser nickte. »Ein Informant. Für einen Tipp. Schätze, ich bin zu spät. Wegen dem Scheißnebel ist mir unterwegs die Karre verreckt.« Seine Underberg-Fahne nebelte Gonzo ein.

Gonzo fuhr mit der Hand über die feuchtkühle Motorhaube. »Falsch«, sagte er. »Du bist schon eine ganze Weile hier. Hast du von Judas gekriegt, was du wolltest?«

Kannengiesser fuhr sich über die Stirn. Seine Finger hinterließen eine blutige Spur. Reutter griff zu. Er erwischte Kannengiesser am Handgelenk. Die Blutschmierer an seinen Fingern schimmerten.

»Judas hat auf dich gewartet, ja?«, sagte Reutter leise. Mit der nächsten Bewegung schob er Kannengiesser zur Seite, ohne ihn loszulassen. Er wollte in den Wagen sehen, aber Gonzo kam ihm zuvor. Auf dem Beifahrersitz lag ein blutverschmierter Schnellhefter. Gonzo holte die Papiere aus dem Wagen. Diesmal waren es die Originale des Alten, ein viel dickeres Bündel als die Kopien, die er ihm im Bordell gezeigt hatte. Oben lag eine Stellungnahme vom Rechtsamt und ein Angebot über 100.000 Mark Abfindung für das Volkshochschul-Grundstück. Gonzo hielt Kannengiesser die Papiere vors Gesicht. »Deswegen? Hast du Judas deswegen so zugerichtet?«

»Ja, deswegen!«, keifte Kannengiesser. »Du hast die Sachen gesehen und warst zu blöd, dich darum zu kümmern. Stattdessen schickst du ihn mit dem Kram zu Judas.«

Gonzo hob die Hand. »Und du? Du hast schon bei unserem Dreh in der Durchfahrt die Kopien von ihm abgestaubt und dann Stan am Automarkt sofort brühwarm unter die Nase gerieben, dass die Stadt die VHS wohl gar nicht verkaufen kann.«

»Das war ein Scheiß-Zufall«, murmelte Kannengiesser. »Ich war mit Jacqueline bloß wegen der Geschichte mit seinem Bruder und Ludomil bei ihm. Aber da hat er in diesem Grundriss von der Volkshochschule rumgemalt und irgendwie hab ich ihm von dem Alten und seinen Ansprüchen erzählt.«

»Ein paar Stunden später war der Alte tot.«

»Kann ich doch nichts dafür!« Kannengiesser zerrte an dem Schnellhefter. »Aber damit hab ich jetzt wieder den Trumpf. Das sind die Originale, die er bei Judas abgeladen hatte. Das ist die Superstory. Damit geh ich zu der Illustrierten, und wir reißen der Stadt den Arsch auf!«

Reutter schnappte sich das Bündel und schob es sich in den Hosenbund. »Dazu hättest du Judas nicht zusammenschlagen müssen. Du wolltest das Zeug wohl eher für dich alleine. An die Stadt verkaufen, richtig? Gegen Schweigegeld.«

»Oder an Stan«, sagte Gonzo.

Kannengiessers nagte an der Unterlippe. Gonzo spähte zum Heck des Wagens mit den Senderlogos. »Du hast vorletzte Woche den Jungen unterm Rathaus überfahren, ja?«

Kannengiessers Blick flackerte. »Was ist das denn für eine Scheiße?«

»Im Kaufhaus gibt‘s ein Videoband, auf dem dein Wagen zu sehen ist.«

»Die haben da unten gar keine Kamera!«

»In der Durchfahrt nicht, aber weiter oben am Parkplatz.«

Kannengiessers Blick wurde panisch.

»Deine Mordkommandogeschichte hast du nur aufgezogen, damit die Kripo in die falsche Richtung ermittelt.«

»Das ist mir alles zu heavy!« Reutter langte nach seinem Handy. »Ich hol die Bullen. Sollen die das klären!« Er kam nicht mehr zum Wählen, denn

Kannengiesser rammte ihn mit der Schulter gegen die Brust. Reutter verlor das Gleichgewicht, prallte gegen Gonzo und stürzte vor den Wagen. Gonzo kam zu spät, um Kannengiesser zu packen. Kannengiesser hockte schon im Wagen; er drehte den Zündschlüssel, der Motor sprang röchelnd an. Gonzo schaffte es gerade noch, Reutter aus der Ziellinie von Kannengiessers Motorhaube zu reißen. Kannengiesser raste querfeldein über feuchten Rasen und Kieswege. In der Nähe heulte die Sirene eines Rettungswagens durch den Nebel.

»Den kauf ich mir!« Reutter lief los. Gonzo stolperte hinterher und bewunderte Reutters Orientierungssinn, als ein paar Sekunden später sein Kampfmobil aus dem Nebel auftauchte. Irgendwo kreischte Kannengiessers Getriebe.

Reutter schwang sich hinters Steuer und hatte schon den Motor angelassen, als Gonzo die Beifahrertür erreichte. Er schaffte es gerade noch, sich in den Wagen zu ziehen, ehe Reutter einen Kavalierstart hinlegte. Der Wagen schoss über einen Erdbuckel. Gonzo knallte mit dem Kopf gegen den Himmel. »Bist du wahnsinnig!« Er zog die Tür zu. Reutter umklammerte das Lenkrad mit dem Lederüberzug und trat das Gas voll durch. Er hatte alles an Scheinwerfern angemacht, was er am Kühlergrill hatte. Trotzdem war Kannengiessers Wagen nur als diffuser Schatten auszumachen.

Der Rover tanzte über Randsteine, rutschte über feuchtes Gras und kam schlingernd in die Bahn. Kannengiesser tauchte für ein paar Sekunden weg und geriet dann wieder ins Licht. Bäume huschten vorbei.

»Rechts!«, brüllte Gonzo, als Reutters nach links einschlug. »Der will ums Opernhaus herum.«

»Quatsch! Der will auf die Straße.«

»Blödsinn!« Gonzo kniff die Augen zusammen.

»Schnauze!«

»Arschloch!« Dann machte Gonzo tatsächlich vor ihnen Kannengiesser aus. »Fahr zu!«

Nur ein paar Meter hinter Kannengiesser schossen sie an den Steinquadern vorm Opernhaus vorbei. Die Stoßdämpfer nahmen die Bordsteine zur Huyssenallee mit zwei kurzen Schlägen. Auf der Straße kurvte Kannengiesser ohne den Fuß vom Gas zu nehmen von einer Spur auf die andere und schaffte es wie durch ein Wunder ohne Karambolage bis in den Kreisverkehr am Bahnhof. Hinter und neben ihnen schrillten Hupen auf. Ein Kleinwagenfahrer verlor die Nerven und setzte seine Kiste ins Straßenbegleitgrün.

Unter der Bahnhofsbrücke war die Sicht besser. Reutter konnte auf der Busspur bis auf ein paar Meter aufschließen. Vorn rauschte Kannengiesser nach rechts an der Kühlerhaube eines Taxis vorbei, das aus der Vorfahrt des Handelshofes herauskam.

»Pass auf!«, brüllte Gonzo, als er sah, wie der Taxifahrer ungerührt weiterfuhr. Reutter zog nach rechts, sie schrammten an parkenden Wagen entlang und machten auf der Strecke vom Haus der Technik bis hinters Gildehofcenter wieder ein paar Meter gut. Der Nebel war hier draußen wieder dichter. Als Schatten tauchten links die Flachdachklötzchen der Volkshochschule auf.

Statt auf seiner rechten Spur zu bleiben, zog Kannengiesser dann auf einmal auf die Busspur im Grünstreifen und tauchte an der Kreuzung nach links weg.

»So nicht.«

Gonzo krallte sich am Armaturenbrett fest, weil Reutter über den Grünstreifen jagte. Kannengiessers Rücklichter verschwanden auf der Straßenbahnrampe im U-Bahn-Bereich. Reutter raste reflexmäßig hinterher, und im nächsten Augenblick führte sich der Wagen auf wie im Stoßdämpfertest auf der Marterstrecke. Gonzo knallte wieder gegen den Himmel, das Handschuhfach sprang auf und Reutters Sammlung von Schokoriegeln, Kaugummis, Kondomen und Kopfschmerztabletten ergoss sich in den Fußraum. Dann fassten die Reifen auf den Bohlen für den Hybridbusverkehr neben den Straßenbahnschienen. Im Scheinwerferlicht sah Gonzo an beiden Seiten des Tunnels Beton und Kabelstränge und knapp fünfzig Meter weiter Kannengiessers Rücklichter. »Bist du wahnsinnig?«

Reutter stieg auf die Bremse, rammte den Rückwärtsgang hinein und trat wieder aufs Gas. Der Wagen kam aus der Spur und holperte über die Schwellen zurück, verkantete sich, kam kurz zum Stehen und bockte sich dann wieder frei. Als sie endlich vor der Tunneleinfahrt standen, begrüßte Gonzo erleichtert die Nebelschwaden, die sie einhüllten. Reutter rangierte den Wagen von der Gleisanlage.

»Runter zum Porscheplatz«, schrie Gonzo gegen das Dröhnen des Motors. »Weiter kommt er garantiert nicht!«

Wenn er sich richtig erinnerte liefen im U-Bahn-Bahnhof unter der Rathaus-Durchfahrt die Strecken aus den Stadtteilen zusammen. Mit der Hupe scheuchte Reutter ein paar paralysierte Autofahrer weg und raste am Gesundheitsamt und der ehemaligen Synagoge vorbei. In der Durchfahrt drängten sich frühe Nachtschwärmer und späte Einkäufer an den Bushaltestellen. »Fahr ran!«

Reutter setzte den Range Rover über die Bordsteinkante direkt auf den Bürgersteig. Passanten sprangen zur Seite, und als sie aus dem Wagen kletterten, brach der geballte Volkszorn über sie herein. Gonzo kümmerte sich nicht um das Gekreische und hastete zur Rolltreppe, die zu den U-Bahn-Bahnsteigen hinunterführte. Als er sich umsah, musste er grinsen. Reutter hetzte mit seiner Mühle in der Hand hinter ihm her. Die Rolltreppe nach unten war natürlich kaputt. Über dem Geschrei in der Bahnhofshalle erzählte eine aufgeregte Lautsprecherstimme etwas von einer »Betriebsstörung« und bat darum, dass man sofort den Bahnhofsbereich verlassen sollte. Sie stolperten über die Metallstufen in den Schacht.

Auf halber Höhe der Treppe sahen sie dann, was es mit der Betriebsstörung auf sich hatte. Kannengiessers Wagen klebte vor einer Straßenbahn, die Motorhaube was auf Unterarmlänge zusammengeschrumpft, der Motorblock musste irgendwo in der Fahrgastzelle stecken. Straßenbahner drängten die Gaffer zurück, die unbedingt mehr vom Chaos sehen wollten. Die Lautsprecherstimme bestand darauf, dass man den Bahnhofsbereich sofort verlassen solle.

Gonzo brauchte sich gar nicht umzusehen, um zu wissen, dass Reutter in diesem Moment hinter ihm seine Mühle ansetzte und das Bild im Okular scharfzog. Mit dem Licht der Neonstangen unter würde es keine Probleme geben. Bloß die Gaffer standen im Weg. Gonzo rammte sich mit der Schulter zwischen ein Rentnerpärchen. »Platz da!«

Die Leute ließen sich kaum zur Seite schieben. Erst als die Kamera auf Reutters Schulter sahen, machten sie widerwillig Platz. Ein Typ mit Minipli und Schnauzbart baute sich vor Gonzo auf und bot sich als Augenzuge an. »Alles gesehen! Ich erzähl alles.!«

»Nachher!« Gonzo schob ihn zur Seite. Endlich standen sie an der Bahnsteigkante. Reutter drehte zuerst den zerdrückten Wagen, schwenkte auf die Bahn, fing die herumhastenden Straßenbahner ein. Die Lautsprecherstimme verlangte immer noch, dass man den Bahnhofsbereich verlassen sollte.

Neben ihm kniete Reutter sich hin und hielt die Optik auf die Stelle, wo in Kannengiessers Wagen einmal die Windschutzscheibe gewesen war. Der Reporter hing in zerfetzten Stützholmen und Sicherheitsglasfetzen auf der Höhe der Rückbank. Die Lenksäule steckte in seiner Brust, am Hals pulste hellrotes Blut aus einer langen Wunde. Um ihn herum war ein Chaos aus zerschlitzten Polstern, Sprungfedern, Blech und Gummi. Gonzo rutschte auf den Knien näher an die Kante heran. Hinter ihm brüllte jemand »Vorsicht!«

Er ließ sich so über die Bahnsteigkante rutschten und landete neben dem Wagen. Es stank nach ausgelaufenem Benzin. Gonzo arbeitete sich an dem Wrack entlang, bis er an Kannengiessers Hals nach dem Puls suchen konnte. Blut verschmierte seine Hände. Keine Spur von einem Pulsschlag. Kannengiesser war tot.

»Komm da raus!«, brüllte Reutter von oben. Gonzo schwang ein Bein auf den Bahnsteig, zog sich hoch und blieb auf den Platten liegen. Reutter zog sich mit der Mühle auf der Schulter zurück. Die Lautsprecherstimme drohte, dass man den Bahnhof räumen werde.

Gonzo drückte sich zur Seite, damit er Reutter nicht im Bild stand. Hinter ihm entzündeten sich puffend die Benzindämpfe aus dem Tank des Wracks. Als er sich umdrehte, fraßen die Flammen sich gerade durch den Wagen. Dann loderte es dunkelrot auf. Die Straßenbahner taten mit den Feuerlöschern aus ihren Zügen ihr Bestes, um die Flammen zu ersticken. Reutter hielt auf das Feuer.

»Tja, Kannengiesser!«, sagte Gonzo heiser. »Das war‘s dann wohl.«

22

Es dauerte fast bis Mitternacht, ehe sie aus dem Bahnhof wegkamen. Reutter nahm noch die Rettungsarbeiten mit, die Feuerwehrleute mit der Schaumkanone und der Metallschere, mit der sie die Leiche aus dem Wrack schnitten. Zwischendurch besorgte Gonzo ihm ein paar Augenzeugen für Statements.

Als sie dann endlich wieder in Reutters Wagen saßen, stanken sie nach Qualm und Schweiß. Reutter fuhr vorsichtig los. Der Nebel war noch dichter geworden. »Ich setz dich bei deinem Wagen am Stadtgarten ab, okay?«

Gonzo nickte.

Reutter schlich hinter seinem Vordermann her. »Er hat tatsächlich den Jungen umgebracht?«

Gonzo erzählte ihm von Lindas Video. »Für mich war das ganz klar Kannengiessers Wagen«, sagte er. »Wie die Kripo sowas sieht, weiß ich nicht.« Er machte eine Pause. »Wahrscheinlich ist er in der Nacht wieder mal besoffen gefahren. Genau wie eben.«

Reutter schaltete. »Jetzt, wo er tot ist, wird sich die Kripo auch kein Bein mehr ausreißen. Wer ermittelt?«

»Behrendt, glaube ich.«

»Der schon gar nicht. Willst du ihm was sagen?«

Gonzo fragte sich, ob er Lust darauf hatte, stundenlang bei Behrendt im Büro zu sitzen und eine Aussage zu machen. Behrendt würde das Band von Linda verlangen, sie würde Gonzo fragen, wie Behrendt von dem Band erfahren hatte und Gonzo würde sich eine Menge Erklärungen einfallen lassen müssen. »Er ist tot, also was soll's«, meinte er schließlich.

Reutter zerrte die Papiere des Alten aus der Jacke. »Was ist damit?«

»Behalt sie«, sagte Gonzo. »Mach was draus.«

Reutter nickte nur und konzentrierte sich aufs Fahren. Im Stadtgarten war alles ruhig. Gonzo kletterte aus Reutters Wagen und versuchte sich zu erinnern, wo er den Kombi stehengelassen hatte. Auf dem Weg kam er an dem Pfahl vorbei, an dem er Judas gefunden hatte. Der Rettungswagen hatte den Rasen neben dem Weg aufgewühlt, eine blutgetränkte Kompresse und ein ausgeschlagener Zahn lagen im Dreck.

Eine Stunde später rollte er im Schleichgang durch die Nebelsuppe über die Altenessener Straße und war froh, als er den Kombi endlich durch die Toreinfahrt auf den Hof bugsieren konnte. In der Wohnung der Meckifrau meinte Zarah Leander Davon geht die Welt nicht unter.

Er schleppte die Suzie und seine Tasche die Treppen hinauf. Im Kühlschrank fand er noch seine Notration Thunfisch. Danach setzte er sich mit einem Glas Wodka an den Schreibtisch und starrte hinüber zur Wohnung der Meckifrau. Die Vorhänge waren zugezogen. Er fischte Grabowskis Rechnung aus der Ablage und versenkte sie im Papierkorb, nahm einen Schluck Wodka und schüttelte sich. Stans Stoff war wirklich besser, aber Stan war ja auch ein Investor und musste nicht von Sonderangeboten leben. Das Telefon klingelte. Er erwartete Linda, aber es war Betty.

»Sind Sie sauer?«

Er nahm noch einen Schluck Wodka.

»Reden Sie mit mir!«

»Du wirst schon wissen, was das richtige für dich ist.«

»Sie haben Recht. Ich kann Jacqueline nicht ausstehen.«

»Aber sie kommt ganz bestimmt noch mal groß raus.« Drüben bewegten sich die Gardinen. Toby erschien am Fenster und winkte. Gonzo hob sein Glas.

Sie sagte: »Da war noch was los, vorhin. Reutter ist gekommen und hat gesagt, dass Kannengiesser was passiert ist. Dann hat er Herbert ein Band und ein paar Papiere gegeben und ist mit Jacqueline abgezogen.«

Er gab ihr die Kurzfassung von Kannengiessers Crash. Dass er den Jungen überfahren hatte, ließ er weg.

»Alles wegen ein paar Akten?«, fragte sie.

»Informationen«, sagte Gonzo.

Es war ziemlich lange still in der Leitung. »Ich muss mir das mit Jacqueline noch mal genau überlegen.«

»Tu das!« Gonzo legte auf. Später, im Bett, dachte er an Linda, und auf einmal roch es im Loft nach Babyöl.

Toby kam am nächsten Tag erst gegen Mittag herüber. Die Meckifrau hing an seinem Arm. »Das ist Michaela.«

»Sagen Sie Mecki zu mir!« Als erstes entdeckte Mecki, dass Gonzo aus seinem Fenster alles sehen konnte, was drüben bei ihr passierte. »Jetzt versteht ich auch, warum Sie dauernd rübergucken!«

»Komm duschen!« Toby zog sein Sweatshirt aus und feuerte es auf den Berg mit seinen Klamotten. Ehe er im Bad verschwand, hängte er dem Papp-Oscar seine Lifesaver-Plakette um den Hals.

»Ich hab bei mir drüben nur ein Waschbecken«, entschuldigte Mecki sich in Gonzos Richtung.

»Wehe, wenn ihr mir die Kabine kaputtmacht!«

Gonzo holte sich frischen Kaffee. Im Bad rauschte die Dusche los. In der Eile hatten die beiden die Tür nur angelehnt. Mecki kicherte, Toby sagte etwas, Mecki kicherte lauter, Toby grunzte, Mecki stöhnte. Dampfschwaden krochen durch den Spalt. Gonzo ging hinüber und klinkte die Tür ein. Der Papp-Oscar umklammerte stoisch den Knauf seines Schwertes. Gonzo besah sich Toby Lifesaver-Plakette. Blutgruppe, Rhesusfaktor, Impfungen. Keine Allergien, keine Diabetes, keinen Herzschrittmacher. Auf der Rückseite Name, Geburtsdatum und Adresse. Renate hatte damals auch so ein Ding gehabt. Gonzo erinnerte sich daran, wie er ihr am Baggersee im Eifer des Gefechtes die Kette zerrissen hatte und sie danach endlos im Wagen hatten herumsuchen müssen.

Toby kam noch ganz feucht aus dem Bad und wühlte seine Sachen nach ein paar frischen Unterhosen durch. »Kannst du mir eigentlich meine Wäsche machen?«

Gonzo warf ihm seine Plakette zu, machte die Badezimmertür zu und lehnte sich dagegen. Toby starrte ihn an. »Is was?«

»Blutgruppe Null, ja?«

Toby starrte auf die Plakette und nickte. »Irgendwas dagegen?« Im Bad sang Mecki unter der Dusche laut und falsch Der Wind hat mir ein Lied erzählt.

»Biologie, Mittelstufe«, sagte Gonzo. »Wenn die Eltern die gleiche Blutgruppe haben, muss das Kind eine andere haben.«

»Versteh ich nicht.«

»Ich habe Null und deine Mutter auch«, sagte Gonzo. »Sie hat auch so eine Plakette gehabt.«

Toby hängte sich seine Plakette um und drehte sich um, als er in seine Unterhosen stieg. Gonzo sah die Gänsehaut auf seinem Rücken. »Und jetzt?«, fragte er gegen die Wand.

»Ich hab nichts mit dir am Hut«, sagte Gonzo. Hinter ihm wummerte Mecki an die Badezimmertür. »Also raus!« Er gab die Tür frei. Mecki steckte Ihren Kopf durch den Spalt. »Toby, hast du mal ein T-Shirt für mich?«

»Gleich«, sagte Toby.

Mecki merkte, dass irgendetwas nicht stimmte. »Was issen los?«

»Er sagt, dass er gar nicht mein Vater ist.«

Meckis Kopf verschwand und sie tauchte gleich darauf in Gonzos Bademantel wieder auf. »Wieso?«

»Mit meiner Blutgruppe ist irgendwas nicht in Ordnung.«

»Biste nicht arisch genug, oder was?«

»Du fliegst auch gleich raus!«, sagte Gonzo zu ihr.

Mecki hob die Hände. Der Bademantel klaffte auseinander. »Nur keine Aufregung!«

»Scheiße!« Toby zuckte mit den Schultern. Ein Wassertropfen löste sich aus seinem Ziegenbärtchen. Der Blick seiner Eichhörnchenaugen flackerte. »Ich hab echt keinen Schimmer gehabt. Ehrlich.«

Gonzo glaubte ihm das sogar.

Toby wischte sich die Hände an der Unterhose trocken.

»Heute Abend bist du verschwunden!«, sagte Gonzo. Wenigstens ein Problem, mit dem er sofort fertigwerden konnte. Mecki zog den Bademantel vor der Brust zusammen. »Du kannst bei mir pennen.«

Toby grinste erleichtert. »Super!«

Fünf Minuten später waren er und Mecki angezogen und fingen an, seine Sachen in seinen Seesack zu stopfen. Gonzo hatte sich hinter den Schreibtisch zurückgezogen und malte sich aus, was er mit Renate machen würde, wenn sie ihm wieder über den Weg lief. Mecki schleppte den Sack mit der Tigerente aus dem Loft. »Und tschüß. Wehe, wenn ich Sie nochmal beim Spannen erwische!«

Toby hatte Probleme, seine restlichen Sachen in dem Sack mit dem Teddy unterzubringen. Ein Plastikbeutel rutschte ihm aus der Hand. Spraydosen polterten auf den Boden, Sprühköpfe tanzten herum. Gonzo fuhr hoch. Blau und Silber. Dazwischen eine schmierige schwarze Kladde. Toby kramte die Sachen zusammen.

»Moment mal!« Gonzo war bei ihm und langte nach dem Buch. Polaroids flatterten heraus.

»Lass das!« Toby raffte die Bilder zusammen, aber Gonzo erwischte trotzdem ein paar. Aufnahmen von Mauern, Brücken, Unterführungen, an denen SKUNK und NILES tätig gewesen waren. »Gib her!« Toby griff nach den Fotos. Auf einem Bild stand ein blasser Bursche vor einem rotgrünen NILES. Gonzo blinzelte, als er den Jungen mit dem Camcorder von der Krupp-Schule wiedererkannte. Er starrte Toby an. »Und du bist SKUNK?«

Toby riss ihm die Bilder aus der Hand und verpackte sie wieder in seinem Blackbook. »Na und?«

»Hör zu …«, sagte Gonzo.

»Du hast mir nichts zu sagen«, keifte Toby. Er warf sich den Seesack über die Schulter, schnappte sich eine Plastiktüte und taperte zur Tür. »Mach auf!«

Gonzo machte die Tür auf und machte sie hinter ihm wieder zu. Dann ging er zum Fenster und sah dem Jungen nach, wie er über den Hof ging und im Vorderhaus verschwand.

Das Telefon klingelte. Er rührte sich nicht. Der Anrufbeantworter spielte seinen Spruch ab.

»Komm mal vorbei!«, sagte Herbert. »Es gibt Arbeit!«

Die Temperatur war über Nacht wieder um sieben oder acht Grad geklettert. Gonzo zog die Lederjacke aus, nachdem er die Suzie in den Kombi geladen hatte und drehte die Seitenscheibe herunter. Ein lauwarmer Windstoß blies herein. Als Gonzo durch die Toreinfahrt auf die Straße rollte, wirbelten die Plastikflocken rund um den Weihnachtsmann in seiner Schneekugel auf. Der Verkehr lief ausnahmsweise zügig. Kurz vor dem Viehofer Platz fauchte auf einmal eine Böe durchs Fenster. Der Himmel hatte sich zugezogen. Der Wind trieb in heftigen Stößen Laub über die Fahrbahn. Gonzo musste gegensteuern, um den Wagen unter Kontrolle zu halten. Er drehte das Fenster bis auf einen Spalt hoch und drückte sich am Autoradio zum Lokalfunk durch. Der Chefredakteur war selbst auf Sendung, wahrscheinlich weil der Jahresetat für die freien Mitarbeiter verbraucht war. Nach dem Verkehrsfunkjingle hieß es, dass das Wetteramt orkanartige Stürme ankündigte. Eine phantasievolle Seele aus der Musikredaktion hatte als nächsten Titel Winds of change programmiert. Die Bäume am Straßenrand schlugen heftig mit ihren Zweigen. Ein paar Mülltonnen am Straßenrand machten sich plötzlich selbständig, und Gonzo manövrierte fast im Blindflug durch herumwirbelnde Zeitungen, Plastiktüten und Gartenabfälle. Im Westen wurde der Himmel tiefschwarz. Die Laternenmasten schwankten heftig. Gonzo wechselte auf die Straßenbahnspur, weil ihm die im Moment am sichersten vorkam. Er wich einem Schild aus, das sich von einer Baustelle losgerissen hatte, und auf dem von siebzehn Komfort-Eigentumswohnungen die Rede war. An der nächsten Ampel hielt er im Windschatten neben einem Kleintransporter. Das Georgel und Gepfeife der Windböen übertönte das Radio. Gonzo probierte Stans Scanner aus. Das Ding gehörte zur Luxusklasse und war mindestens einen Tausender wert. Im Polizeifunk ging es um Unfälle mit und ohne Personenschaden und bei der Feuerwehr um umgestürzte Bauzäune, entwurzelte Bäume und Dächer, die sich langsam auflösten.

Der Fahrer neben ihm drückte plötzlich auf die Hupe. Von rechts schoss sich ein Truck mit Auflieger bei dunkelgelb auf die Kreuzung. Direkt auf Gonzos Höhe ließ eine Böe den Hänger hin und hertanzen. Der Wind drückte gegen die Seite, für ein paar Sekunden stand er auf zwei Rädern, dann riss er von der Zugmaschine ab und schlug krachend um. Weil der Fahrer nicht schnell genug reagierte, raste die Maschine ohne die Last plötzlich quer über die Kreuzung, nahm zwei Ampeln mit und landete in einem Glasregen zwischen den Luxuslimousine im Showroom eines Autohauses. Dann riss der Wind die zerbeulten Bleche des Anhängers auf. Hühner wirbelten mit panisch schlagenden Flügeln durch die Luft, rutschten über die Fahrbahn, rollten und segelten als weiße Bälle vorbei. Mit einem Schlag war die Luft voller Federn, ein Tier klatschte auf Gonzos Windschutzscheibe und wurde in der nächsten Sekunde vom Sturm wieder weggerissen. Blut und Innereien schlierten über die Scheibe; ein zweites Huhn klatschte gegen den Kühler und kollerte über Motorhaube und Autodach davon. Gonzo überlegte kurz, ob er es riskieren konnte, die Suzie herauszuholen, um ein paar Bilder von dem Massaker zu drehen. Aber dann war der Spuk so plötzlich vorbei, wie er begonnen hatte. Der Wind schüttelte Gonzos Wagen noch einmal kurz durch, schob ein Huhn über die Windschutzscheibe und erstarb in einem Säuseln. Die Kreuzung war ein Schlachtfeld. Der Fahrer des Trucks stand mit den Verkäufern des Autohauses in den Splittern der Schaufensterscheibe und kratzte sich am Kopf. Ein paar Hühner hatten die Apokalypse überlebt und irrten gackernd zwischen ihren toten Artgenossen über die Straße.

Gonzo machte die Scheibenwischanlage an und wartete, bis die Blutstreifen nach den ersten Gängen der Wischblätter verschwunden waren. Dann kurvte er vorsichtig über die Kreuzung, um die Zahl der Opfer nicht unnötig zu erhöhen.

Am Zeitungskomplex strömten die Redakteure durch die Personenschleuse an der Pforte in die Mittagspause. Gonzo stellte den Kombi neben Reutters Kampfmobil. Der Rottweiler drückte sich vom Beifahrersitz hoch und sah Gonzo nach, wie er zum Fernsehkomplex ging.

Auf der Monitorwand im Foyer liefen Reutters Bilder von Kannengiessers Straßenbahncrash, Gonzo sah sich selbst, wie er mit dem Rücken zur Kamera am Bahnsteig stand. Dann kamen die Details und die Schwenks über den zerfetzten Wagen und den zerfetzten Kannengiesser. Das Display für den Kabelanschluss stand in einer Ecke, stattdessen hatten sie vor den

Monitoren ein Stehpult mit einem trauerbeflorten Jugendfoto von Kannengiesser und dem Kondolenzbuch aufgebaut.

Unten in der Redaktion saßen Herbert, Reutter und Jacqueline vor einem Schnittmonitor und tranken Sekt aus Pappbechern. Die Flasche auf dem Schreibtisch war erst halb leer. In Herberts Eingangskorb lag der Schnellhefter mit den Unterlagen des Alten. Er klopfte gegen den Türrahmen. »Was liegt an?«

»Hi!« Entweder war Jacqueline wirklich schon wieder frisch wie der junge Tag oder noch nicht ganz ausgenüchtert.

»Du bist wieder im Geschäft!« Herbert hob seinen Sektbecher. »Nimm dir auch was!«

Gonzo schüttelte den Kopf. Reutter legte die Beine hoch. »Ich hab beim Fernsehmagazin der Illustrierten angeheuert. Auflösungsvertrag, Abfindung und so weiter ist schon alles klar!« Er tippte auf ein paar Papiere, die aus seiner Brusttasche ragten.«

Gonzo nahm sich doch einen Becher Sekt. Das Zeug hatte genau die richtige Temperatur und prickelte die Speiseröhre hinunter. Er sah Herbert an. »Ich hab dir doch gesagt, dass er sich hier nicht lange hält.«

»Nur kein falscher Neid!«, mahnte Reutter.

»Wir drehen nächste Woche in der Eifel«, plapperte Jacqueline. »Angeblich weiß da einer, wie man in den Atombunker der Regierung kommt. Herbert hat mir gerade gezeigt, wie man eine Story aufzieht!«

»Reutters Abschied!« Herbert goss sich Sekt nach. »Ist heute unser Aufmacher. Superbilder von Kannengiessers Crash.«

»Na, dann lass mal sehen!« Gonzo holte sich einen Stuhl. Herbert startete das Band. Kannengiessers zerdrücktes Auto in der U-Bahn-Station. Von der Tonspur erklärte Herbert, dass der Kollege Kannengiesser letzte Nacht bei einem tragischen und mysteriösen Unfall ums Leben gekommen war. »Ingo Kannengiesser war Spezialist für gefährliche Recherchen«, tönte er. »Immer wieder hat er mit seinen Berichten für Aufregung gesorgt, heiße Eisen aufgegriffen. Zuletzt verfolgte er die Spur von zwei geheimnisvollen Todesfällen nur wenige Meter von dem Ort entfernt, an dem er jetzt um Leben kam.« Gonzos Bilder von Reka und den anderen Kindern in der Durchfahrt erschienen. »Eins dieser Kinder, der 14jährige Miros T., wurde vor wenigen Tagen Opfer einer brutalen Fahrerflucht. Es war ein grauenhafter Verdacht, dem Ingo Kannengiesser nachging – gibt es organisierte Mordkommandos, die hilflose obdachlose Jugendliche auslöschen?«

Gonzo schüttelte sich. Jacqueline saß auf der Kante ihres Stuhls. »Gleich komm ich.«

Sie erschien auf dem Monitor. Laut Herberts Kommentar eine »junge Kollegin«, die Kannengiesser bei seinen investigativen Recherchen geholfen hatte. Jacqueline machte vorm Autokino mit der Ankündigung des Automarktes ihr Statement. »Ingo ... Ingo Kannengiesser wusste wohl mehr, als er mir gesagt hat. Wahrscheinlich wollte er mich schützen, Seine Spur führte ihn hierher zum Automarkt.« Unter ihre nächsten Sätze hatte Herbert Gonzos Bilder vom Automarkt geschnitten. »Es ist ein offenes Geheimnis, dass der Automarkt von osteuropäischen Gruppen kontrolliert wird. Ich habe Ingo Kannengiesser bei seinen Recherchen begleitet. Er suchte den Mann, der hier die Fäden zieht, den Paten der Russenmafia. Unmittelbar darauf wurde er brutal zusammengeschlagen. Hat er die falschen Fragen gestellt? War er jemandem zu nahe gekommen?« Im Bild tauchten wieder die Kinder in der Durchfahrt auf. Herberts Kommentar spann ein paar heftige Theorien über die Verbindungen, die es möglicherweise zwischen der Russenmafia und den Russenkindern gab. »Bei ihren Ermittlungen um den Tod des Jungen, der hier überfahren wurde, stieß die Polizei auf eine Mauer des Schweigens. Aber möglicherweise gab es einen Zeugen, einen Augenzeugen.« Das Bild fror ein, ein Kreis markierte im Hintergrund den Alten in seinem Rollstuhl. »Alfried Schmollwinkel«, tönte Herbert aus dem Lautsprecher, als es mit Gonzos Bildern von dem Alten bei dem Festakt im Rathaus weiterging. »Nach der Wende aus Dresden in den Westen gekommen war. Der 68jährige Sozialhilfeempfänger war oft bei den Kindern in der Straßendurchfahrt unter dem Rathaus. War er auch dort, als Miros T. von einem Autofahrer brutal überrollt wurde? Ingo Kannengiesser hatte die Spur von Alfried Schmollwinkel gerade aufgenommen, als ...« Das Bild wechselte zu den Aufnahmen, die Gonzo von dem toten Alten gemacht hatte. »... als Alfried Schmollwinkel an nahezu der gleichen Stelle, an der nur wenige Tage zuvor der 14jährige Miros gestorben war, Opfer eines brutalen Verbrechens wird. Mehr als drei Dutzend Mal, so der Polizeibericht, wurde auf ihn mit einem stumpfen Gegenstand, wahrscheinlich eine seiner Krücken, eingeschlagen. Für Ingo Kannengiesser die Bestätigung für seine Vermutung, dass hinter dem Tod des Jungen nicht nur eine einfache Fahrerflucht steckt, wie die Polizei immer noch behauptet. Ingo Kannengiesser recherchierte weiter.« Schnittbilder von Kannengiessers Büro und seinem Schreibtisch flimmerten über den Schirm. Dann Jacqueline in seinem Bürostuhl. Ungeschminkt. »Er wollte einen Informanten treffen. Das war das letzte Mal, dass ich ihn gesehen hatte.« Sie schluckte. Dann wieder Reutters Bilder von Kannengiessers verbeultem Wagen, der Straßenbahn, den Menschen und zum Schluss die Flammen, die aus dem Wrack züngelten. »Wenige Stunden später war Ingo Kannengiesser tot. Er raste mit seinem Wagen in den U-Bahn-Tunnel und prallte frontal mit einer Straßenbahn zusammen. Wer war der geheimnisvolle Informant, der ihn hatte treffen wollen? Gab es diese Person überhaupt oder war alles nur eine geschickt inszenierte Falle? Hatte er vielleicht die Wahrheit über die beiden Todesfälle entdeckt? Aus welchem Grund fuhr der sonst so kühl und besonnen handelnde Kollege geradezu selbstmörderisch in den U-Bahn-Tunnel?«

Gonzo musterte Reutter. Der verzog keine Miene. Das Band war zu Ende.

Herbert strahlte ihn an. »Ist doch toll, oder? Bringt alles zusammen. Glatte, runde Geschichte. Zum Glück hab ich noch deine Bilder von dem Alten und den anderen Kram gehabt.« Er rieb sich die Hände. »Über dein Honorar reden wir noch, okay? Ab Morgen bist du wieder hier im Einsatz!« Er angelte einen Dispositionszettel vom Schreibtisch. Gonzo warf einen Blick auf die Sachen, die anstanden. Irgendetwas wurde eröffnet, irgendeine Initiative protestierte dagegen, dass etwas geschlossen wurde, Aktualisierung der Hintergrundfilme für den Wetterbericht und einsdreißig Besinnliches von ein paar Friedhöfen für den Totensonntag. Am Freitag dann knapp zwei Minuten über ein Kinderfest im Merkur-Center. »Mit denen seid ihr wieder im Geschäft?«

Herbert zuckte mit den Schultern. »Kleine Geste unsererseits. Kann nie schaden.«

Reutter bot Jacqueline an, ihr seine Videosammlung zu zeigen, aber sie meinte, dass sie sich noch mit Mike verabredet hatte, um die Bunker-Geschichte in der Eifel durchzugehen. Sie lächelte Gonzo zu, wünschte ihm alles Gute und stöckelte hinaus. Reutter und Herbert sahen ihr nach, wie sie die Glastür am Ende des Ganges erreicht hatte. Gonzo holte den Schnellhefter des Alten aus Herberts Ablage. »Was ist damit? Ist da was dran?«

»Im Prinzip schon«, sagte Herbert. »Ich hab's mal von einem Verwaltungsrechtler durchsehen lassen. Die Stadt hat da bei der Enteignung für die

Volkshochschule wirklich was vermasselt. Nichts, was man nicht wieder geradebiegen könnte, aber trotzdem.«

»Und?«, fragte Gonzo. »Steigst du ein?«

»Weißt du«, meinte Herbert langsam, »das lass ich mir erst mal ausrecherchieren. Bis dahin müssen Steinboek und die anderen Nasen aus der Verwaltung verdammt nett zu uns sein. Kein blödes Rumgequatsche mehr, wenn wir Drehgenehmigungen brauchen oder Interviews wollen. Deine Automarktgeschichte machen wir übrigens auch. Hab deswegen schon mit Steinboek gesprochen. Deffregger kommt sogar persönlich ins Studio.« Er rieb sich die Hände.

»Na dann«, sagte Gonzo und steckte die Dispo ein, »dann ist ja alles klar.«

Er feuerte seinen Sektbecher in den Papierkorb und schlich den Gang entlang zum Fahrstuhl. Hinter ihm knarrten Reutters Cowboystiefel. Im Lift sahen sie sich an und keiner sagte etwas, bis sie oben im Foyer waren. Auf der Monitorwand brannte Kannengiessers Wagen. Reutter schrieb noch etwas ins Kondolenzbuch, ehe er nach draußen ging. Gonzo trat an das Stehpult. Vor Reutter hatte sich Jacqueline verewigt: »Er war ein Mann voller interessanter Geschichten!« Gonzo kniff die Augen zusammen, um Reutters kleine Handschrift zu entziffern: »Wart nicht auf mich, ich komme später!«

Gonzo warf noch einen Blick auf die Monitorwand, ehe er das Foyer verließ. Draußen war die Temperatur schon wieder gefallen. Der Platz neben seinem Kombi war leer. Aus dem bleigrauen Himmel taumelte es feuchtweiß herunter. Der erste Schnee.

*** E N D E ***

Was noch zu sagen ist:

Dies ist natürlich wieder ein Roman, was besonders unter dem Eindruck der Rundfahrten zu betonen ist, die Gonzo-Fans neuerdings mit dem »Geierfrühling« und dem »Rattensommer« als Stadtführer unternehmen. Personen und Handlung sind frei erfunden. Besonders das Kaufhaus am Porscheplatz ist ganz allein unserer Phantasie entsprungen. Wer sich in der Verwaltungsstrukturen in NRW auskennt, bemerkt natürlich auch, dass wir im Vorgriff auf die kommende Reform die »Doppelspitze« von Oberstadtdirektor und Bürgermeister abgeschafft haben. Und mit dem Volkshochgrundstück ist selbstverständlich fast alles in Ordnung, auch wenn sich jemand an Verkaufspläne erinnern sollte. Bedanken müssen wir uns bei allen, die uns bei der Geschichte und den Details geholfen haben: Sabine Deitmer, Achim Hahn, Gerd Herholz vom Literaturbüro NRW Ruhrgebiet, Marion Klein, Heinz Metters und seinem Team, Peter Schmidt und »Deep Throat« aus einer Fernsehredaktion. Besonderer Dank für die Unterstützung und Hilfe beim Redigieren gilt wiederum dem Nordkolleg Rendsburg und der Arno-Schmidt-Stiftung, unserer ersten Leserin Ulrike Wahl, sowie unserem Lektor Tilo Eckardt.

»Und was ist jetzt verdammt nochmal ein Weißabgleich?«

Zitieren wir dazu aus dem Lexikon »Neue Medien« von René Zey (Reinbek 1995): »Weißabgleich – Elektronische Anpassung einer Videokamera an die vorhandene Beleuchtungsart (…).Das Objektiv einer Kamera wird dabei auf eine weiße Fläche gehalten …«

»Und was ist ein Klonk?«

»Steht doch da: Ein Weißlichtschnitt!«

Und ehe wir die letzten Seiten für die Werbung für Konkurrenzkrimis hergeben, eine kleine Gonzo-Bonus-Geschichte:

Der Moosrosenkavalier

Sie waren schon alle da, als Gonzo in Altendorf ankam: Streifenwagen, der Kleinbus von der Spurensicherung, die beiden Zivilkutschen vom Kriminaldauerdienst und der Leichenwagen. Vorm Haus tuschelten die Nachbarn.

Der Blumenhändler, vor dessen Laden Gonzo den Kombi in eine Parklücke quetschte, schleppte die Dahlien aus dem Saisonangebot und die Yukkapalmen zum Sonderpreis aus der Straßenauslage in den Laden zurück. Als Gonzo die Suzie von der Ladefläche holte, plierte der Händler auf die Aufkleber auf den Seiten. »Gonschorek Videoproduktion – TV und Werbung – sind Sie das?«

Gonzo checkte die Suzie und kontrollierte die Akkus und behielt den Hauseingang im Auge. »Sind sie schon mit dem Sarg raus?«

Der Blumenhändler kratzte sich am Kopf. »Moosröschen«, sagte er. »Vor drei Stunden hat er sich noch Moosröschen geholt. 17 Stück. Hochzeitstag, hat er gesagt, 17 Jahre.« Er nahm den letzten Armvoll Dahlien aus dem Eimer. »Er hat immer Moosröschen genommen.«

»Klar«, sagte Gonzo. »Ist der Sarg schon raus?«

Der Händler schüttelte den Kopf. Von den Stielen der Dahlien tropfte es. »Seine Frau war eine ganz liebe«, sagte er. »Jede andere hätte ihn schon längst auf die Straße gesetzt. Dauernd diese Techtelmechtel. Zuletzt mit der Angelika aus der Lottoannahmestelle an der Ecke. Immer Moosröschen. Zwei Wochen lang jeden Tag, bis er sie rumhatte. Und vorher die Kindergärtnerin, achtzehn Tage. Oder die Blonde vom Friseur, nur drei Tage. Und immer Moosröschen.«

»Alles klar«, sagte Gonzo und drängelte sich mit der Suzie auf der Schulter durch die Gaffer. Er hatte Glück. Hoffmeister von der Nordwache stand am Eingang und nickte Gonzo nur kurz zu, als er sich ins Treppenhaus schob. Es war die Parterrewohnung. Im Treppenhaus warteten die Bestatter mit ihrem Blechsarg, die Wohnungstür stand auf, Spurensicherer in ihren weißen Anzügen stellten ihre Nummerntäfelchen auf und fotografierten. Kommissar Behrendt vom Kriminaldauerdienst lehnte in der Küchentür, die Hände in den Jackentaschen.

»Mach schnell«, sagte er zu Gonzo. »Du gibst ja sowieso nicht eher Ruhe, bis du deine Bilder hast.«

Gonzo setzte die Suzie an. Auf dem Küchenboden lag zerschlagenes Porzellan, Stücke von Tellern, mit Soße verschmiert, zwei, drei Fleischrouladen, Kartoffeln. Aus dem Wohnzimmer kamen Stimmen. Jemand weinte.

»Die Leiche geht nicht über den Sender!«, sagte Behrendt und ging zur Seite. Gonzo schob sich in die Küche, schwenkte die blitzblanke Edelstahlspüle und die Hängeschränke ab, den Tisch, die Wachstuchdecke mit den Sommerblumen auf dem Boden und die Scherben. Der Tote lag vor dem Küchenschrank, das Gesicht von Stichen zerfetzt, die Brust voller Blut und das Filettiermesser im Bauch.

»Siebzehn Stiche«, sagte Behrendt zu niemand bestimmtem. Jemand hatte dem Toten die Hände auf der Brust gefaltete, der Moosröschenstrauß klemmte zwischen den Fingern.

Gonzo setzte die Suzie ab. Im Wohnzimmer weinte eine Frau.

»Sie?«, fragte Gonzo.

Behrendt nickte und machte den Leichenträgern mit ihrem Sarg Platz. »Hat uns selber angerufen.«

»Motiv?«, fragte Gonzo, mehr der Form halber.

»Noch offen«, sagte der Kommissar.

Die Leichenträger nahmen dem Toten die Moosröschen aus der Hand, ehe sie ihn in den Blechsarg legten.

ENDE